"十三五"国家重点出版物出版规划项目

小说

舒群全集

第一卷

北方联合出版传媒(集团)股份有限公司
春风文艺出版社
·沈阳·

图书在版编目（CIP）数据

舒群全集．第一卷，小说卷/舒群著；周景雷，胡哲主编．—沈阳：春风文艺出版社，2023.7
ISBN 978-7-5313-5875-6

Ⅰ．①舒… Ⅱ．①舒… ②周… ③胡… Ⅲ．①中国文学—现代文学—作品综合集 ②小说集—中国—现代 Ⅳ．①I216.2

中国版本图书馆CIP数据核字（2020）第206986号

北方联合出版传媒（集团）股份有限公司
春风文艺出版社出版发行
沈阳市和平区十一纬路25号　邮编：110003
辽宁新华印务有限公司印刷

责任编辑：姚宏越	助理编辑：周珊伊
责任校对：陈　杰　张华伟	封面设计：鼎籍设计　李英辉
印制统筹：刘　成	幅面尺寸：170mm×240mm
字　　数：2432千字	印　　张：142
版　　次：2023年7月第1版	印　　次：2023年7月第1次
书　　号：ISBN 978-7-5313-5875-6	
定　　价：698.00元（全8册）	

版权专有　侵权必究　举报电话：024-23284391
如有质量问题，请拨打电话：024-23284384

《舒群全集》编委会

顾　　问：李霄明　李双丽　刘佳维　关纪新
主　　任：周景雷　胡　哲
副 主 任：史建国　吴玉杰　李广益　付立松
编　　委：刘　妮　刘大先　姚宏越　崔庆蕾
　　　　　郑　兴　徐志伟　周珊伊　王雨晴
　　　　　孙冬迪　李佳奇　刘小萌　董诗涵
　　　　　刘晨晨　原翊畅　薛雨璐　魏馨雨
　　　　　高湘粤　田　浛　于树军　滕紫欣

《舒群全集》编辑凡例

一、《舒群全集》力求收入舒群生前创作的全部文学作品（包括与他人共同创作的作品），凡八卷。其中，第一、二、三卷为中短篇小说；第四卷为长篇小说；第五卷为诗歌、戏剧；第六、七卷为散文、报告文学；第八卷为学术研究。

二、舒群小说版本繁多，各版之间偶有差异，全集以初版本为底本，参校其他版本，形成定稿，与诗歌、戏剧、散文等未曾结集的作品，按创作或发表时间排序。

三、《舒群全集》第二、五卷收入的中短篇小说、戏剧，有部分为舒群与他人共同创作，其中《华北的烽火》是抗战初期问世的集体创作长篇小说，有二十余位作家参加创作，本全集收录的是舒群先生创作的部分；戏剧《过关》为舒群和罗烽共同创作；《东北人民大翻身》由舒群及其所在的东北文艺工作团共同创作。另有三幕剧《台儿庄》及四幕剧《总动员》，为舒群指导下创作的戏剧作品，因舒群未参与实际创作而未收录至文集中，特此说明。

四、舒群生前创作的长篇小说《第三战役》、学术研究著作《中国杂技史料》等，因历史原因已经散佚，故无法收入。另有部分未找到的篇目，暂以存目的形式收入全集，以待后续的补充。

五、《舒群全集》中收入作品文末多注明写作或发表时间，每种体裁作品按照作品创作和发表时间先后进行排序。

六、《舒群全集》中收入作品出现的错字、别字、漏字，均作订正，并酌情加注说明。

七、《舒群全集》中个别作品转录自舒群手稿，部分文字有缺损、污迹，字迹模糊难辨，均以"□"代替。

八、本次出版的《舒群全集》暂未收入舒群先生的书信、日记。

目　录

没有祖国的孩子 …………………………………………001
沙漠中的火花 …………………………………………015
蒙古之夜 …………………………………………027
做　人 …………………………………………033
已死的与未死的 …………………………………………040
病 …………………………………………049
肖　苓 …………………………………………052
独 身 汉 …………………………………………066
小 包 裹 …………………………………………073
誓　言 …………………………………………078
战　地 …………………………………………093
邻　家 …………………………………………099
孤　儿 …………………………………………107
青　年 …………………………………………111
难　中 …………………………………………117
婚　夜 …………………………………………125
农家姑娘 …………………………………………131
老　兵 …………………………………………138
奴隶与主人 …………………………………………185
秘密的旅途 …………………………………………191
舰　上 …………………………………………198
秘密的故事 …………………………………………207

贼 …………………………………………………………… 261
初　识 ………………………………………………………… 269
再　会 ………………………………………………………… 273
死　亡 ………………………………………………………… 275
水中生活 ……………………………………………………… 287
无国籍的人们 ………………………………………………… 296

没有祖国的孩子

"果里。"

旅居此地的苏联人,都向他这样叫。不知这异国的名字是谁赠给他的;久了,他已默认了。虽然,他完全是个亚洲孩子的面孔:黑的头发,低小的鼻子;但是,他对于异国的人,并不觉得怎样陌生。只是说异国的话,不清楚,不完整;听惯了,谁都明白。

蚂蜒河在朝阳里流来,像一片映光的镜面,闪灿地从长白山的一角下流转去。果里吹着号筒,已经透过稀疏的绿林,沿着一群木板夹成的院落响来。于是,一家一家的小木板门开了,露出拖着胖乳的奶牛。

"早安,苏多瓦!"

果里向牛的主人说着每天所要说的一句习惯语。

"果里,一月满了,给你工钱,另外有一件衣服送你穿吧。"

"斯巴细(俄语,'谢谢'的意思)苏多瓦!"

也许有年轻的姑娘,被果里的号筒从被子里唤醒,手向果里打招呼:"可爱的果里,回来时,不要忘记了啊!"

"啊。是的,红的小花!"

果里比她记得都牢些。然后,她把夜里没有吃尽的东西装满了果里的小铁锅。

"啊,列巴(面包),熟白汤(菜汤),斯巴细。"

于是,果里再走起路来,他的衣袋里多了一元钱的重量,他的嘴忙动起来,面包与号筒交替地让他的两腮撑起一对大泡子。走过我们宿舍的时候,牛在他的身后,已经成了群,黄色的,黑色的,杂色的最多,白色的只有一个,背上还涂着两团黑。小牛,有很小的嫩角刚突破毛皮,押长它的颈,吻着母亲的股部,母亲摆起尾巴,极力地打着它。等到果里的小鞭子在地上打了个清脆的响声后,他摆起指挥官下令的姿态,让脸上所有能叠起皱褶的地方全叠起皱褶来;牛望着他,牛群里立刻有了严肃的纪律。

"果里!"

我们刚洗过脸,拥在展开的楼窗前,叫着他,丢纸团打着牛,打着他;他便仰起头对我们大声喊:"不要!牛害怕。"

我们不听,终于把果里那牛群的纪律破坏了;并且,弄起一阵恐慌,牛与牛撞着角。这使他的小鞭子不得不在地上多响了几下。

"我告诉苏多瓦去。"

他故意向回去的方向转过,抛出两个较大的步子。

天天他要在我们面前说几次苏多瓦。他也知道,我们对于苏多瓦并不怕,虽然苏多瓦是我们的女先生。天天又不快些离开我们——为什么呢?因为我们所要谈的话,还没有开始呢。

"我来念书好吗?也住大楼,也看电影。"果里又同我说了。

果里沙总是用手指比画着自己的脸,果里的脸。意思是让果里看看自己的脸和他的脸,在血统上是多么不同啊。

果里沙点着自己的鼻尖,高傲地对果里说(这还是第一次):"我们CCCP(俄文,苏联简称)。"

"啊,果瓦列夫,CCCP?"

果里把我的名字呼出来。果里沙窘了。果里便摆头向我们所有的同学问:"果里列夫是中国人,怎么行呢?我是朝鲜人,怎么就不行呢?"

果里沙打了两声口哨后,装着苏多瓦给我们讲书的神气说:"朝鲜?在世界上,已经没有了朝鲜这国家。"

这话打痛了果里的脸,比击两掌都红,他没说一句话,便不自然地走开了。牛群散乱着,他的小鞭子在地上也没了声响。

以后,果里和牛群不从我们宿舍的门前经过了。

每天的早晨和晚间,失去那个放牛的朋友,觉得太无味,也太冷落。

我和果里沙倚在窗前,望着蚂蜒河边的一条草径。那里是泥泞的,摆满大的小的死水池,有的镶着一圈,有的蒙着一层全是一色的绿菌。看不清楚蚊虫怎样地飞过着，只听见蛙不停地叫。晚风常常送来一片难嗅的气味，有时宿舍的指导员让我们闭起窗扇，所以在这条草径上很少寻出一个人的影子。有游船渔船经过的时候，是靠近那边迅速地划过。这块地方好像久已被人憎恶着，遗弃了。

然而，果里是在那里走熟的。草茎蔓过他的腰，搔着牛的肚皮，也看不见牛的胖大乳头了。果里每次看我们在楼窗上望着他，他的头便转正了方向，用眼角视着我们。

"不许你再对果里说世界上已经没有了朝鲜这个国家，好让果里再从我们的门前走。"

我好像在教训果里沙，很严厉的。

"你看朝鲜人多么懦弱，你看朝鲜人多么懦弱。他们早已忘记了他们的国家，那不是耻辱吗？"

"那么，安重根呢？"

我立刻记起来，哪个人给我讲过许多关于安重根怎样勇敢的故事。可是，果里沙不知道，一点都不知道，他仍是不信任我的话。

一阵牛的哀叫声传来，我们看见果里跌倒在死水池里。

"果里！果里！"

我们用两只手在唇边拢起一个号筒样，向果里喊，他会听得很清楚；可是，他不留意我们，他不睬我们。

不过，我总想找着机会，再和果里好起来。

那天落了整夜的雨，草径被浸没在水中，混成一片河流。我想这次果里一定会从我们宿舍门前走向草场的吧？恰好又是星期日，自然可以和果里玩在一起了。但是，果里呢，他仍是在那里走，沿着留在水面的草径，做路的标识。牛的半个身子泡在水中，头一摆一摆地，似乎艰难地把蹄子从泥泞中拔出。

我们吃过饭，我和果里沙便赶向草场去。黄色的蒲公英从草丛里伸出来，一堆一堆的，山与河流做了草场三面的边界，另一面是无边际的远天连着地。散开的牛群，看上去像天上的星星一样细小，躺着的，吃草的，追着母亲的……果里坐在土岗上吃着面包皮，眼睛在搜索着牛的动作，牛的去向。我们的视线触着了他，惹起他极大的不安。如果不是有牛群累着他，也许他会跑开，逃避我们。

"果里，我们给你气受了吗？"

我把他那深沉的头托起来，问他。他竭力把头再低沉下去，说："不是，绝不是的。"

不知他从哪里学来这样美的不俗的好句子；而且，说得十分完整，没有脱落一个字音。不过，他的姿态太拘束，太不自然，似乎对陌生人一样的没感情。

果里沙还是原有的脾气，指着宿舍顶上飘起的旗—— 一半属于中国，一半属于苏联的。这给果里很大的侮辱；果里容忍不下去，离开我们去给牛蹄擦泥水。

我们全在寂寞中过了许久许久，我才找到了一句适当的话问果里："牛蹄太脏了，你不怕脏吗？你擦它做什么？"

"就是因为太脏才要擦的。牛的主人是不允许牛蹄脏的啊！"

"那么，你为什么带着牛从河边走呢？我们宿舍门前不是很清爽的吗？"

我的话刚说出来，就又懊悔，说得不妥当。这不是对果里加了责难吗？在果里的内心不是更要加重他的痛苦吗？

"我是不配从你们宿舍门前走的。"

他说得很快，他很气愤。

我说了许多话，是劝他仍从我们的门前走。实际上我们不愿意失去这个放牛的朋友。他天天会给我们送来许多新鲜的趣味；并且，我们房里一瓶一瓶的，红色与黄色的野花，全是他给我们拾来的。这几天来，那些花都憔悴了，落了，我们看着瓶里仅有的花茎，谁都会想起果里来——果里沙也是同样的。果里却抛开我，再不在我们门前走过一次。

最后，果里同意在我们门前走的时候，我几乎痛快得要叫出来。不过，我还不肯信任，直等到他吹起归去的号筒。

暮色里的牛蹄，是疲倦的，笨重的。长久的日子，已经使它们熟识了从自己的家门走进。余下我们走回宿舍。宿舍的每个角落一片死静。我记起所有的同学已去俱乐部，去看电影。我看时钟还留给我二十分钟的余闲，便叫果里也去，他高兴地说："好，看电影去，我还没有看过一次呢。"

但是，在影场的门前，发生了极大的难题，这个守门的大身量的中国人，坚持不许果里进去。我和他说了许多中国话，仿佛是让他给我些情面。他总是不放开这么一句话："他不是东铁学校的学生。"

"你让他进去吧,我们的先生和同学全认识他。"

"谁不认识他。"

果里不懂中国话,他很沉静地站着。

我的喉咙却突然热涨,对那个守门的中国人大声地叫着:"他是我们的朋友!"

他装起像我父亲的尊严说:"你和他做朋友,有什么出息?"

在灯光下,我和果里仿佛是停在冰窖里的一对尸体。果里突然冒出一句中国话:"好小子,慢慢地见!"

现在,我晓得果里正是因懂中国话才那样气愤的吧。我问他懂中国话吗,他说只会那一句;一句我也高兴,好像为我复仇了。

不过,我一夜没有安静地睡,似乎有很大的耻辱贴在我的脸上。早晨我躺在床上,就听见果里一声声的号音从窗前响过了,远了;我没有看见果里。

在教室里,果里沙对我说:"从认识果里起,今天他是第一次笑了。"

"为什么呢?"

"因为他也快做我们一样的学生了。"

我想果里为了昨夜受的屈辱,故意给自己开心吧。果里沙却说是真的。我问:"他和谁说妥的呢?"

"苏多瓦。"

这样我相信了。因为苏多瓦是我们班上的女教员。

"那么,他什么时候上学?"

"他今天去告诉他的哥哥,明天就来。"

我想,果里来了,坐在哪里呢?我们教室里只有一个空座位,而且在小姑娘刘波的身旁。她平常好和每个同学发脾气,小眼睛瞪得圆大的。如果果里坐在她身旁,一定不中她的意。明天教室里,除去我十七八岁,就数果里大了吧?最大的果里沙也不过十三四岁。并且,所有的书桌,仅是我和果里沙坐的比别人的高起些;只有叫果里沙走开,让果里坐在我的身旁。

放学之后,我在宿舍里正为果里安排床位,他来了,却是忧伤的。我问他快做学生不是很可喜的消息吗,可喜的消息,怎么换来了他的忧伤呢?我清楚地看了一下,他脸上还有泪滴。

我问："你哭过了吗？"

他点点头，好像又要哭出来。

"你明天不是上学吗？怎么还哭了？"

"我才跑到田里去，对哥哥说。哥哥不许。"他的鼻尖急忙地抽动两下，又说，"你和哥哥商量商量吧。"

于是，我和果里到他家去了。同学们等着这个有趣的消息，要我快些告诉他们。其实，果里的家并不远，转过我们宿舍的一个墙角，十几步便可以走进他的房子。来去只要五分钟，事情全可明白。不过，果里的哥哥在田里，没有回来，却是意外的。

时间空空地流过。我并不着急，因为果里的家里处处都是奇迹。房子小得像我们宿舍的垃圾箱。不过，垃圾箱里的垃圾也许比果里房里装的东西洁净些，贵重些。墙角堆着污旧的棉衣，穿衣时，随着身子的动作将自然叠成的褶皱展开后，还露出衣布原有的白颜色，很新鲜。那边……

果里为我找出他一向保存着的好东西，我一样一样地看着；他两手合拢着又举在我的眼前说："你猜这是什么东西？"

然后，他用聪明的话暗示我，我也不明白，因为他讲的俄语太乱，所以终是没有被我猜中。最后他说："这里有爸爸，也有妈妈。"

是两个从相片上剪下的人头：男人是他的爸爸，女人是他的妈妈。然而我立刻发现极大的疑点问他："妈妈这么老，爸爸怎么那样年轻呢？"

"妈妈现在还活着，爸爸是年轻就死的。"

"死得太早了！"

我望着果里爸爸的像，我说话有些怜惜的意思。不承想竟使果里的牙齿咬紧，很久才放出一口轻松的气息："爸爸死得太凶呢！"

我从果里脸上的神态也可以看出他爸爸确不是寻常的死。

"爸爸是读书的人，看，这不是还留着很好看的头发吗？（他指着头像给我看）爸爸的胆子大，那年他领着成千成万的工人，到总督府闹起来，打死了三十多人，当时，爸爸被抓去了。三个多月，妈妈天天去看，一次也没有看见。妈妈不吃饭了，也不睡觉了。在樱花节的那天，别人都去看樱花，妈妈带着哥哥去看爸爸。这次看见了，在监狱的门口，妈妈差不多不认识爸爸了：爸爸只穿了一条短裤子，肩上搭着一块手巾，肋骨一条一条的，很清楚，那上面有血，有烙印。妈妈哭着，爸爸什么话都不说。到爸爸上车的时候，总是喊着……看樱花的人追着车看，妈妈也追着车看……在草场上，拿枪的兵不许妈妈靠近爸爸。爸爸的身子绑得很紧，向妈妈蹦来几步，对妈妈说——你好好地看养孩子，不要忘记了他们的爸爸今天是怎样被——枪响了一声，爸爸立刻倒下去……那时候，妈妈还没有生下我，这是妈妈以后常常讲给我听，我记住了的。"

他说的话太快，也太多；有些地方，我听不懂；也有他说不清的地方，所以我没有完全明白。

"那么，妈妈呢？"我问。

"妈妈？妈妈还在朝鲜。"

"你们怎么来了？"

"妈妈说——我们不要再过猪的生活，你们找些自由的地方去吧！我老了，死了也不怕——五年前，妈妈到姨母家去住。我们来中国的时候，我才十岁。"

天黑了，他哥哥才回来。他说着很好的中国话，所以我们讲话很方便。他真是不许果里做我们学校的学生，并且他说的理由也是很多很多——

"我种地太苦，唉，还不赚钱，也许有时要赔钱，你没有看年年有灾祸吗？你也知道吧？

"我们吃饭全靠果里放牛的钱，到冬天又要歇工，好几个月得不到工钱。

"我知道读书对他好。我是他的哥哥，我不愿意我的弟弟好吗？

"如果只是我们两个人，他可以去，我不用他管。家里还有母亲呢。每月要给她寄几元钱吃饭。

"唉！不像你们中国人还有国，我们连家都没有了。"

我把他的话传给我们的同学，同学们失望了，但是很快地也就忘却了。

果里的号筒仍在唤牛群到草场去。

"不像你们中国人还有国……"

我记住了这句话。兵营的军号响着，望着祖国的旗慢慢地升到旗杆的顶点。无意中，自己觉得好像什么光荣似的。

但是，不过几天，祖国的旗从旗杆的顶点匆忙地落下来；再升起来的，是另样的旗子了，那是属于另一个国家的——正是九月十八日后的第八十九天。

于是，散乱的战争骚扰着、威胁着每个地方。不久，那异国的旗子，那异国的兵，便做了每个地方的主人。恰好我们住的地方做了战争上的大本营。戴着钢盔的兵一队一队地开来，原有的兵营不敷用，已挤住在所有的民房里。就是果里那个垃圾箱般的房子，也有兵住下。

我们照常上课。但是，果里的号筒不响了，牛群整天关在每个主人的院内，叫着，似乎在唤着果里。

"果里呢？"

我们谁也没有忘记果里。忙向草场望去，只有一阵一阵的秋风扫着，把草打倒在地上。果里平常坐惯的那个土岗，被风扬起的土粒滚成一团一团的浓烟。我们想果里卷到浓烟里去了吗？等到浓烟散尽的时候，那里没有果里一只手、一只脚，给我们看见。我们想他在家里；可是，他在家里做什么呢？死静得好像连一个人都没有。有的，我们同学便会指说："看！少儿达特（俄语：兵）。"

接着就是："少儿达特杀了果里吗？"

"杀了，就像杀了老鼠一样！"

果里沙仍是对自己高傲，对果里轻蔑。我相信果里绝不像老鼠那样懦弱；果里沙却说："朝鲜人都像老鼠一样。如果不是，在世界上，怎么没有了朝鲜这个国家？"这仿佛已经成了他的习惯语。他的小拳头在胸前击了两下又说："像果里那样的人，我不喜欢，不愿意同他做朋友。"

日子过久，谁也不再谈关于果里的什么话。又加上天天到俱乐部去听演说，在时间上，已经没有多少空闲。这次苏多瓦怕我们太疲倦了，要带我们上山玩一次。

我们怕山上的蛇虫，有一次蛇虫毒伤了我们好几个同学。所以，这次我们每个人都带一根体操用的木棒，三十多人排成一列棒子队。

秋天的山，全是一片土与沙粒，已经不是夏天来时那样好看、可爱，什么都没有；只是土与沙粒打着我们的眼睛睁不开。上去后，只感到两腿很酸痛，秋风不住地搜索着我们血流中的温暖。苏多瓦为了我们的趣味，领我们向另一山角蠕动的人群走去。

那里，有许多的人：年老得胡子全白了的，年轻的，半残缺的，年岁太小的。锄头、铁锹、斧子……在我们每个人的手里。在山脊间已经成了一条沟壕；在沟壕里，我立刻看见果里的哥哥。

"果里呢？"

我正想问他，果里的面孔就已经在我们每个人眼前出现了。看来，他不是我们以前所认识的那个放牛的果里；现在的果里是个小工人，我们几乎不认识他了。他光着脚，身上穿着一件我们给他的破制服；他的颧骨高起许多，使眼球深深地陷进去，被埋藏在泥垢与尘土里。他靠着壕边，同壕一样高，很吃力地握着铁锹向外抛沙土。

"果里！果里！"我们喊着。

其实，他早已看见我们，只是故意地躲开。我们与果里的距离只有八九步远，喊他自然会听见，他不仅不看我们，而且，把头移动向另一方向，更加紧他的工作。我走近两步，我看出果里是要和我说话的。他所要说的话，全埋藏在他的嘴角与眼角间啊！于是，我更大声地叫起："果里，我们来了。"

"果里，你在做什么？"

"果里，很久不见你了。"

果里没说话，只是在动作上给我们一个暗示，让我们向右边的大石头上望去，那里有两个兵安闲地吸着纸烟。然而，我们却不去顾他。

"来！果里。"

"来！来……"

惹起一个兵来了，站在壕的边际上；果里像失了灵魂一样死板。那兵用脚踢他的头；他的头仿佛有弹力地摆动两下，鼻孔有血流出。突然，他的铁锹举高，又轻松地落下，照样向壕外抛着沙土。

不知为什么，我们所有的木棒都向那个兵做了冲击式。兵便比量着给我们看他肩上斜背着的枪。

苏多瓦领我们回去的时候，果里的眼睛溜着我们，终没有说一句话。我们只有默祝果里最好不再遭到什么不幸。

第二天早晨。

"呀……呀……"传来了这尖锐的叫声，刺痛我们的心。

啪啪的声音连续地响着。果里在一只手两只脚下规规矩矩地躺在自己的家门前，脸贴着地，尘土从他的嘴角不住地飞开，像是新劈下的小树干，那兵的全力都运到这小树干的顶端，落在果里的股部、腰间。

"呀……呀……"

这声音给我的感觉,比小树干落在自己的身上还痛。

果里沙却切齿地说:"该打,打死好了。"

我用眼睛盯住他,表示我对他的话极愤恨。他又说:"果瓦列夫,你看果里,那不是一只老鼠一样吗?"

以后,果里真像一只老鼠跟着佩刀的兵,常从我们宿舍前来去;他独个人的时候不多。这使果里沙更看不起他,骂他,向他身上抛小石头,伸出小拇指比量他……果里沙想尽了所有的方法欺辱他,他却不在意。

有一天,我们快就寝的时候,果里跑来。果里沙的手脚堵塞着门,不许果里进来。

"你还有脸来吗?你不要来了。"果里沙说。

"我找果瓦列夫!"

"果瓦列夫都会替你羞耻。"

我看出果里是有什么迫切的事情,不然,他的全身怎么发抖呢?我给他拿来几片面包,他不吃。我问他这些日子怎样过来的,他也不说。仿佛所有的时光没有一刻余闲属于他,他很迫忙地说道:"借我一把刀。"

"做什么?"

"你不要问。我有用途。"

我在衣袋里把平常修铅笔的小刀拿出来。他说:"太小了!"

"你要多大的?"

他用两手在床上隔成他所需要的刀的长度,我便把我割面包的大尖刀给他。他还用手指试验着刀锋快不快。然后他高兴地说:"好!太好了!"

他临走时,告诉我:"那些'魔鬼'明天早晨去苇沙河。"

果然是去苇沙河,果里房脊上的旗子没有了。一队一队的兵,骑马的,步行的,沿着山路走去。只有几只小船是逆着蚂蜒河划下,船上的兵仅是几个人。果里就坐在小船上,为佩刀的兵背着水壶、食粮袋。我们守门的那个老头子,在太阳还没有升起时,就起来去看,这些话就是他讲给我们听的。

过后守门的老头子从外面回来的时候,他在一口气里又冒出一串话来,说是果里投河了。

先是一个打猎的外国人看见的——有个孩子顺着蚂蜒河漂来。于是他投到水里把孩子拖上河边，用人工呼吸方法换来孩子的气息，又喊了几个人来，守门的老头子也在里面，他认出了那个孩子是果里。

我们去的时候，苏多瓦也在那里，另外是别班里的同学。果里躺着不动，衣服贴紧在身上，一滴一滴的水湿了他身旁很大的一块地方，他已经没有了知觉；虽然，他嘴里还嚼着不清楚的话。大家正在互相询问果里投河后的情形，我们学校的铃声叫我们立刻回去上课。只有苏多瓦还留在果里的身旁。

今天，苏多瓦告诉我们，在我们这班里有一个新来的学生。每次有新来的学生，苏多瓦都是要先告诉我们的。每次也就打听出这新来的学生是升班的，是降班的，是从外埠新来的。不过，这次却是例外，我们谁也不知道这新来学生的底细。

距上课的时间还有二十分钟，我们便随便地猜测起来。男生说，新来的学生是好看的姑娘，最好和自己坐一个书桌。女生说，新来的学生是猴样的，这样弄得每个书桌都叫响着。

门突然地开了，教室里立刻静下来。我们悄悄地跑到自己的书桌前坐下，装作整理着书本，修铅笔。是因为我们闹得太厉害，苏多瓦来了。然而，不是苏多瓦。站在我们面前的是果里。他穿得同我们一样：黑皮鞋，黑的裤子，黑的卢巴斯卡（俄语，衣名）；胸前也有两个小衣袋，装得饱饱的，书夹里放着一包新书。他张大着嘴，像是有许多要说的话，想在一句话里吐给我们，可是一个字都没吐出来。

在午间，很快吃过饭，我们聚拢在一起。我问他："现在，你高兴了吧？"

"我不是骗你，我真不高兴。"仿佛仍有极大的恐怖、痛苦，留在他的眼里，"苏多瓦待我太好了。给我养好病，又送我到学校来。你们看！"他指尽了他身上所有的一切给我们看。

当我问他为什么投河的时候，似乎他的脑里又复活了一幕死的记忆。于是，像给我们背诵出几页熟读的书："忘了是哪一天，'魔鬼'告诉我，他们要走了；要我的哥哥去，还要我去。我知道去了就没好，我想爸爸在'魔鬼'的手里死了；妈妈怕我们再像爸爸一样，才把我们送到几千里以外的地方来。谁想到这'魔鬼'又在几千里以外的地方攫住我们，夜夜都没睡觉，哥哥望着我，我望着哥哥，不敢说话……"

"和老鼠一样！"果里沙冲断了果里的话。

这时候，果里不像个孩子；孩子没有他那样沉静的姿态。他继续说下去："那天，哥哥跟着走了。我还跟着那个带刀的'魔鬼'。（他的眼睛，好像在询问着我们看没看见过他所说那个带刀的'魔鬼'，我们向他点着头）船上除去我们两个人，还有一个船夫，'魔鬼'正用铅笔记着什么，我心跳，跳得太厉害了——你们猜我想做什么？"

"想投河呢！"我们许多人同样地说。

然而果里沙突然地跳上书桌，把我们所有人的精神弄散乱了。他轻快地说："你们说果里想投河，我看不太对。你们知道吗？河里有老鼠洞。"

"在河里，一共是三只船。两只在前边，我们在后边。前边的船走得才快呢！走到三四里的时候，离开我们有半里多远。等他们拐过老山头，我们还留在老山头这面。我只觉得一阵的麻木，我的刀已经插进'魔鬼'的胸口。然后，我被一脚踢下来，再什么也不知道了。"他把头转向我问，"你知道那把刀？是你借我的啊！是你借我的啊！"

"好样的，好样的，"果里沙抱住了果里又说，"这才是我的好朋友！"

果里搬到宿舍来，除去苏多瓦赠给他的毛毯之外，再什么都没有。果里沙把自己所有的东西分给他一半，并且，在贩卖部内给他买了牙刷、牙膏、袜子、毛巾、小手帕……费用全写在自己的消费簿上。

此后，我、果里、果里沙，我们三个人成了不可离散的群，有时缺少一个人，其余的便感到不健全。每天我们都是在一起，到河边去，到俱乐部去，到车站的票房去，到许多人家去看果里以前所放的牛。他还认识哪头叫什么名字，哪头牛有什么习惯，平常他最欢喜的是哪头，最讨厌的是哪头——由牛群给我们讲出许多的笑话。

在冬天，果里学会滑冰，便成了他的嗜好；可是，我们不许他常去冰场。因为那时街头又满是果里所说的"魔鬼"和"魔鬼"的旗子。不过我们学校的旗子，仍是同从前一样——一半中国的，一半苏联的。

只有那半面中国旗，我爱啊；可是，果里为什么也爱呢？我们每天望着，仿佛在旗上开了花。然而花，毕竟要有谢落的一天——校役给我们看了一面新做的旗，一半是苏联的，黄色的小斧头、镰刀、五角的小星星，在旗面上没有错放一点的位置，但是，另半面却不是属于中国的了。那全新样的，在地图与万国旗中，我们从来也没有见过。校役悄悄地把旧的旗子扯落，升上新的旗子。

我们天天仍是希望把旧的旗子升起，哪怕这是一年，一月，一天……一刻也好。可是，我们总失望。只有扑到储藏室的玻璃上，看看丢在墙角下的旧旗子。

不久，更有惊人的消息传来。我们学校的旗子快完全换新样的了。

我请两点钟假，到叔叔家去；回来晚了。苏多瓦正给我们同学讲什么，她停下，问我为什么回来这么迟，我说："这地方不安宁，叔叔把祖母送走。祖母留我吃了饺子。"

我说完，苏多瓦完全没有谴责我，真是意外的。她又继续她的问话——问每个苏联学生将要到什么地方去。于是学生好像喊了一个口号："回祖国去！"

"果瓦列夫，你？"苏多瓦又问。

"回祖国去！"我说。

"怎么回去？"

"叔叔回来接我。"

苏多瓦从讲桌来，走近果里的身旁问："果里！"

"什么？"

"你呢？"

果里咕噜两声，说不出什么。他只是呆着，在呆望墙上悬着的一张世界地图。在那地图上，靠近海洋的一角，有他的祖国，仍涂着另一种颜色区分他祖国的边疆；但是他说："跟果里沙去吧！"

苏多瓦做出孩子一样的讽刺，手指点着果里的头；果里的头渐渐地沉重下来。她立刻又严肃地说："果里，你不能跟果里沙去的。将来在朝鲜的国土上插起你祖国的旗，那是朝鲜人的责任，那是你的责任！"

为了明天的别离，苏联的同学分赠我与果里许多小物品，做纪念。

"果里呢？"同学问。

我在院里寻到果里。只是他一个人，在树影下踱着小步子。月光浮在他的脸上，我看见有泪珠。他不住地问着自己："到哪里去呢？"

最后，我告诉他："我俩一同走吧！"

于是，我们送别苏联同学登了驶向祖国的专车后，便筹备起我们的行程。虽然，已经知道南线车轨被破坏（这是叔叔必经的路），但是，我们仍倚在门前，望着邮差来。那许多信，没有一封是叔叔的；都是从苏联来的。同学告诉我们，当他们到莫斯科的时候，有许多人欢迎他们；以后，又送他们进了学校……

十几天了，叔叔的消息完全没有。而且守门人天天催着我们走，大门立刻要锁起来的。守门人为了我们没有路费，在旅程上给我们个秘密的方法。

于是，坐过一天一夜的火车之后，我们又漂流在海洋上了。

虽然我们是藏在货舱里，被塞在麻袋的缝隙间，不住地有老鼠从我们头顶跑过，但是，不停止的轮机似乎在告诉我们："向祖国去的孩子们，不要害怕，不要叫饿，这一刻你们应当忍受的！"

我是十分安心，果里却问："在岸上被检查了，下船也要检查吧？"

"检查怕什么！"

"你是不怕的。我呢？"

我们同是说着俄语，仿佛忘记了我们是异国的人。为了果里的安全，不应当再说俄语，要说中国话了。所以我改用中国话说："从现在起，我们说中国话吧。"

"如果有人问是哪国人呢？"果里仍是说的俄语。

"说中国话，自然你要说是中国人啦。"

"说不好！"

我开始试验他了："你是哪国人？"

"中国人。"

是不像中国人。他说话的重音，放在"人"字上。其实，我和他说中国话，他明白，不过，他说得太不中听。

"你装中国人，装我的弟弟。我说话，你一点不要说！"

然而，下船的时候，警察偏偏地问果里："你怎么不说话，你哑巴吗？"

终于果里被看出是朝鲜人。果里所说的"魔鬼"，这里也有的；于是果里又被"魔鬼"抓了去。他看我也被一只大手抓住衣领，他说："我是朝鲜人，他不是的。"

《文学（上海1933）》1936年第6卷第5期

沙漠中的火花

在内蒙古边区上的一个小地方,以前没有人详细调查过究竟有多少住户;可是旅人都记得那一列一列的蒙古包,碱土堆起的小泥房院落,并且有一所极大的兵营;所以从兵营看来,常使人想到驻兵的数目,要比住户多在几倍以上,而且是中国兵,虽然那里是蒙古的地方,蒙古的居民。

经过几个月的炮火熄灭后,那里处处都变成了一片烧焦的土粒,细碎得已经辨认不出是瓦质,是碱土,是砖面,或是其他一些什么东西。总之,与这里的沙漠混卷起来,也正像沙粒一样。不过,也有几块完整的砖块,未燃尽的板扇……以及散落在各处的无数弹筒,那早已被人拾去了。遗留下来的,也只是散落在边角上的几所倾斜的小屋,孤零的墙壁,已经经不起任何力量的摧毁,甚至一指的触动,也许在天气突变的一天,被一阵暴风卷尽了。卷到哪里去了呢?怕是永远不会知道,因为那里只余下一团露宿着的惊得失去了知觉的老太婆和不中用的孩子,此外,全是新来的异族军队,不是中国的,他们自称——"太军"。

自从枯燥的地面遭了雨淋的那天,有一张新布告在一面半截的墙角上贴出之后,不知从什么地方来的那些壮年人,穿着破旧的衣服,每个人都束紧一条腰带,腰带的色调很新奇,似乎在买的时候,经过了一种选择,特意来配合自己拖到地下的长袍,每个人都戴着与自己头顶一样大的半球形的毡帽,有的镶着素色的细边,有的恰在帽顶上绣了一朵团花。每个人都企图挤到布告的前边,可是谁也不肯让出一个空位置使自己面前再加多一个人。所以只是一个推拥着一个,不住地拥向前边去,又拥向后边来,好像海风卷起的浪头。

"噢——噢!"

渐渐地近了,仍是:"噢——噢!"

野兽一般的鸣叫，突然，每个人把头转开去，立刻又转过来，他们互相地望望，许多人同样地说了一声："阿虎太又来了。"

虽不是野兽，但是，这个阿虎太的肢体，确实像野兽那样的粗大，蠢笨，黧黑——他深陷的两颊凸出去的那个大嘴的面孔，恰与猪头仿佛。而且，并不比猪头聪明些，或是纯白些。他就是摇动着那个笨重的头，渐渐跑到布告前的人丛边。他全身的衣服与别人不两样。然而他的吼声，在别人的耳旁响来，比兽叫更要震动耳骨而发抖起来。

"噢——噢！"

"他妈的！"

人丛稍稍飘动一下，在那种低低的咒骂声中，有厌恶，也有恐惧。

阿虎太把一个大拳头举起来叫："噢，散开些！"

于是人丛间自动地裂开一条缝隙，让阿虎太走进来，然后又封闭了。

他站在最前面，脸皮已经快触到布告的纸张，摆摇着划断了许多人的视线。许久他又把身子尽量转过来问："什么事情？"

"不会自己看吗？"

有人这样回答，使阿虎太暴躁起来，说："你不知道我不认识字吗？"

"知道你是谁！"

阿虎太下垂着的右手，手指渐渐地卷曲起来，合成一个牢牢的拳头，伸给与他对话的那个人。于是又有人伸出两只手握住他的拳头，慢慢地给他送回身旁，等到他手指伸开之后，拍拍他的肩说："得了，我们的英雄！"

阿虎太立刻吐出一口笑声，注视着说："啊！是你啊，是萨达尔图啊！"

"你还认识我吗？"

"怎不认识！"

"怎么认识呢？"

"得了，老朋友啦，怎么不认识呢，不是几个月前我们打过一架吗？你忘了吗？天快黑的时候。"

"好记性！好记性！"

"我都记得啊！让我看看你的手吧！"

阿虎太把萨达尔图的左手拖起，拖到自己的胸前寻视着，寻尽了手背、手心以及手指的夹缝，终于没有寻出什么来。他的眼睛刚刚向上翻动了两下，立刻又扯出萨达尔图的右手来，在腕骨上有着一条极大的疤痕，新生的皮肉没有补满疤痕的缺陷，周边仍凝结着血丝。他轻轻地用手指摸拭一下，却使萨达尔图怪叫一声，所有的人都起了一阵小小的惊奇。他的脸色突变成紫红之间的一种颜色说："我对不起你，我不该用刀子啊！"

萨达尔图沉静下来，一直许久才问："你从哪里回来？"

"你从哪里回来？"

"我先问你！"

"白庙子。"

"你想做什么？"

"想做什么？你看看还能做什么呢？好好的日子不让过，他妈的，偏来打仗——"

萨达尔图的手掌贴住他的嘴，好使他不再吐出话来。但是，他把头摇开，仍是说："怕什么，谁敢不让说话！"

"忍耐些，你这阿虎太。"

"忍耐呢，住什么？吃什么？"

于是，萨达尔图给他读起布告来。

布告上说是什么顺天安民——什么想造东亚乐土——所以注意建设，招募工人，工资由三角至一元——那全是蒙文写的，不过最后的年月日上有"昭和"两个字。

时间已经是下午，涌动的白云间，没有一丝阳光，仿佛在这抢夺的世界上，太阳也被人抢夺去了。

人丛渐渐地散开。

又渐渐地集合起来。

不过，那是在另一个地方了——没有房屋，也没有院墙，只是一座未被轰毁的门洞，并不怎样高，却很少有那样长，长得像一条夹道。不知曾遭受过多少弹粒，两面墙壁上遗下无数未穿透的细孔。

但是，以前所涂下的白粉，粉上的蓝色字迹——天下为公——去除一字模糊了，余下的，仍是看得很清楚。由门洞的两边引开四条麻绳，引长到七八百尺的顶点连成两条，被钉在许多距离相等的木柱上，让中间围住了一个极大的圈面，以及许多军用的帐篷、给养、辎重、炮车、慰劳品……人丛也就是在那里集合起来的；因为人数太多，很难看出比在布告前是增多些，或是减少些。不过阿虎太与萨达尔图确是来了，而且在一处踱着、谈着。

"我想劝你几句话——"

阿虎太没等到萨达尔图说完，便反问一句："什么话？"

"你肯听吗？"

"肯的！肯的！"

"你是知道的，这些兵比狼还厉害，你不要随便发脾气，那与你的性命有关啊！"

"啊？"

"你肯听吗？"

于是，野兽自动地顺从了。萨达尔图又说："忍耐些吧！"

"你总是忍耐，忍耐；忍耐什么？"

"我们为了吃饭才要做工，也就要忍耐啊！"

"不知忍耐多少辈子啦！难道叫我们的儿子孙子还得忍耐吗？忍耐到什么时候才算完？这个也来管我们，那个也来管我们，把我们弄成木头人一样，将来一定弄成死人一样啊！你信不信？"

"我们——"

"我们总要有一天——"

萨达尔图触动着，使他的话中断了。处处散布着的哨兵，有两个走近他们，虽然他们的话是哨兵所不懂的。

他们同别人一样，望望四野，望望自己身边所有的陌生景色……像铁钉一样地接触着陌生的面孔；有时，也像在风里飘散的柔丝。当他们所有的人看见从帐篷里走出一个配皮鞘战刀的军官的时候，便赠给他一个公认的绰号——"小狼"。其实，狼也没有他眼睛那样狠毒。

"到这里来报名！""小狼"喊着。

他说的是蒙古话，由于字音的准确，声调的熟练，使不看见他的人，绝不会想到他是在说着异族的话。

他一面望着每个人，似乎从皮肉望进骨子去，一面又在问着每个人的名字，然后用笔记在一本簿子上。

最后"小狼"哈哈地笑了笑，便指点着他写下的名字，检点他们的人数，共有一百二十九名,他又从帐篷里唤出八个人参加进来。他说:"这里有几个中国人,也是同你们一样的工人。他们跟我们的军队太久了,比你们能多知道一些,要听他们的话才好。总之,你们大家好好在一起做,有事不妨大家商量。"

这几个中国人,没有一个穿中国衣服的。他们上身是杂色的西装,下身全是一色的马裤。虽是短小的肢体,却异常高傲,每天指示着蒙古人的工作。有时一同谈起话来也很和气,意思是常想问出蒙古人的内心话来。

不过阿虎太不在意他们,同他的伙伴们一样,整天听从着所指定的工作,把堵塞着各处的砖块、泥土、废掉的一些杂碎东西,一筐一筐地装满起来,或是别人给他装好筐子,由他的一条扁担捐起来,由院内捐到院外四五十步远的地方。不像别人还要把腰缩短些,好让两筐稳稳地落地,然后,再把筐里的东西倾倒出去;在他只是停住一步的工夫,两手先握住系着筐子的一边绳段,把两肩向上一耸,两手也伴随着提高起来,立刻抖动一下,便是空筐了。他捐起三次的时候别人也只有两次。所以"小狼"不停地挥打着的皮鞭,没有落过他的身上。而且,"小狼"召集工人训话的时候,常常提出阿虎太的名字给大家听,让大家与阿虎太一样加快工作的速度。

此后同伴中就有许多流言传出来,最难听的是——

"阿虎太甘心做外国奴。"

因为这一句话,阿虎太与同伴们起过许多次冲突,有一次甚至打起架来。每次都是萨达尔图阻止他;他起始不肯听,终于使萨达尔图说出最后的一句话来——

"你肯听吗?"

这样他才垂下头,不再去与人争辩一句,如果他握紧了拳头,那时候,也松开了。而且他常在晚间会对萨达尔图说——

"我肯听吧?"

"我的好朋友。"萨达尔图许久了这样叫他,然后又继续问,"你做工,怎么这样卖力气?"

"我惯了,向来就是这样,不这样,我倒不舒服。像他们骂我,我真冤,你想,我怎么甘心做外国奴?"

"朋友,你应该看重他们。你想想,你做得越快,皮鞭子在他们身上不是落得越多吗?"

他们几次这样谈话的,最后一次,阿虎太终于答应了,对于工作尽量减慢下来。萨达尔图仍是问:"真的吗?"

当他们谈到这个地方的时候,才发觉身后有一个中国人倾听着,又仿佛是在监视着。可是他们却不留心,而且阿虎太更放高了声音说:"你看,明天!"

第二天确是值得注意的,他们刚刚睡醒,躺在沙地上尽量地把他们占有的空闲时间延长些,舒展舒展太疲倦的肢体。那时候,就有两个哨兵闯进来,先叫去了萨达尔图的名字,然后逼他立刻到一个帐篷里去。他停了一些时间仿佛有几句话要询问的,但是没被允许便把他拖去了。

几分钟内,大家也骚动过一阵,有人主张,大家一同冲进帐篷,把萨达尔图夺回来,有人主张,去指问萨达尔图究竟违犯了什么事情。引起哨兵步枪注视之后,大家的喉咙便是断尽了弦的弦琴了。

阿虎太一个人走开些,在距离十几步的地方来去地踱着。他抛出的每一个步子,都是沉重地落下,使地上的沙土留下他深深的脚印。

早晨的风,仍是清冷,一阵一阵地飘着,给他们带来萨达尔图的消息——在帐篷里的声音。

"你说!"

"什么?"

"是你说的不?"

"不不!"

停止了追问的话,便传来了萨达尔图的叫喊,一声比一声低降下来,在不断地呻吟着:"留情啊!——你们是强国,你们是文明的国家啊!——留情吧!——你们是强国,你们是文明的国家啊……"

"你说!"

"说啊,说啊……"

"你说,是不是你说阿虎太甘心做外国奴?"

阿虎太三个字被人呼出来的时候,大家全死静了。只是阿虎太自己停一停,他踱着的地方,已经是模糊的地面。突然他看见了萨达尔图从帐篷里被抛出来——像一个人抛掉了自己最厌弃的东西——随后走出两个哨兵和"小狼"。同时"小狼"仍在指问着:"你说!"

萨达尔图却是一堆泥泞了。他的血流充塞着每条脉管，膨胀，而且加快地在流走。最是他那两颊已经红肿得添补起他原有的枯瘦；眼睛突变成两个肉泡；然而肉泡间只裂开一条缝线，露出眸子来。他用一手撑着地面，起劲地把头仰起些，那种模糊的动作，似乎仍在未睡醒的蒙眬中。

然而"小狼"仍是绕着他的身边转走着，逼问着。在"小狼"那种坚决的神情上看来，可以知道这露天的剧场上，将要再展开一幕。

"小狼"用手指发出命令，两个哨兵伸出了两只皮靴脚，一只踏着萨达尔图的腰背，一只落在腿腕上，他的皮鞭任意地抽打着——因为皮鞭下已经是一只羔羊了。

"你说，叫阿虎太减少工作，是你，不是你？"

最后，萨达尔图点着头，一切他都承认了，如果再加重他的罪名，也许不会否认。

于是，哨兵把萨达尔图紧绑起来，使他不能有丝毫自由的转动。

此时已到了上工的时间。"小狼"便挥起皮鞭，好使工作立刻开始。

他们一步一步地移开，一步一步地远离了萨达尔图；虽然他们的眼睛仍是逼近着萨达尔图。

阿虎太却停留着不动。前胸渐渐地凸高，高到快裂开了。当"小狼"唤他的时候，他疯狂了，呼出一片疯狂的叫喊："萨达尔图不是人吗？萨达尔图不是人吗？……他是工人，他是人，他是凭自己的力量赚钱！……他不是谁的牛马，谁也不应当这样待他！……"

他一个人冲开，冲向萨达尔图那里去。"小狼"追赶着他，刚把皮鞭扬起，所有的蒙古人完全奔跑过来。"小狼"呆住了；不过哨兵的食指，都贴住了自己枪支的引铁。

"小狼"应付这种突变，也只有摆出笑脸来，召集全体训话。所说的，也不外安慰他们，勉励他们，使他们恢复了日常的工作。

同时，萨达尔图也解脱了他所遭遇的苦难。不过，在他身上那沉重的伤痕，却不是几天所能养好的。所以几天之后，他仍是在呻吟中，躺在露天的地面上翻转着。他身上裹着同伴的几床被子，在头前，放着一个杯子，被风送来的沙土落满杯底，一粒一粒地已经落起一层。他自己从没有动过那杯子，每次都是阿虎太偷偷地跑过来送到他嘴旁。如果阿虎太的工作太忙或是忘却的时候，那么，他便望望天边，以及天线下辽阔的旷野。等到他不能再多忍受一刻的干渴，就加重了几声呻吟，或是，顺便吐出几口长长的气息，不然，也便在自语着——

"我遭难了，可是我犯的什么罪呢？"

如果阿虎太听到这种模糊的声音，便立刻跑来把杯送到他的唇旁说："怎样？胳膊还不能动弹吗？"

他模糊地答应了几声。

阿虎太说了许多话，甚至气愤到，坚决地主张去要求"小狼"把他移到帐篷里。他却说——

"忍耐些吧！"

有时使阿虎太反驳了他，他便说——

"你肯听吗？"

于是阿虎太离去了。

他望望阿虎太的背影对自己说——

"好人！"

但是别人对于阿虎太恰是相反，都默认了他是"奸人"。说那次萨达尔图的遭难，完全是他告发的，好使"小狼"欢心；他以后所表示出的种种同情，正是怕人家猜出他的秘密来；虽然阿虎太也做了几次的辩白，并且自动地减慢了工作效率。

不到几天的工夫，"小狼"就派给阿虎太另一份工作了。叫他同一个中国人去修理门洞的墙壁，刷洗着一切的字句，重新涂上另一种色调。

他们两个人已经快做完了一整天的工作，也没有说一句话。仅仅是互相望望，然后，又继续自己的工作。当要涂抹"天下为公"几个字时，是要他爬上木梯去；然而木梯老朽得时时有折断的可能，他便向那个中国人望了一下，想想才说出来一句中国话："喂！你叫什么名字？"

那个中国人说出自己的名字，说得丝毫都不清楚。阿虎太只听见类似赵德两个字的字音，于是他又重问了一句："赵德？"

那个中国人默认了，然后给阿虎太扶住木梯，让他稳稳地爬上去。他的猪毛刷刚触到"天下为公"的"天"字上，又停下来问："这是什么字？"

"天——"

赵德摇起头来。他匆忙地追问着："这是中国字，你怎么不认识？和我一样？"

"你说的……中国话怎么太好呢？"

赵德是用蒙古语问的。同时，无意中也引起他蒙古语的回答："哼！我以前在中国地方多少年啦。这里也是有许多中国人住，我常和他们有来往。他们以为我是中国人呢！"他望望赵德又说："你说的蒙古话太坏，我们差不多都听不懂！"

"我能听懂你们的。"

"我们都说中国话吧。"

"说蒙古话吧。"

"你说得不好！"阿虎太改用中国话说。

"啊啊！"

"我擦掉这中国字，你心不难受吗？"

赵德不回答，脸上也没露任何的感觉。所以阿虎太轻蔑地说："你这样的中国人啊！可是我倒痛快！"

他一下就把"天"字抹去了一半，眼角与嘴角全笑得裂开了；可是他望见哨兵又失意地收拢起来。

赵德愤愤地回答他几句中国话，那比他说得更不熟练。

不过，一天一天地久了，在他们中间多少也会积起些友情来，至少不像从前那样陌生。赵德常把从军队那里分得的慰劳品——樱花牌啤酒，与他饮起来。

有一天，在黄昏里，他看见赵德正同那几个中国人饮酒，每个人身边都放满了空瓶。他走近些听见他们高声地谈着，他便退回几步。那时候他发觉了他们的谈话，没有一句是他所能懂的；可是他已经被赵德看见，并且向他摇着手。于是他走去了，他们的话声也立刻就停落下来。

"你们才说的话，我怎么不懂呢？"阿虎太用中国话问。

"我的说得不好？"

赵德说完了，他们又继续说了几句中国话，也同赵德说得一样；在声调上，非常直硬，字句也太不完全。然后在他们的醉意中，起来一阵痴笑，一阵阿虎太所不懂的话。

从不远的地方，有一个哨兵走来对阿虎太说："什么你的？他们喝醉的有。去吧！"

但是他却问："他们不是中国人吧！他们是哪国人？"

"八嘎牙路（混蛋的意思）！"

他看哨兵是气极了，虽然他不懂"八嘎牙路"。

从那天起，他的同伴完全确定了他是"奸人"。原因是：有人看见他和哨兵商量过某种的预谋。

因此，他举起过几次拳头，终于被萨达尔图的话——"忍耐些吧！"——打落下来。他一直等到萨达尔图健康了，他才说："你忍耐吧！我要去了！"

但是"小狼"拒绝了他辞工，并且对他说：有命令传来，四外的蒙匪太多，最近要把他们改编成军队，一面去剿匪，一面完成那条铁路……

过了几天，在门洞上飘起一面新旗，很简单，只有两色：红色旗面的中间，缝补着一个白色的圆球。

渐渐地那面新旗又飘上了旅途。

旗前，是远阔的天和远阔的旷野，边与边连接在一条弧线上。天，只是云片，云团，几乎全是灰色，白色的都很少看见，滚着，涌着，像广茫的海洋中，有一队鲸鱼游过，使海洋飞起一片片的一团团的浪花、水滴、泡沫。地上呢，到处都满是沙滩、碱土堆，所以几丛荒草，在这里看来，也是极尊贵的珍品……旗后，漫延着几里地长的队伍。最先是"小狼"骑着一匹马；其次是"小狼"的军队，炮车队，勒勒车队（蒙古的一种载重车，像中国北方的载重大车。制作得很简单，也不像载重大车那样结实）；最后是新编的队伍，全是灰色的军服，不过，马裤穿在每个人的腿上，都很不合适，有的瘦小得结不起扣子来，有的又太空松，叠起许多的皱褶——由膝骨到腿腕。总之，他们每个人的每条腿上都束紧着两条布带，一条在腿腕上，一条在膝骨下。他们每人拖带一支三八式枪，一个步子连接着步子，在进行中。

"还有多远？"

有人这样问了之后，又有人回答了："走吧，小伙子，早呢！"

"我们为什么遭这份罪？"

"走吧！"

"我们为什么去打我们的蒙古人?"

"走吧!"

"我们应当——"

"走吧!加小心阿虎太!"

阿虎太高大的肢体排在队伍的前面;不知来处也无去处的野风吹打着他,使他的眼睛只留着一条缝线,寻视着什么。有时他脱开队伍,望望身旁铺好枕木的路线。于是,就有呼声响来:"阿虎太归队,要守军纪!"

那是赵德的声音。赵德的肩牌上比他多了一条金线。

阿虎太听了让牙齿磨出些声响。于是萨达尔图劝慰他说:"你的脾气,总是这样不好。你看哪里有你的朋友?"

"我不要朋友!"

"可是人家把你当作奸细啦!"

"瞎眼的东西,不认识奸细!"

全个的队伍不停息地行进了三天,才达到预定的地方。

在开始工作的第一个晚间,就遭了蒙古土匪子弹的警告。

"小狼"有命令下来了,叫他们严密地防守着,不许未筑成的路线内发生一丝的骚动。

当"小狼"检验枪支的时候,恰好有一人的枪弹走火了,然而"小狼"却认为那人是有意图谋,立刻被他枪杀了。

两点钟后,他们都集拢起来了,正在商量一件事情:"我们不能这样地生活!"

"都是一样的人,谁怕谁!"

"弟兄们,到时候了,我们也该翻翻身了!"

"我们要先指出奸细来!"

许多人,喊叫着,最后又是许多人同样地回答:"阿虎太!"

"我担保绝不是他!"萨达尔图叫着。

阿虎太推开了萨达尔图冲过去与他们厮打起来。

在这时候,"小狼"从帐篷里走出,才平静下来。阿虎太的眼角落着血滴,他的手腕被萨达尔图握住,他喊着:"怎么,你还叫我忍耐吗?"

"是的,你不能忍耐啦!"萨达尔图望着暴露旷野上的同伴尸体,又向所有的同伴叫起来:"我们都不能忍耐啦!可是阿虎太绝不是奸细——"

突然,有人喊了一声:"赵德刚才还在这里,现在怎么没有了?"

恰好,赵德从帐篷里走来。

"小狼"的喉咙快喊裂了,也没弹压住他们的骚动。而且阿虎太拖着枪支向赵德奔去问:"你说!你是哪国人?"

"八嘎牙路!"

远处蒙匪的弹声响起来,"小狼"已经没有余力再去顾及他们,他只是不住喊着:"开枪!"

所有的蒙古人,仿佛丝毫没有听见,不转动地望着:阿虎太的弹粒让赵德安静躺在地上,阿虎太被几个哨兵擒住了。但是"小狼"仍是在下命令:"开枪!开枪!"

萨达尔图终于开了第一枪,后来都连续地响起来了,然而瞄准的方向不是蒙匪,而是"小狼"与"小狼"的哨兵。

《文学界》1936年创刊号

蒙古之夜

那是数不清的刺刀；刀柄上铸着兵工厂的名号和"昭和"字样的年号；一把一把地连续着，冲着战争的烟幕，贪婪地吸取着阳光，吸取着血汁，在我们的背后，追随着我们。

开始游击的战争许久了，这还是我们第一次在败走中。但是一次已经几乎败到顶点。毁灭了半数的马匹、士兵，破坏了所有的军纪；一百多人全散乱了，几乎没有五个以上的伙伴。每个人为了躲避成为射击目标，全是徒步地奔逃着，恰像遭遇了猎人的兔群，东去一个，西去一个，任随自己的步子。

当月亮裸露出来的时候，我一个人正在踏着一条沙路。四野的远处近处全披了一层幽光；不过在那种昏暗中，已经看不出地上的沙粒，或是碱土；只能辨识那条远远的，天地相连的一条弧线。晚风仍像敌人的刺刀一样无情，一样残暴，从远处滚近我的身边，或是从我的身边滚开去，尽量地搜索着我；有时竟使我回转头来，或是停一停步子，疑心那是敌人的刺刀近了。

渐渐地我觉得清醒过来，我才知道我的步子沉重了，很难拖出一步，像是在拖着几百斤的重载。于是我在路上躺下了，把沙路分成两段。

渐渐地我又听到有车辆滚走着的声响近了，一直近了我的身旁。我仿佛更听到了我不懂的一句："……"

我很习惯地立刻握紧了枪支；不过仍是躺着，带着一种惰性的口气问："谁？"

回答我的是从女人的喉咙里冲出的一声惊叫，很响亮；在这死静的旷野上，仿佛快要冲断了天地相连的那条弧线。

我的枪支又脱开手去，再问："做什么的？"

"啊？"

"做什么的?"

我的声音又加重了些,我便听见了在哆嗦和喘息中的话声:"先生,你慢慢说话,我听不清。"

"怎么听不清?"

"先生,我是蒙古人。"

我把头仰高些,看看那个人形:是一个很年轻的姑娘,脱开发辫的散发,在风中,不住地飘打着她的两颊。

"你是做什么的?"我仍是逼问着。

"先生,我是回家的。"

我气愤了,仿佛在我这最神圣的休息中,她不该这样无故地来骚扰我;所以我带着骂意地说:"你回家你就回去得啦。谁他妈不让你回去咧!"

于是她指过她的车轮,又指着我。这时候,我才知道她之所以骚扰我的休息,是我的身子横断了她的去路。

"累坏了!"

我一边自语着,一边用一只手按住地面,起劲地撑起上身,然而我的腿是一条树干,直硬得不容我稍稍地弯曲些,我不能动作一下。

"先生,你怎的了?"她问。

我不愿意再多接受她一句话。

"你病了吗?"她再问。

我厌烦了这多嘴的姑娘。我为了她快些离开我,我便随便地答应了一声:"嗯!"

"那我带你回家去,你愿意吗?"

我自然是愿意,而且在默默中感激了她。但是当她扶助我起来的时候,她惊奇地问:"你是军人吗?"

于是我告诉了她我所遭遇的情形。然后她的眼睛逼着我,望望我的军帽,破裂的军服。同时她被我也看得清清楚楚:她比我矮些,她那被风卷起的散发,刚刚触到我的耳边,她的头高扬着,直对着我,没有一掌的距离,她呼出的气息,温暖而且湿润,我的下颏都感受到了。她的脸上裹着一层月光,有浓重的两条黑眉和一对活跳的眼睛。我呆呆地望了许久,在她的脸上没有寻出一丝皱纹来。她避开去说:"让我扶你上车吧。"

她给我解下枪支弹带后，她的手握住我的手，她血流中的热度经过两只相握的手，传遍了我的全身；在这清冷的晚间，我开始又感受到了人类的温暖。我扶靠她走了两步，我的腿压住了车辆的后边，几乎把车辆压翻过来；系着绳套的两头小驴受了极大的惊恐，长长地叫了两声。

突然她像抱起一个包裹似的把我抱起来放在车上了。

车轮继续着未尽的途程滚转去了。那车辆是蒙古特有的一种勒勒车，由简单的匠手、简单的质料组合起来的，用不知名的枝条编织的车床，很明显地经不起太重的重量，甚至有时我担心伴随车床塌落下去。并且车轮又是一枝小树干经过烟火卷成的圆圈，中间只有几条不调合的木棒互相地支撑着；一边滚转着，一边发出一种难听的鸣叫。她坐在车前的车沿上，握着麻绳制作的小鞭子，打着小驴的脊背，没有一声是响亮的，仿佛小驴不仅没被打痛，而且感到搔痒的舒适，把蹄子更加放慢些抛开去。

天上轻松的白云，一块连着一块地浮过月亮，浮向远远的天边去，淡了，散落了。车轮不停地行进着，任随车轮的转动怎样加快，永远永远有一条天线绕裹在我们的身外，保持着固有的距离。

"姑娘——"

她不待我说完，便答应了："啊！"

"我们还有多少里路？"

"很快，很快，你看！"

我顺着她鞭子指着的地方望去，有斑斑的黑点，遮断了天线。然后我们便喑哑下来，让死静、寂寞充塞着这旷野，充塞着我们的心。

这条沙路是很平坦的；不过车轮上有着许多未修平的疤结，滚走着，不住地在抖动着；于是我的身子也一样地随着在抖动。但是，她在我的眼前却很自然地摇摆着，向左右歪斜着。

"姑娘，这么晚你去做什么啦？"我问。

"卖羊皮去了。"

"那你不害怕吗？"

"怕什么？"

"那你才见我的时候，你吓呆了。"

"这一个月来不同了。在夜里我也有些害怕。"

"为什么?"

"你们常常在这里打仗。"

"关你什么呢?"

"关我什么？哼，我们这里的姑娘媳妇不知死了多少!"

"怎么死姑娘媳妇呢?"

"你想吧!"

她的头不自然地扭开了，我看出些她那少女特有的姿态。

"那么你不恨我们吗?"

"不，我恨的是伤害我们的人。"她立刻又把话反转来说，"也恨你们!"

"你还要恨我们! 现在'人家'把我们当作一条狗。"

"你们把我不是也看作一条狗吗?"

她恨恨地丢给我一眼。

"那你怎么扶助我呢?"

"我以为你是倒在路上的病人，总是可怜的。"

"现在你不后悔吗?"

"不!"

她给我一声坚决的回答之后，已经近了她所指定的一个蒙古包。

当我们走进去的时候，我立刻被一层黑幕蒙蔽了眼睛。她很熟习地牵着我的衣襟把我推坐下来。我听她与谁谈一些什么；我还没有听到她们谈话的终点，便在朦胧中失去了知觉。

我突然醒来的时候，有一只手，很燥热的，浮贴着我的脸颊，每个手指就像在打着钢琴的键子一样。我不转动一下，只是呆呆地接受着，许久许久也没能脱开手指的搔动。于是我急快地翻转过去，想躲避开；不能——我占有的地方，仅是狭小的一条，而且我的背后紧靠着蒙古包的边际，只有弯曲着身子，我的腰背才恰好拢合在那条边际的弧线里，舒展着疲劳，所以我不能不保持着原有的姿态，任那只手怎样地搔动着我。

蒙古包的一处，裂出一条线隙；不知是门洞的一边，或是其他的什么角落，让月亮透进一丝的光线，淡没于昏暗中，有时抖动起来，我知道从缝隙间吹进的夜风暴烈了。同时，那只手在我的脸上也加多了动作；把我垂落到前额的散发，经过抚理之后，一缕一缕地又推送到头后去。这时候，我不能不把声音低下些去问："谁？"

"我！"

这声音很高，也很自然。我一听到这声音，便晓得并不陌生，而且很熟识地在我的忆想中。于是我问："你是送我来的姑娘吗？"

"嗯！"

很高的一声，使我的舌尖堵塞着齿缝响起一种制止她的声音："咝——咝。"

"怎么？"

"你小声些。"

"怎么？"

"不要叫别人听见！"

"为什么怕别人听见？"

"因为——"

我想说的话，我又吞食了。

我脑袋里的表，仍是清醒着，走动着的音响，更加响亮些。她翻转着，突然好像要枕在我的胸上。后来她像取自己的东西一样把我的表取去。她送回来的时候，我托住了她的手，让她每个手指都曲紧起来握住表，我又托着她的手送到她的身边。她说："谢谢你！"

我的心跳着，直到天明。

那时候，她已经穿好了衣服：一件长袍，一件坎肩，紫色的，有着零乱的黄色小花，仿佛像肩襟的黄铜扣子，边缘上绣着黄色的线条。她跳动着，把表举到两个老人的面前，使她没有一丝皱褶的脸上加多了几条笑纹。

我仍是躺着，眼睛慌忙地贪望着新鲜的处所。

但是一个老人给我托来一杯凉水，送到我的唇边。我说："谢谢！我不渴。"

老人却强迫着我喝。我奇怪了。

"你总是要喝。是应当喝的。"她说。

她扯起我的手去接那杯凉水。我问："为什么？"

"你想吧！"

她的头不自然地扭开了，我又看出了她那少女特有的姿态。

"你喝了吧！"她又命令着。

于是我喝了。

我刚刚再躺下，便有人跑来告诉她：追随过我的刺刀又近了，正在搜索着近处的几个蒙古包。

她焦虑地给我一个逃避的方法——我穿了她给我的另一件衣服，鞭打着羊群去了。

"这是我住的地方，你回来不要忘记！"

她嘱咐过了我；她的手还在指着她住的蒙古包，跳动着。

不到两点钟，那一次惊动过去了，我又鞭打着羊群回来，我没有忘记她所指过的蒙古包。

然而她不跳动了，安静地躺在蒙古包里，裤子脱落下来，由腹部到膝盖的一段赤露着，涂染了几条血流。不过她遗下的却是完整的尸身，没有一处伤痕，只是一手握住了一把刺刀，刀柄上铸着兵工厂的名号和"昭和"字样的年号。

《光明（上海1936）》1936年第1卷第1期

做 人

那时候，我正在报馆里做编辑。为了一件事我挤在人群里等待着电车。突然，我发觉有人在我的身后扯动了我的衣领，而且说着："我昨天才打听到你的地址，正想找你，有一件事情请求你。是的，请求你。"

——几天了，我都在奇怪着。那个人是谁呢？穿了一身田野的衣服，蓝色的夹衣夹裤；有两个衣扣掉了，散开着一半衣襟，赤黑的胸脯露出来，与他的脸色调和着。他没戴帽子，也没留长发；不过他的秃顶好像有两三个月没经过一次修剪，伸长的发丝已经一寸多，有的长过耳边，有的长过了一半衣领；但是那并不十分引人注意，因为他的眉毛也是很长，而且丛密，以及他的睫毛也同是一样。——我把他那整个的模样记着，想从我的意想中记起他是谁来。渐渐记起他曾在我的眼睛里留过一次或是几次的影子。我终没有记起他的姓名来。

同时，我仍在奇怪着——我刚刚在军队的败走中逃出来；逃到我的旧地哈尔滨来，骚扰了许多朋友，他们好久没有安下心，每天为我奔跑，才给我找到一月三十元钱的编辑职位。到现在还不满俩月，我有什么力量值得人家请求的呢？

在时间上又划过了两昼夜，在我发稿子的时候，那个人来了，第一句话他便说："我是申龙，你不认识了吗？"

我完全明白了——一年前他比我年轻，而现在却比我老了几岁，也许不止，黑髭已经蒙蔽了他整个的下巴颏。我们在战线上有过两天很好的友情，后来在败走中各自分开，直到这次会面。

我再深深地注视了他，无形中我又记起了他留在我脑子里的几个惊人的故事；从那些故事里我将永远承认他是一个勇敢的人。现在他从军队里回来了，真是我的意外。至于他有事要请求我，也更加疑惑。所以我又重问一遍："那天我在电车站上遇见你，你说的是什么话？"

"我昨天才打听到你的地址，正想找你，有一件事情请求你。是的，请求你。"

申龙重说了，证实了他那天没有说错。同时也更加重了我问他的口气："你有什么请求我的呢？"

"自然是有的。"

他说得很肯定，并且追问我一句："你答应不答应呢？"

"我愿意我有力量答应！"

于是他说了：前一月才从军队里回来，回家去过一次，父亲哥哥都被飞机炸死了，只有母亲带着一个小弟弟还在亲戚家里活着。这样他不能不找到一份职业，至少也要维持住自己的生活……

当时我告诉他等几天，我有朋友可以帮他忙，可以给他在地方法院找一个书记的位置。但是他拒绝了。我问："那我还有什么办法呢？"

"你的报馆里不是要出晚刊吗？"

"你怎么知道呢？"

"谁能不知道呢。"

是的，报馆里早已发出了晚刊的消息。

"那你给我留一个位置好了。"

他很轻快地说出了，去了。

但是我却很难地对社长说出："你怎样都得答应我！"

社长这个老头子，总是厌烦别人说话；与他职责有关系的时候，也是一样。每天，他都是躺在社长室里，吸着鸦片烟，在表面上，不但社务与他没有多大关系，就是世界与他也有了隔离。不过，我却没意想到他一听申龙是从军队里回来的，就好像触犯了他的神经病一样，滚起身来说："你叫申龙先生来吧。可是晚刊的人选早就定好了。"

"那叫他来做什么呢？"

"我对于从军队里回来的人，我总应当尽力地想办法；你不也是一样吗？"

我带着这满意的结果，等了两天，申龙来了。

我把他让到我的房间来，他说了几句感谢我的话。然而，他的态度丝毫也不谦恭，一直保持着一个立正的姿势，让一对大眼睛更加张大些来注视我。我说："朋友，请坐！"

"好！"

他答应了几次，总是没有坐下。他的头开始绕转着，让屋中的每一角处，都在他的眼睛里留下影子。

"坐下，朋友！"

我用两只手压住他的两肩，恰好把他压落在椅上。他又把椅子扯近我的床边来，问："我的职务呢？"

我没回答，也没有看他；只是把两只手张开，让肩膀向上耸了一下。

我的姿态感染了他；他失望了，好像连他的生命也在这失望中灭掉。他问："这是什么意思，让我白跑好几次吗？"

"你安心，总会有你的职务！"

他想想，把头沉下来。他又问："那么我住在哪里呢？"

"随便你。"

"我想住在你这房间。"

"好吧！"

"不过，我不知道你来的朋友多少。"

"我的朋友，与你有什么关系？"

"……因为，我要安静些。"

最后我告诉了他，我的朋友很多。不过我因为刚从军队里回来，最近还避见朋友。

他高兴着，要去搬东西。我问："你现在住在哪里？"

"朋友地方。"

"在道里，道外？"

"你问得这么详细做什么！"

"我想帮你去搬东西，问问你的住址，难道这也是一种罪恶吗？"

他一个人去了。在下午，不知从什么地方他一个人用人力车把东西拖来了。共有两件同样的柳包，其中一个，在中间断了几条线绳；柳条还是很完好地连着。他自己由楼下搬到我的房间去的时候，他想一手提着一个，一次提进来。可是他提起之后，他的腰向后挺斜着，沉重得使他放开步子踏不稳地面；

终于是捐的，捐了两次。

房间很小的，又添了一架铁床，更见小了，竟把我的方桌由地心挤到墙边去。

我又从报社那里暂借十五元钱给他，他去换一身适当的衣服。

我给他打扫了一次铁床之后，我看着他的行装仅是两个柳包，便想到也不会有他够用的被褥。从我的床上抽下了一条狗皮褥子给他铺在床上，顺便又想把他的柳包打开，给他完全铺好。但是我一提柳包，没有提起来；那柳包里有我意外的重量，并且，还有铁锁锁着。所以他回来的时候，我问："你的柳包怎么这样重呢？"

"你试验过了吗？"

"不，我想替你打开。"

他立刻把柳包的每角检视一下，一个一个地推送到床下去。他说："人家的东西，怎么好随便打开呢？"

"那么，你的东西，太神圣啦！"

我讽刺他，我感觉我的脸由眼角温暖下来。他仿佛怕我气愤，故意凑近我的身边来，拍打着我的肩："请你原谅我！"

"自然可以原谅。"

我加重了讽刺的口吻，退后一步，让我的肩脱开他的手，他又凑近些，我继续又后退一步。

"请你原谅我的苦衷！"

他的声音低沉着，低沉得像在远处。

我很坦白地笑了，让笑来表示，我并没有对他气愤，并且也没有认为是一件难忘的大事。

晚间，我请他剪了头，脸色新鲜许多；他又换了新买来的学生制服、皮鞋，完全是另一个人了。

我叫他出去玩玩。他回答我却是："我太疲倦了。"

我坚决地扯着他。他拒绝着："我永远都不好出去玩的。"

晚刊出版的前三天，社长才决定了叫申龙去担任校对人。可是申龙对我说："我不愿意校对。"

这时候，我觉得他这几天给我的印象，他的个性真是奇特的。于是我问：

"那么什么是你愿意的?"

"外勤记者。"

"为什么?"

"我可以多接触几个地方,我可以多认识几个朋友,我可以常在外面逛逛。"

"你忘记了吗——"

"什么?"

"你永远都不好出去玩吗?"

"……也不一定。"

他说话好像一个姑娘在夜里偷偷送走处女的时代,第二天被人指问的时候一样。他的眸子流转几下,仿佛拖着一种秘密,时时刻刻想潜藏在眼角里,最好是避开我。于是我说:"朋友,我看你太奇怪!"

他坚持地给我一个表示:"你会认识我的,绝不会对不起你,放心吧,朋友!"

于是我再没有什么异议加在他的身上。并且,我还对社长说,申龙虽然不是一个有经验的记者,但是他懂得怎样采取新闻,怎样写稿子,他可以照顾整面的本埠版。总之,他去做外勤记者,没有一样不好的。社长经过几次的思索允许了。

然而他从开始的第一天起,我已经替他难为情了;为了他几乎使晚刊没有出版——他出去一整天,很晚才回来,其他的版页早已排好,他一个人还是坐在编辑室里冷清地写着。写完了,也不过只是两段三四百字的小消息,并且所有的字句,也完全不适于新闻的用语。

"朋友,你担任不了外勤记者。"我说。

"不,我一定要多做几天!"

毕竟是一天比一天好些。

同时,也一天一天地逼近了我们难忘的九月,我们永远记忆着的九月。

在十八日的那天,在公园里搭好了几所华丽的席棚,一边悬满着灯彩,一间高搭着讲台,四角垂着新样的旗子:四分之三是黄布,四分之一是红蓝白黑四色。中间高悬着万国旗,那里没有祖国的旗子,全数都是新样的代替了。

龙灯、高跷……一群连续着一群,不断地绕满着公园的四周。锣鼓响叫着，在唤着游人，像往年元宵节一样，不过游人却不像元宵节那样多。所去的，都是指定不能不去的人，每个人的衣上都戴着一个记号——黄色的，圆形，那上面写着的字是：参加庆祝典礼入场券。

同时我们的报社也正在分配着这种入场券。共有五份，除去申龙和另外两个外勤记者使用三份之后，还余下两份来。社长托着那两份送到每个人面前的时候，每个人都是推开他的手说："社长一个人带着两份去吧！"

"那还不如让我死吧！"

社长终于没办法。有人主张把那两份丢到纸篓去。但是社长说："你是想叫我去住监狱啊！"

其实没有一个人是这样的意思。

申龙看社长踌躇着，他说："怎样都要按着入场券的份数去人，不然的话，社长真要坐监狱了。"

社长想了许久，说："叫两个印刷工人去吧！"

可是印刷工人却说："我们工人不是人吗？"

时钟已经快到了开会的时间，社长在编辑室里绕着圈子，最后申龙说："我有了办法。"

他利用抽签的方法；结果我分摊了一份，我的心立刻跳起来，仿佛沦入险难中了。

申龙劝慰着我："去吧！"

"都是你想的好办法！"

我抱怨着他，我狠狠地击了一掌，在他的肩背上。他笑了，笑得很不平常。他说："这种机会，我们不应当放过！"

"怎么？"

"这正是我们的教训！"

"哼！"

"这正是叫你去做人！"

这时候申龙被另外两个外勤记者叫出门去，他在门口停留一下对我说："你把我的柳包拿来一个。"

"哪个？"

"随便哪个。"

然后他就去了。

我到公园的时候，各处已经排起整齐的队伍，每排队前都飘着一面旗子，写着什么学校，什么机关，什么公会……他们每个人都像岗兵一样安静地守着自己的岗位。记者比较自由些，可以随便走到哪里去。

不过我找申龙找了许久，只是在公园一条僻静的路上遇见了他的背影。我喊："申龙！"

他回转头来，看看是我，便把手摇了两下。我还叫着："你等等我！"

他紧紧握住了我，几乎要把我的手指握碎，使我的上身向他倾斜一下。我说："朋友，我们一同走好点，我不愿意一个人在这里。"

"我有事！"

"记者有什么事情，看看就算了。"

他甩开我的手："再见！"

他走开了，他的步子很匆忙。

会场鸣了三声纸炮，那种响声好像镇压着群众，不许走动，不许说话。继续着响起大乐来；虽然是欢快的歌曲，健壮的调子，但是却激起我心的凄冷。

讲台上有人在演说；突然响了一声惊人的轰炸声；台下形成的人海里起了巨潮。原有的秩序已经不是任何力量所能恢复的了。

当时就证明了那是暴徒投掷的炸弹；不过被伤亡的要人，还不知道究竟有多少。不久又传遍了暴徒逃走了，只是拘起二三十个嫌疑犯。

我被拘留在公园里，有两小时的工夫，然后经过严格的搜查，才把我放开。

我回到报馆的时候，那里集合着许多人来问我这个消息的详情。我说："我怎么知道详情。你们等申龙回来，他自然可以知道。"

我们一直等申龙等了好几点钟，他也没回来。我们焦急了，晚刊只是等着他写这段惊人的新闻。

第二天，也没有听到申龙的消息。我便把他所有的东西检视一下，在他留下的那个柳包里发现了炸弹。我详细地看看，我便想起他的话来。

"这正是叫你去做人！"

《光明（上海1936）》 1936年第1卷第2期

已死的与未死的

"我不能再活！……我活不下去了！"
"保佑他……保佑他平安啊！"
…………
冷风卷来一阵一阵从喉咙中爆裂出来的哭喊。
那时候，太阳刚刚落下，遗与天边的霞光，有零乱的金星还在波流上跳动。
继续着的雪天，已经许多日了，一条孤零的小路，又落起了二寸、三寸的积雪，路旁是更高起些的雪场。我们正踏着那无方向的雪场走去；而且，雪还在我们的肩上飘落，飘落……
我们十几个人，是两个人一列一列地排起来；如果没有排尾那两个年轻的女人掺杂着，那么很像一排新编的小队伍：佝偻的肢体，不齐整的步子……一个一个都是陌生地相视着。
虽然，我们真是不相识的，但是，我们却交换着相识的眼色。并且，我们的左肘都联系在同一条麻绳上；绳端被另一只手握着，在我们身后。
已经是十一月天气，江风正拖着冰箭穿过毛孔的时候；可是，我们没有感到太冷。不过冷风卷来的哭喊，还听得很清楚，渐渐逼近，渐渐逼到我们的背上来。
"我怎……么……么活……"
"我也不活了……不活了！"
我们的眼睛，互相地探询着——是在寻觅着我们之中的哪一人是哭喊的接受者。
"你回去！你回去！"

突然，有人喊过来；那个人正是和我一列中的同伴，只穿着一件破棉短衣。

"我不放心啊！"

"多难听！不放心什么？"

我的同伴眉间束起几丝忍痛的皱纹。

"怎么能放心呢？"

"你不要怕，没什么要紧的，不放心什么？有什么不放心的呢？"

"哼！你不骗我吧！啊，你不哄我吧！"

"不放心？……"我的同伴停一停，却暴躁起来，"有死够了！"

我立刻抖起一个冷战，别人的呼吸也都缩短了。

不知为什么我问起我的同伴来。

"你为什么？"我低低的声音问。

他摇摇头。

"那是谁？"

我的右手向身后指去，给他看。

"老婆！我有老婆，真倒霉！"

于是，我们俩的肩上分得了两棒，便没再说一句话；我只是偷偷地回转头来，看见同伴的女人几次向前冲来，几次也没有冲过两只张开的胳膊。最后她说："我要把棉袍送给他！"

于是，她从身上脱下棉袍，只余下一件窄小的夹衣紧束着上身，被两乳撑起的衣襟，使乳间的一个衣扣张开着，所以缝间裂出前胸来。她还没有忘记紧缩胸膛，扣起那个衣扣；但是立刻又张开，缝线断了，扣落进雪去，她没有再去寻找，便抱着棉袍匆忙地冲来；仍是被两只张开的胳膊隔住，不许再走近一步，结果，棉袍终是由那胳膊抛给我的同伴。

我们快走尽小路的时候，我们的步子，一步比一步松软下来，直到被拖进这铁与石筑成的房间来，被锁在房角的一个铁棚里。

我们谁也不明白谁是为了什么变故；只是沉默，死静，惊惧，在等待人家来安排我们每个人的命运。

警官问过了每个人的年岁、籍贯之后，就有一个举着簿子的警察指出每个人是什么案件——

"土匪!"

"土匪嫌疑!"

"政治嫌疑!"

"暗娼!"

…………

被指出罪名的每个人,一个一个地垂下头,眼睛在自己身上搜索着什么证据似的。

"暗娼!"

"政治犯!"

"土匪!"

"通匪!"

…………

然后,我们一个一个地受了检查,一个一个地脱下袜子、带子,掏出衣袋里所有的零碎物件。有尖锐的喊声叫起,穿过我们的耳孔——

"十一号,三个!"

"十六号,两个!"

…………

一个一个地追随着喊声去了,渐渐只余下我和我的同伴。

"来!李金。"

这是提着手铐脚镣的警官叫他。

他把头一摆,仿佛有铁绳系住,由头顶直到脚底,于是,年轻的脸色也渐渐佝缩,红涨,嘴角紧闭起来,拖下两条老人的皱纹,我看他模糊了衣袖的棉衣,胸前用白线缝补的杂色布块抽动起来,那白线就像要从布块的一角裂开来,突然又落下……

"滚来!"

他把那棉袍抛到我怀里,手摇动着走近两步,那两步已经快把脚下的地板踏落下来。他再退回来的时候,两手稳稳地放在胸前,在抚摸杂色的布块,抛开的步子,已经有了固定的距离,最长也不过一尺。

"十八号,两个!"

十八号的牢穴,低小而且拥挤,长只能伸开身子,头顶触着墙壁,脚踏着墙壁与门扇,宽与长也几乎是相等的;常常要留宿十多人,背倚着背,或是枕着墙壁,或是使胳膊肘撑在膝盖上,枕着手掌,我们已经习惯了一种新的睡眠。然而李金在睡眠上,便感到一种极大的磨难;两手与两脚,没有分开过一次,他女人的棉袍,到现在,也没穿起来,天气太冷的时候,他也只好把棉袍披在肩上,让衣袖在颈下束起一个不方便的大结,把两腿屈起,前额垂到膝盖上,那就是他的睡眠。我看见几次他从那种不适的睡眠中惊醒来,牙齿在一声声地发响,两肩高高地耸起,似要撕开手腕上铁与铁的缠绊。白天他的眼睛总是滚动着,寻找什么;但是,四面都像墙壁一样。虽然有窗孔,也有门洞;窗孔间都筑有铁柱,蒙着一层铁网,门紧锁起来比墙壁更结实些。有时候,他眼睛看得蒙眬了,便凑到门旁去;然而由小小门孔所能看到的,也不过只是对面同样的铁门、铁锁、窄小的过道。而且过道两端仅有的两个窗子传进来的光线,也渐渐地微弱,微弱到我们的门前已经是暗淡下来。最后他有一口长长的气息吐出来。

于是那个窃盗犯的同伴,便从衣袖抽出一缕旧棉,在手掌里卷成细绳一样;再把手掌撑在一只破鞋里,让那条棉绳夹在地板与鞋底间,不住地滚动起来。李金望望他,又有一声轻笑响出来。

不过穴里仍旧与眼睛一样黑暗,蒙眬,每天只有等到太阳没有落过窗前另一所房脊的时候,而且要把小窗子打开,才能使一缕阳光由玻璃窗反印到墙上,那比黑夜里的月光还要暗淡,停留着短短的一刻,就去了。

最怕的是多雪的天气,一切都埋在昏沉的烟幕中了。就是晴天,也担心太阳刚刚转到我们所等待的地方,有一块游云来遮没。

李金把合拢在一起的两手举起,指给我们看窗外说:"他妈的!昨天那块云彩又来了。"

真的,有一块灰云浮过我们的窗前,但是阳光反印到墙壁上的时候,却没被遮没。

"你快去晒晒吧!"

我们都这样对李金说。

"你们呢?"

"你快去!"

"唉,从我来,你们就没有晒过一次,我怎么忍心呢,我们不都是一样的难友吗?"

李金总是谦让,可是我们谁也不肯。固然都是一样的难友,一样被一把铁锁锁起来的;不过他比我们要不自由,比我们更多有一副手铐脚镣。

当他两手伸到阳光里的时候,手背叠落着斑斑的疥疮,已经不是手形,只是一片血滴、毒汁凝结的一块烂肉,那更比我们沉重很多。

"你们看,我的疥疮晒好些吗?"

于是他把手移开些,给我们看;立刻又让头伸到手边,有一块小小的阳光贴在他的鼻尖上,他又说:"真暖啊!还像八月的天气呢!"他突然转过头来问,"现在到几月了?"

使每个人都探询起自己指甲在墙边刻下的记号,有的已经漫成一片,仍是耐心地数着,数着,终于没有数完,便垂下头来说:"我都快到五个月了!"

同时又引起李金的问话来——

"我多久了?"

其实,我记得很清楚,还不到半月;他自然也是同样,不会比我多一天。

"那我也要等五个月吗?"

我怕听这句话,我怕他嘴角拖下那两条皱纹,一天比一天深,已经深到皮肉里,骨子里。

"不要紧,我们都是一样要忍受啊!"我拍拍他的肩,安慰他说。

"该死该活,我要痛快些!"

他的声音,击到铁门上、铁栅上,仍是钢脆的回响。

"我们到这时候了,还有什么好说呢?就是说,谁又肯听呢?"

"当然要说!押多久了,不过一堂,押也押死了。"他的声音软下来,仍是"押也押死了"。

近几天来,李金唯一的希望就是审讯,所以他时时刻刻等待着从过道上响来的呼声——"李金!李金!"

然而结尾的两个字却是——"接见!"

铁门裂开一条缝隙,他拖出了沉重的步子。

同时,我们也确定是下午了,因为下午的某点钟,才是接见的时间,我们便放松了一口气息,无期的刑罚中,又快挨过了一天的磨难。

李金抱着一条棉裤,同棉袍是一样的布料,模糊地还可以看见蒙着一层灰尘的小红花。他倒下来，像被暴风吹来的旧棉，堵塞在墙角上。

"一个人死都不能死个干净。"他突然又激动起来，"来一次，哭一次，哭哭啼啼的，像什么样子！你的丈夫是好汉子！好汉子敢做敢当！谁要你不放心？"

"女人来过了吗？"我问。

他点点头。

"说些什么？"

"总是不想活，要死，要死！你死又能怎样？"

他仿佛是对墙壁说，而不是回答我。

"她说的都是好话！"我说。

"什么？"

"她挂念你啊！"

"谁要她挂念！"

"她能不挂念她的丈夫吗？"

"啊！"

他的吼声，仿佛什么都明白了。

"王八蛋，不用闹，明天就枪毙你！"

骂声从过道响进门孔来。

"哼，今天才好！"李金自语着。

我的胸坎好像爬过了一条毛虫。那个盗窃犯的同伴把燃起的烟尾巴偷偷地给他吸了两口。他又偷偷地把马桶移到窗边，慎重地登上去，脖颈尽量抻长，如果窗前不是有铁栅、铁网，他也许把头伸出，伸到离去的他女人背后。不过那背影终于是远了，远了，雪场上的风夹着雪裹住她，仅有裤脚不住地飘起，飘落……

夜里，他没有合拢起眼睛，微弱的灯光落在他的脸上，更加惨白，简直是裹着一层松懈皮肉的骷髅；我仿佛再记不起我所初识的那个脸孔。

我看他用牙齿撕着衣袖露出的棉花，所以我问："朋友！你要怎样？"

"我要越狱！"

"安静些，朋友。"

他很听话，立刻安静下来，我嘱咐他说："你要想想怎样应付过堂。"

"过堂?"

"是的。"

"想想?"

"是的。"

"没有想的。"

"那么你要承认……要承认是土匪吗?"

"土匪? 土匪?"他故意把肩膀送到我的眼前,让我看见他那件披在肩上的女人棉袍……

"朋友,我明白你,所以我希望你注意自己的口供。那口供能决定你的生死!"

"我不供。"

"刑法厉害。"

"我宁死堂上,不死法场!"

他投到我的怀里颤抖起来,可是没有一滴泪水浸湿我的衣襟;并且,他自己仍是低语着:"我不怕。"

"你的女人呢?"

"随她去!这样老婆哭就哭死我了。"

所以以后他拒绝再见他的女人。可是他那女人,每天仍是踏着雪场来,又空空地踏着雪场回去。

"李金!李金!"又从过道上响过来。

"不去!"他立刻拒绝了。

铁门却闪开了,有一根梨木的棒子断在李金的肩上;又一根更粗些的指着他的头说:"过堂,你不去吗? 混蛋!"

李金自然是去了。

阳光从墙角上空穿过,冷风不住地从窗孔卷进,我们好像被锁在冰窖里了。但是我们又不能把窗子闭起,我们怕立刻闷死。

我们正在谈着李金的一些话,总是希望他有意外的胜利;真没想到还是被两个警察拖回来,抛在地板上已成不是人形的一堆垃圾物。

昏黄的灯光又燃起来,我为他抚摸着胸坎,涂成了一双血手。

"朋友,承认了?"

我们都是这样问他。

他摇摇头。

以后他又经过几次的审问；我们每次问他，他每次也只是摇头。不过，他摇头的度数，一次比一次无力，缩短……最后一次他完全失去了知觉，那一丝丝微弱的气息，也快要间断下来。只好征求所有难友的同意，允许把大家早晨留下的一杯凉水浇在他头上，他才清醒些。

"朋友，承认了？"

他仍是摇摇头。

不过，绝望永远藏在他嘴角的两条皱纹里，似乎他自己已经确定了只有死。

所以那个盗窃犯的同伴，很快地又给他燃起一支烟尾巴来。

一天一天地久了，李金的刑伤渐渐地好过来，他便常常预定自己的刑期——由十年到无期；而没有一次估计过死刑，并且又接见他女人一次，他把女人送来的一个小猪蹄分给我们大家吃了。

一天早晨，那个盗窃犯的同伴由警察的谈话中偷听来一个消息告诉了他；然后便又卷起一条棉绳，在地板与鞋底间滚转起来，许久之后，他很熟练地把棉绳中间撕成两段，被撕的两端有小小的火星冒出，他巧妙地用一口气吹起一缕火焰，那样才燃起了一支短短的烟尾巴。

"朋友，你再抽一口吧！"他说。

"什么？再？"李金疑问着。

"这是那个官抛在厕所的上等烟头，你尝尝！"

李金刚把烟尾巴接过来，铁门闪开了，武装的警察拥进门来；他明白了，他的生命也只是同烟尾巴一样的了。所以很安静地吃尽了烟尾巴，没向我们说什么，去了。

窗下军号、哭叫、马蹄的骚乱声中，我又听到了李金的语声："你回去！你回去！"

"我回到哪里去？"

"随你去，不是有许多女人可以再嫁吗？"

"你说两句好话吧！"

"没好话对你说。滚开！"

我握住窗子的铁栅，让眼睛集中在铁栅的一个方孔间，李金已经把棉袍棉裤抛到他女人怀里，随同他几个难友上车去了，走过雪场远了；然而那个女人却被阻止在我们的窗下。我看见她身旁还有木棺；那只是四块单薄的木板，而且不是经过匠手制成的，匠手绝不会在每个角下遗下那么长的裂缝。她渐渐弯下腰，把棉袍棉裤都放进棺材里；她那轻轻的动作，好像母亲在服侍一个初生的婴儿，然后由两个苦工抬起来，追随着军乐声走去。

　　她倒在窗下了，有一把短刀刺进喉咙，刀柄握在她自己手里。

　　两点钟后，李金回来了，丝毫没有受伤，只是自己咬掉了一只手的小指。

　　这样我们知道了他原是去"陪绑"的。

　　（注：陪绑——正犯执行死刑的时候，把严重的嫌疑犯也和正犯一样解到刑场，使他受到死的恐怖，算是对他的刑罚。这就叫"陪绑"，在北方是常有的事。）

《文学（上海1933）》1936年第7卷第1期

病

我和楼上的姑娘相识后,在我是幸福的。

然而,我对她并没有爱情,不仅现在没有爱情,我想永远也不会有的。那么,什么是我的幸福呢?

自从故乡换了新的主人,把我逐出来,去什么地方呢?尽处都是"灾乱",终于停留在这灾乱的都市里。地方是陌生的,而且人也是陌生的,所以我整天是一个人。在孤零中,在落寞中,有个年轻的姑娘相识了,这不是很幸福的吗?虽然我不是为了爱情。

她是中学的学生。白天到学校去,夜间跟妈妈睡在楼上;她的爸爸呢?我始终没有见过一次。不过,我相信她是生在很幸运的家庭里,有女仆为她烧饭,为她到街头去买零碎的东西。可是,她并没有像一般姑娘所有的骄傲。又因为她有的是空闲,为消磨她空闲的时间,她身子终日全被钢琴占有了。当她的手触起琴音的时候,便有歌声起来,很好听的;而且也很动人。

"你怎么不常玩琴了呢?"有人这样地问她。

"不知道为什么,现在不像以前那样喜欢玩琴了。"她说。

我很明白,我从跟她相识以来,她被钢琴占有的时间大部分是属于我的了。她不肯讲给妈妈的话,常常讲给我听。并且,她的信,总先给我看,有她亲属来的,有她同学来的,有她朋友来的,信是很复杂;不过,除去和她同性之外的来信,在每个字,都是潜伏着爱与热力的。然而,那爱与热力却装不满她小小的心孔,因为她还太年轻。也就是因为她太年轻,生活的色调,还没有涂染她的本性,所以在她纯白的心上,在她狂热的情感上,才有安放我的位置。我知道为了自己的那种"病";那位置在将来是要让给别人的;虽然我不是为了爱情。

"去吧！马霞。"

"不嘛。你总是这样冷待我呢？为什么？田春告诉我。"

她叫马霞，我的名字是田春。

因为那种"病"时常使我躺在床上。这时候，我看她刚吃过饭的脸上留着红晕，总是有敌意的，愿意她立刻离开我。但是，她倚在我的身旁不起来，她说我冷待她；是的，为什么？我搜索出来的解答，那是她所不能了解的。

"你唱吧。《伏尔加船夫曲》，我学会了。好弹琴给你听。"她说。

"我没有力气再唱起来。"

真的，我的"病"不再给我力量唱起来；但是，她不知道我的"病"，所以她也不相信我，不过，我没有骗她。

她冷淡地走开。几天没有见到她，也没有听到她的琴声，我想她到朋友的地方去了吧。

以后我听她妈妈说她病了，而且病得很沉重。

不知为什么我立刻冲动到楼上去看她。她的眼睛在朦胧中看到我的时候，她仿佛又恢复了原有的健康，只是脸色苍白，很难看的。

"你为什么到我这里来呢？"

她问我的话，我觉得是突然的。而且觉得有许多愤恨、忧伤，埋在话里。我只好这样说："你不是病了吗？"

她低低地点着头，仍是存有忧愤的。

"没请人医治吗？"我再问。

她的手指了窗前鱼肝油的瓶子和许多药包。

"什么病呢？"

她望望她的妈妈，仍是不说话。眼睛从朦胧中陷入幽怨与伤感之间。

"一个人躺着，总是不如到我的房间玩玩好些。"

于是她在晚间便来了。第一句话，她是这样问的。——

"我来了，田春你怎么不说呢？——马霞，你去吧！"

啊！她是怎样在报复我呢。当然，我要容忍的，只好在她的病上找些闲话讲。

"想不到你病了。"

"病了这么久，你今天才去看我。"

"我也是病了。"

"你是什么病呢?"

我的"病"她从来就不知道，即使我说给她，她也不会明白，所以我给她的回答，是一个玩笑。——

"因为马霞许久不来，我想她想病了。"

她在神秘中，精神比平常更受感动；绝不会想到在一刻之间，她是个病人。我问："你是什么病呢?"

她的唇边几次地要有话冲开，可是她没说。不过谁都会看得明白，她所要说的，同我说给她的回答是一样的；然而在她怕不是一个玩笑了吧?

以后，我们仍是继续着友好的关系。

在中秋节的那天，她说："我的同学来了许多，等着你来，我们好合唱。"

恰好我又病了，已经不能再起床。于是她把整瓶的鱼肝油拿来，嘱咐我说："你应当保养啊。一天吃一次，不要多，也不要少。"

"难吃吧?"

"你等等我，给你拿糖来。"

她送糖来的时候，鱼肝油已经只剩一个空空的瓶子，她看我的嘴还在嚼着，她奇怪了。

"你怎么都吃了?"她问。

"马霞，我的病太沉重啊!"

除此之外我还能说什么更好些的呢?

"请医生吧!"

我拒绝她。我知道我的病是很容易医治的，只要有食料把胃充塞起来，那病便好了。

我的健康是她给我的。虽然我对她没有爱情，但是，谁能说我不是幸福的呢?

《申报》1936年7月3日

肖　苓

　　我们学校的学生并不多，总数只有七十几个人，其中女生占了三分之一。但是我们学校却是很有名的体育专修科。而且我们学校有一个更有名的同学，每个人都称她是我们学校的皇后。她姓肖，她的名字只是一个字——苓，这两个字合并在一起，读起来，很方便，声调也很调和，也许正因为这个缘故，容易使人记住，容易使人常常叫起来，叫得那样响亮。听说她家很穷，才来考我们这个免费学校；所以从她入学起，没有看见她穿过一件漂亮的衣服，像她女同学所穿的那样的。她每天都是同样的蓝色衫子，那上面很难找出一滴污点，因为她常洗，常换，她最爱的是清洁。同学的每个人都很愿意和她要好，不管男的，或是女的。她的"五十米""百米""跳远"，保持着我们几省女子的最高纪录。并且她的年纪最小，眼睛很大，嘴唇极薄，两颊总是浸藏着一种浅淡的晕红，所以不知道她的人说她爱涂胭脂。

　　秋末的时候，总有几日是这样的天色：太阳的边廓淡映在飘起飘落的云层间，是一团清淡的光团，不温暖，也不刺眼睛，在天面上，距离不足一丈高的地方。有时太阳的光线，像针一样锐利，突破了云层，闪射出来，一条一条地抖跳着；有时，也从云层的隙缝里滴漏下来，渐渐地延开一片，或是一条，如同一团野火的反光，染了天面。这种景色，就是我们的早晨。

　　起床的铃声，响过了。

　　我们男生的寝室，仍是浸没在夜境里。窗子上垂着窗幔，是很厚的绒毡质料，透不进一丝的阳光来。几张铁床，排了两列；我们正舒适地睡在床上，被边裹着头，脚却赤露在外面。有的鼾声，刚开始响亮。

　　就在这时候，我们的门被人敲响着，一声连续着一声，好像永远不会终止；渐渐地，我们床上的被卷滚转起来，渐渐地，一个一个披着乱发的面孔从被卷里伸出。于是，有的喊叫了："去吧！"
　　门扇仍是被敲响着，仍是原有的节奏。于是又有人模糊地叫了。
　　"肖苓！"
　　开门了；肖苓走近我们的面前，尽量地让洁白的牙齿露出，放开笑声。
　　我没去看她，背着她的身子说："你真是一个坏孩子！"
　　"谁是坏孩子？你说谁？"
　　她故意把笑脸收拾去，嘴角紧皱着，向外伸出，像一只没有脱开树枝的不知名的红果，那样新鲜，那样可爱。两手叉着腰急快地走近我来，在我的床前把脚一顿，她仿佛用这个动作，吓我起来，或是要把我从房间里驱逐出去。可是我笑了："小姑娘！我胆小，你不要吓着我！"
　　她不想笑，又不能不笑了。但是她仍逼问着我："谁是坏孩子？你说谁？"
　　我用被又把头蒙起来，不去理睬她。
　　有人却被她的话声打扰得不耐烦了，立刻把头从枕头边离开些，向她喊叫着："肖苓！你是想做什么？你说！你怎么天天跑到我们寝室来，你怎么天天不叫我们睡早觉！"
　　"活该！活该！"
　　她的话有些变了声调。她的头转动了一下，从眼角发现了她的几个女同学安静地挤在开展些的门旁，观望着她，一阵笑声冲向她来。她的脸红了，由脸颊红到下颌，走到窗边去。我们寝室共有三个窗子，全被她扯开了窗幔。
　　我看她已经不是平常的脸色，我便问："生气了吗？"
　　她不作声。我又问："生气了吗？"
　　她所有的气愤都集中在她的眼角里，给我看，我改成老年人的声音说："你不要生我们的气！"
　　"偏生，偏生！"
　　她狠狠地摇动着身子。我学着她的声调回答着她："不许，不许！"
　　"偏生，偏生！"
　　"那我们将来不给你找好婆家啦！"
　　于是她紧闭着的嘴唇，被一声清脆的笑声冲破了。她离我没有七八步远，还是跑跳过来，一边用手指指点着我的脸，一边握着我被端的一角："你还敢说不？"

我很奇怪，她有什么力量这样威胁着我呢？我想最厉害，她也不过握起拳头来，向我头顶使劲地击两下，所以我不在意地问她："那我还怕你吗？"

"怕我！"

"哼！"

我把头摇一下，是让她知道——我怎样也不怕她。她的脸沉落下来，几乎快要贴到我的脸："好！"

她在我不防备之下，突然把我的被子扯开，扯落地下去。我从来的习惯，在夜里，是脱尽了所有的衣服的，就是短短的小裤我也不留在身上。当她扯落被子的时候，我惊慌了，我两手一抱，只抱住了一条被角，在胸脯上。我无一丝遮蔽着的下身，完全赤露出来——由脚底直到腹部以上。

"看啊！看啊！"

她像鸟一样地叫着飞开了，引起她在门旁的同学的一片混杂的掌声与笑声来。

我刚刚起床来，这个故事已经传遍了我们的学校。早起的同学，有人跑来告诉我：肖苓被张训育员唤去了。

我们知道张训育员是女同学最怕的一个人：她的话，可以使女同学流出泪来。

我还没洗脸，就跑到训育室去。那门前已经围住了几个人，有的踮起脚来，把头伸过那几片玻璃糊了一半的纸膜之上，有的拥在门缝旁，我挤进来，也从门缝窥视着：张训育员与肖苓相向地站着，她们的侧面，恰好对着我。开始的时候，她们交换了两句话，我没有听清楚。不过从声调上，我分辨出来，张训育员的话，是严厉的谴责，肖苓却在反驳。

"你这个学生，我简直管不了了。"

张训育员尽可能地把脸孔紧皱起来，两条眉间，陷入两条很深的短纹；临产的大肚子，仿佛是被气愤充饱起来的。她等了许久肖苓的回答，终没有一句回答她。她的脸色稍稍改变些说："男女怎么可以那样随便呢？随便跑到男寝室去，都是不可以的。"

"男生怎么可以跑到我们的寝室去？"

"怎么能扯男生的被子呢？这话传出去，像什么事情？"

"什么事情也不像，就像扯被子！"

张训育员被肖苓的话塞住喉咙，几乎连气息也呼不动了。于是她转换了讽刺的口吻说："你现在越学越野啦！"

"我野什么啦？"

"每天你都有几封信来……"

"谁要他们给我来信？他们偏要给我来嘛！"

肖苓用力地推开门去了；我们的头在没注意中被门扇撞响了一下。我摸摸自己的前额，稍稍凸起一块皮肉，有些痛热。我正想走开，她又跑回来，手里提着一个纸盒；没有看我，只是很用力地把我的肩膀推开，她走进去。可是我很感激她给留上的门缝更大些。

"你看，你检查！"

她把盒盖揭去，一封一封的信被她抖落出来，落到地上和办公桌上。她又指画着说："你看这么多信，只有几封是我认识的！"

然后她说出她所认识的人名来，有几个是她的男同学。于是我身旁有两个同学红着脸，悄悄地走掉了。

"这是你自己的事情，我不管。"张训育员说。

"谁要你管！"

"不过以后你自己应当慎重些，不许再那样随便！"

但是肖苓仍是继续敲打着我们的寝室门。又经过了张训育员几次的斥责，她没有听。

当张训育员临产请假的那天，肖苓没有来，我们几乎睡过了吃早饭的时间。

我在饭厅里寻视了许久，没有看见肖苓。等到碗筷响动起来，我注视一下她坐惯的那个座位——距离我有两个桌子，也没有看见她。我赶快吃完了饭，绕着那桌边走了一圈——每桌是八个人，这次只坐了七个人，有一个座位空闲着，恰是她的。

"肖苓呢？"

我们男同学这样互相地询问着，没有一个人来回答。

最后还是由一个女同学的嘴里说出来：肖苓病了。

是肖苓病了。她独自躺在寝室里，没有人看护她，也没有人陪伴着。她的床紧靠着墙边，床前有一个小木凳，放着一个热水瓶和一个玻璃杯子。墙上贴着一张她的剪影，很像她，只要看见剪影上凸出的鼻子，就可以认出她来。我们几个男同学走近她的床旁，坐在她侧面的一张床上。

我们看她还在蒙眬中，没人敢悄悄地推动她，唤醒她。

她的脸色，与平常比起来，没有什么两样；只是她那两颊的红晕淡了些。

有裂缝的窗幔，透进一缕阳光，落在她的脸上。我们赶快把窗幔移动一下位置，让那一缕阳光移到墙上去。

"肖苓！"

我用很低的声音唤着她。她翻转一下身子，一只手腕露出被边；可是她的眼睛，仍是两条短短的黑线。

"肖苓！"

她随着我的叫声坐起，两手一起地摇摆着："你们来了，怎么不坐在我的床上呢？"

她只顾叫我们坐到她的床上去；她却忘记了她那紧小的衬衣，散开着，白嫩的胸脯，白嫩的乳头，全露在外面。我故意指给她看，她立刻把两手交叉地放在两边肩头拢抱起来："呀——呀！"

她这尖锐的叫声，几乎刺破了我的耳膜。

她又像平常一样地笑了；把被子扯到肩上，用下颔压住被边，给我们看看那永不改变的笑脸。可是，我们仍想惹起她的笑声来，所以我说："这次该轮到我扯你的被子了吧？"

她是一只老鼠样地钻进被洞去："不要你们再和我闹！"

"不闹。我们是来看你的病的。"我又补了一句，"看你的样子也不像有病啊！"

"那你们就不要看我吧。"

"不，你告诉我们，你是什么病？"

"头痛！"

"从来也没听你说头痛过。"

"不然，是我骗你们吗？"

"也许。"

然后她说了：昨天她接到一封家信，她父亲没有一句话不是在骂她。

"为什么骂你？"我问。

"他接到了我们学校的一封通知书，说我的名誉太坏。"

她说完之后，便骂起张训育员来。我们劝她找校医诊察一下，她顺从我们的话去了。

我们下午四时后是课外运动。我们三五个人一群一群地到体育场去。

在体育场里，我们也是分成三五个人一组一组地去练习。我正在跑道上挖好两个小坑，准备着练习短跑起脚的方法；很远地，我就听见了肖苓拖着一条叫声冲进来。

"你们看啊！"

她摇摆着一页印字的纸张，顶端印着两个大字——"号外"。我们的眼睛刚刚接触了特号标题的字句，每个人都像经过一次竞赛，冲过了最后的终点一样：两只脚没有一点力量，再支撑着沉重的头，沉重的身子；只是急切地需要休息。

我正想问肖苓："你从哪里买来的？"疯狂了的卖报人，叫卖着"号外"的喊声，已经充塞了每条街头，充塞着我们的耳孔。

我们的土地，我们的人民，就在那种叫卖声中被占领了，被杀害了。

虽然我们没有听见炮声，但是知道炮声一天一天地逼近我们，并且相信终会有一天降临我们的身边。

全埠的学联会开过几次会议。议决开始一次最大的游行示威。

但是张训育员听到了这个消息，她还没有恢复产前的健康，就跑到学校里来，她把大门锁了；我们排起的游行队伍，被她锁在校园里。

我们惊奇她，派出代表去指问她。她说："自从发生这次前所未有的国难以来，没有一个人不注意，自然，你们是更关心的。不过，学校当局屡接到明令，叫你们大家'镇静'。并且你们也不要忘记'读书救国'！"

"读书救国"这句老朽的口号，在她的话里还是第一次被提出来。可是肖苓不等她的话说完，便向前跳出一步，脖颈向她抻长着："什么叫'读书救国'？我们的土地都快被人家占完了，我们上哪里读书？怎么还能救国？"

我们所有的同学为着拥护肖苓的话击起掌来。张训育员脸红了，吓着肖苓："你小孩子，哪里有你说话的地位！"

"我也是代表！"

又是我们同学的一阵掌声。

她喊叫了："我们为了维持国家的纲纪——"

"放屁，放屁！"

这是女同学先骂了她。然后我们男同学中有人喊了一声："打她，她是我们的汉奸！"

肖苓离她最近，所以她也先遭了肖苓的手掌；其次的许多手掌，她已经分辨不出究竟是谁的。

当时有几位教员给我们说了许多好话，才把她从我们的重围里拖救出去。她的夹袍撕裂了，她蒙着脂粉的面孔上，印下我们的指印。她的眼睛昏蒙着，在我们的身上寻觅着什么；说着："开除肖苓，开除肖苓！"

果然，在我们游行回来，揭示牌上有一张开除肖苓的布告贴出来。她自己看着呆住了。许久之后，她奔到自己的寝室去，把散落在外面的东西，一件一件地收拾起来；她想了想，又一件一件放向原来的位置去。

我们劝她静静地休息些，因为她还在头痛。她不肯，匆忙地跑到训育室的门前；那门已经被锁了，她猛烈地击了两拳，震落一块玻璃，她才走开。

她一个人躺在寝室里，一只手遮着前额，直望着天棚。她的女同学用一条浸过冷水的手巾蒙起她的头顶。

"你放心，肖苓，我们总有办法。"

许多男同学在她身边劝慰着她。没有一个人再想惹起她的笑声。

我们召集了全体同学大会，讨论肖苓开除的问题。大家一致主张，要求校长声明开除肖苓的布告无效，不然，我们全体罢课。校长不得不接受我们的意见，在我们那种形势之下。但是，听说张训育员坚决地主张辞职；经过校长几次的慰留，才自动地撤销了辞意。不过她在学校里对于我们的行动很少说话，甚至一句话不说。

有一天报纸发出了可怕的消息：敌人的炮弹已经逼近了我们。全埠发生了极大的恐慌，每天在街道上都充满着搬家的人群、衣物。四处的谣言也随着增多起来。

在各处不抵抗的时候，突然，我们当地的驻军发动了抗敌的战争，在我们是极意外的。我们欢快得常常合抱着，已经忘记男女的性别。并且我们全校的学生分开了许多小组，每组有四五个男同学，两个女同学，到各机关、商店、街头……去募捐。男的握着几本簿子，女的提着许多纸做的花朵。募来的现款、东西，全部送到前线去，慰劳我们抗敌的将士。

我们寝室的同学，早早自动地起来了；肖苓却躺在床上，她不时地叫着："头痛啊，头痛啊！"

"不好些吗？"

这是在募捐之前，我特意来探视她一下。她半开露的眸子，已经不是平常那样活泼。她回答我说："不好，更痛了。"

"温度呢？"

她不说话，把我的手扯去，轻轻地放在她的前额上；她的手却起劲地压着我的手背，紧紧地贴着她的皮肉——仿佛怕我感觉不出她的温度来。我说："很热的，是的，很热的。"

她又把我的手移向被边去，可是被我抽缩回来。她用一种烦躁的声调说："你看看，人家的心跳得厉害呢！"

于是，我顺从着她，我的手停留在她的脸旁，任她去安放在什么地方。

"你的脸，怎么红啦？"

她指着我，我更觉得脸火热了。

她把头藏进被边里，整理一下衣服，然后又把被边推落些，露出她健美的胸膛来。

我警告她："加小心，受风啊！"

"我不怕。"

她把我的手丢落在她胸膛上的时候，她问："厉害吧？"

"是的！"

我答应了她，我的手赶快地从她的胸膛上隔开了一些距离："你这几天去医过吗？"

"没有！"

"怎么？"

"医生讨厌！"

"你应当少闹些孩子脾气，多看重些自己的身体。"

我站起身来，她问："走吗？"

"是的。"

"捐款去吗？"

"是的。"

我把手一摇,走开了。可是,我走出门的时候,又听见她的呼声:"等等我,等等我!"

我再走到她的身边,看她已经披起外衣来。我问:"做什么?"

"我也去!"

"看病吗?"

"不,我要同你们一同去募捐!"

"你不能!"

"怎么不能?"

她一边说着,一边穿着鞋子。我叫她躺下,她不允许。又跑来几个女同学劝她,她也是同样不听。终于跟一个小组跑了一整天。

昨夜里,她不停地咳嗽着,失眠了。

有几个同她要好的男同学、女同学,轮班地看护她。她在那惨淡的灯光下,手握着一个玻璃杯子,头下倾着,头发也伴随着垂落下来。一阵咳嗽过后,自己敲打着胸脯喘息着对看护她的每个人说:"你待我太好了,你睡觉去吧!"

没有一个人肯丢下她离开。一直看护到她渐渐好了的那天——她可以从自己的寝室走到另一个寝室去,一次也不咳嗽。

同时战争也紧张起来了。军队整天从街头经过着,辎重车跟随在后面。大商店已经停止了买卖,门扇和窗子都上了铁锁,每处全散布着哨兵,食指贴住枪支的引铁,检查着行人;我们学生都是例外——因为我们左衣袖上都戴着红色的袖章。

终于在一天的夜里,我们的军队悄悄地退走了。我们疲倦的身子还睡在梦中。

"起来,起来!"

这样的呼声沿着我们寝室响亮着;接着,就是拳头击打着门扇的声音。

门开了,我们都穿好了衣服,张训育员不停地来去跑着,叫着:"你们把自己的东西整理整理,最要紧的是书籍。除掉教科书以外,都抱到篮球场去。你们要听话!如果不听话,发生了意外,学校不负责任!"

淡淡的月光,铺满着地面。人影交叉地来去着,脚步的响声不断地在起落。篮球场是所有人的集中地方，四周牢牢地围着一层一层的人群，像往日等待着名手的篮球赛一样。

"散开啊！"

肖苓的叫声，由远处响过来。她的身子向两旁摇摆着，两手环抱着一个极大的书捆，问："放在哪里啊？"

我们给她闪开一条路，让她走进来，并且指给她看被我们围裹着的一座书山。可是她仍是环抱着她的书捆；虽然她两手已经经不起那样的重量，发着哆嗦。

张训育员叫来一个校役，沿着书山的周边丢下几根燃起的火柴。不久，便烧着了几处的火苗，渐渐地连成了一个火环向书山的顶端爬行着。

火焰伸缩着，张大着，把我们的脸色染红了；我们仿佛等待着燃干了我们的血流，烧焦了我们的身体，给我们自己举行着火葬。

我们没有话说，动作也很简单——摩搓着手掌或是踏着脚，注视着火焰中的书本，书本上作者的名字：马克思、列宁、甘地、孙中山……渐渐地都变成被夜风飘走的纸灰。

肖苓呆立在我的身旁，仍是抱着她自己的书捆。我拉住她几条发丝，她的头随着我的手，转向了我。我说："丢进去吧！"

"不！"

"早晚不都是一样要烧的吗？"

"我等到最后！"

"那么你不好放下吗？"

于是她把书捆放下；她看看火苗不时地伸向她的书捆来，又移动了一下，让火苗接触不到她的书捆。

张训育员对校役说："快快，把国旗都找来！"

"你怎么不说'读书救国'啦。"

肖苓好像把所有的怨气都吐露在这一句话里。张训育员只是长嘘了一口气息。肖苓还想说些什么，被同学突起的骚动打断了。

我们的眼睛全集中在一处——七八丈长的旗杆顶点像有一块模糊的彩霞飘落下来。

突然有几面国旗丢向火中去，肖苓立刻抢了一面，她用手摆动着，叫着：

"中国不亡！中国不亡！"

这叫声仿佛冲裂了我们每个人的每个毛孔，落着一滴一滴鲜血。

"安静些！现在是多么危险的时候。"

张训育员的话，不但肖苓不听，而且我们的同学都伴着肖苓合叫起来。

这时候，我们的叫声传遍了世界，占有了世界。

没有天亮，我们的城市就发现了新样的军队，并且有一小队开进我们的学校。张训育员称他们是——"友军"；她叫女生搬出行李，把寝室借给"友军"住。女生却像野狗一样找寻着自己的住处。她们去问张训育员，张训育员却说："你们随便吧！"

我们男生看着她们有的哭着搬运着自己的行李，便一个一个地推开她们，我们男同学甘心代替她们。

这种工作，从我们同学起，这还是第一次。

我们男同学刚刚给她们搬完所有的东西，中断几天的起床铃声又响了，张训育员说："照常上课！"

可是我们拒绝了。

每天看着"友军"，在我们的院里一天比一天增多。各处都挤满着"友军"的炮车、马匹……校门前堆起两座防守的沙袋，设了岗兵。从那天起，校门便隔绝了我们的去路。"友军"允许我们走的只有一扇小小的后门，出入都有刺刀对着我们在受着严重的检查。女同学中除掉肖苓另外一两个人，几乎是整个星期留在校里，不出去一次。她们每天团集在一块儿悄悄地谈着些什么。肖苓却像我们的侦探一样，跑来跑去地给我们传布着消息：开走了多少兵，开来了多少兵，或是又占用了我们的几个房间，占用了我们多少器具，或是其他一些什么话……

"张训育员来了！"

这又是肖苓在告诉我们。

"今天一定要照常上课了，不能再拖延一天！"

我们仍是拒绝着。她又说："这是'友军'的命令，叫我们学生立刻恢复常态，并且要筹备一次慰劳'友军'大会。"

于是我们第一小时就开始了慰劳"友军"大会中的一项课程。但是我们在教室默默地坐着。谁也不说一句话。那个新来的教员便把张训育员找来。张训育员沿着我们的书桌，一个一个地检阅着，用笔记下缺席学生的名字。然后她扯去一把空闲的椅子在讲桌旁坐下，看守着我们。

那个新来的教员等待她说话。许久，她说了："在最近两天，你们一定要把'新国歌'唱熟！"

然后新来的教员用手打着拍子，唱过了一次简谱，又唱起"国歌"词来——她唱一句，我们便随便哼一句。但是她唱到"人民三千万，无苦无忧"（"新国歌"中的一句歌词）的时候，不知为什么我们的声音，一同喑哑下来。张训育员在讲桌上击了一掌，叫："怎么样？你们想怎么样？"

肖苓还给她一掌，在书桌上："你亡国奴，你走狗！"

"叫你一个人唱，你不唱不行！"

肖苓唱了："……人民三千万，如猪如狗……"

新来的教员，脸色红涨着，离去了我们。张训育员暴躁的气息，冲向着肖苓："这个消息传出去，你还想活吗？"

"我不活！我也不愿意做亡国奴！像你。"

但是，那天"友军"伤兵的病院，派来一个"曹长"（同我们军队中的下士一样）与张训育员"接洽"好了——我们学校派去五个女生，去看护伤兵。

那时候，我没有在校内，不知道我们五个女同学是怎样被"友军"抢去，威逼去；不过我知道其中有肖苓。我正想询问询问当时的情形，看见肖苓和另外四个同学已经冲进学校来；同时有大批的"友军"把我们学校包围了。

我们全体同学受了一次严格的检查之后，派去看护伤兵的那五个女同学的左胳膊被系在一条麻绳上了——同屠场中的牲畜一样，已经有两个人哭着，失去了声音。

一个"友军"的大尉愤怒地教训着张训育员。他的话是由他带来的翻译人的口中译出："你看看你还是什么样的学生！"

张训育员规规矩矩地站着，她的身子哆嗦得那样厉害，几乎要引起我们的哆嗦来。她点着头，做出笑脸：但是她的皮肉异常死板，没有微动一下；只是咧开嘴，咧出一条纯白的牙齿来。

"叫她们去看护伤兵，是叫她们谋害伤兵吗？"

"怎么？"

"有一个伤兵被打了一茶杯，脸都打破啦！"

"谁呢?"

"我正要问你是谁!"

张训育员转过头来问她们:"谁?"

"我!"

肖苓答应了。于是她被"友军"的大尉抓着衣领,扯到我们的储藏室去,门前多添了一个岗兵。

我们同学天天想去探视肖苓,"友军"没有允许过一次。不过每天可以去送一次吃食的东西,除开水果外,要由岗兵慎重地检查一下,再转给她。有一次岗兵从米饭里检查出一支短短的蜡笔,他告发了,便停止了三天给肖苓送东西。后来,有两个聪明的女同学想出了方法:剪了一条纸条,写了我们所要对肖苓说的话,搓成细细的小卷,同一支小铅笔头,从香蕉有黑斑的地方插进去,在果皮上辨识不出丝毫的破绽来。不久,岗兵对我们说,肖苓吃不了的香蕉又还给我们。我们在香蕉里查出了同样的纸卷(是从我们包水果用的纸张撕裂下来的),有小小的几个字迹:"同学们,我感激你们照顾我,你们也可以来看我,只要在夜深两点钟,岗兵睡的时候。"

于是我们有许多同学看过她了。

一天我也决定去看她一次,便一直等到夜深两点钟。

天上没有星星和月亮。几个浸透灯火的窗子,也只是染黄了窗沿,窗沿下一块小小的地方。

已经是初冬了,雪花在黑暗中偷偷地飘落着,地上积满了一层雪面。

四处没有一点的音响。"友军"正安安静静睡着好觉,也许校门外的岗兵还在清醒着。

我拖着轻悄的步子,沿着楼房的墙壁摸索着,一步一步地踏破了完整的雪面。

在楼房的转角处,我停下来,听一听,仍是一点没有音响。于是我注视一下面前的窗子,有半面窗扇张开着,堵塞着望不尽的一团浓黑。我起劲地扬起手来,抓住了窗上交组着的一根铁条。我悄悄地拖长声叫着:"肖——苓!"

"啊!"

"你好!"

"谢谢你,你是谁?"

"你听不出来吗?"

"啊!啊!我要摸摸你的手!"

于是我把手伸进窗去,她用两手握住了,极力向她的怀里拖扯着,几乎拖掉了我的手指——因为窗沿隔开我们有一尺多的距离。

我所要问她的话,全忘记了。我想了想,仿佛是要给她买些食品;所以我说:"你要什么?我都可以办到!"

但是她说的话是:"我要出去!"

两个月后,我们院内走出了一个瘦弱的姑娘,两手与脸孔生满着一层一层的疥疮……我们已经记不起她就是我们以前的肖苓。

《文学界》1936年第1卷第2期

独 身 汉

　　一个很好看的法国姑娘,她的头发和她的眼睛一样,都是金黄色,睫毛长得会使人疑心那是假贴的,脸上常常涂着一层年轻的油彩,赤着腿肚,穿着一件薄薄的纱衫,薄得已经遮不住她白色乳兜上的彩色花纹。她每处全像一个年轻的女伶,丝毫看不出她仍是被寄养在母亲的手里。

　　给我补习外国语的先生,就是这个姑娘。我刚刚学了两个月,我们已经很熟识了。不过我学的外国语却没有什么成绩,当每天我到她家的时候,也只能说这一句:"古达茂宁,维儿斯!"

　　于是她立刻又还给我一句:"古达茂宁,古达茂宁。"

　　然后,我们便谈起中国话来;我们总是这样,在开始读书之前,我们要闲谈几句,所以她的中国话,也一天比一天地熟练起来。

　　这次第一句话她就说:"今天太热了,让我到松花江边去教你吧!"

　　她说完了,就打了一个喷嚏,把两手紧握,在头上撑开,起劲地屈向背后去,让前胸凸起来,让乳头几乎撑裂她的衣服。

　　"昨夜,你没睡觉吗?"我问。

　　"失眠了。"

　　"哼!"

　　"怎么?"

　　"哼,不是失眠啊!"

　　"睡不着,怎么不是失眠呢?"

　　"我知道,你是想——"

　　"想什么?"

　　"你想个男人!"

她的脸红了。最是她那两颊，每个毛孔都好像浸透着斑斑的血滴。她拍着我的肩说："你小孩子，懂得什么。"

"当然懂得，年轻的姑娘，总是想男人。"

"那么男人呢？"

"男人也是一样。"

她默默的神色，从她家一直到江边。为了寻觅我们的坐处，她才说话了："坐在哪里？"

石块筑成的江坝下，已经被人家占满了：洗衣服，钓鱼，乘凉……固然还有许多空闲的位置，可以容下我们，不过那里似乎不能容我们安心读书。于是，我们走到水上俱乐部的旁边，在一株老树下的大石头上坐下了。

我的眼睛向身外绕了一圈，前面是流走的江水，一条波流拥挤着一条波流；身后是那座壮观的水上俱乐部，一个不太穷的人，总是吃过一杯茶或一杯酒的。她就指着那房角的某一处给我看；可是处处都贴满了广告，我终于没有望见她所指给我的是什么。然后她说："我叫你看那张广告！"

那张广告一半是英文，一半是中文：本部重金聘请名琴师贝特，远道来哈……

我不明白她的用意，她自己却兴奋地说着："贝特很有名，也很年轻呢。两年前，我跟妈妈在纽约听过他的演奏，我的手都拍肿了。几天前听说他要来了，真没想到，真没想到在这里还能遇见他。后天我一定到车站去欢迎他！"

我更加不明白她的意思，最后她不自然地对我说："我要领你来听！"

她又说了贝特的歌曲是怎样好听。于是无形中引起我们唱了《伏尔加船夫曲》。

我读过书走回去的时候，贝特来哈的海报已经贴遍了每条街头。

并且在贝特来的那天，报纸的本埠版上载了一段三号字标题的消息。

第二次我到维儿斯家去，没有遇见她。她预先也没有告诉我，她有什么事情。她的母亲比画着对我说了许多话，可是我不懂。

我走开之后，顺便沿着江边逛着。

淡青的天空中，有几块白云飞散着，垂落到天边，远处的江面上，这天的晨风却夹着几丝清冷，吹打过来，使我的肩哆嗦几下。意外地在我坐过的大石头上发现了维儿斯。她一个人坐着，一手托住下颔，手肘撑在膝盖上，眼睛呆直地停留在远天的某一点上。

"你怎么到这里来了呢？"我跳过去问。

"天气太热！"

"不，今天不热！"

"是啊，我病了。"

她是像一个病人，两颊比平日瘦削些；且失去了那年轻的姑娘所特有的色彩，不过，当我注意她的时候，又淡淡地红起来。然后，她走了，说是到医院去。剩下我一个人在大石头上，望着眼前的渡船和远处的布帆，嘴是无意地唱起《伏尔加船夫曲》。当我唱到——

　　……世界谁听吾歌声，祈祷上苍，谁能救我们，我在呼唤自由与
平等。

——便有……| 4 3 · 4 3 2 | 1 6 2 6 · 0 | 1 · 1 1 7̣ 6̣ 5̣ | 4 1 6 · 0 |
1 · 1 1 7̣ 6̣ 5̣ | 4 1 6 · 0 | 1 · 1 1 7̣ 6̣ 5̣ | 4 1 6 · 0 |随伴我的歌声，在水上俱乐部的窗里渐渐地加高起来，又渐渐地近了我的身边，断掉之后，我立刻听见这种声音："古达茂宁！"

这个人健壮的体质，正是在中年，所有留在衣外的皮肤，全是一样的漆黑色，厚厚的唇边只留着窄窄的细缝，让牙齿露出一条洁白的线条来。虽然他是极陌生的，但是我不能不回答："古达茂宁！"

他再说起话来，我只是摇动着手掌回答他。于是他把头向我身边垂低些，用俄语问："你可以说俄国话吗？"

"可以说一点。"

"你是住在哈尔滨的人，一定说得很好啊！"

"你说得这么好，你也是住在哈尔滨的吗？"

"不！不！"

"那你是住在哪里的？"

"世界上！"

"你是哪国人？"

"世界人!"

他的话在我听来是极新鲜的，所以我愿意再多知道一些，便又问："你是新到哈尔滨的吗?"

"是的，还是两天前来的。"

"从哪里来?"

"旧金山。两月后再回纽约。"

"来哈尔滨做什么?"

"做什么?"

"啊哈，多远的路程，是来逛逛吗?"

"不，这就是我的生活。"

"你的名字?"

"贝特。"

于是我们的手，像被粘在一只手铐上了。

但是我告诉维儿斯的时候，她却说："你不要骗我!"

"你才骗我呢。"

"为什么?"

"你说过要领我去听贝特，怎么不领我去呢?"

"我自己才去过两次。"

"哼，一次都没领我去。"

"我总领你去一次就得了。"

我已经和贝特做了很好的朋友，自然可以随便去听。并且我常常到他的住处去，每次他都诚意地留我吃午饭，让我靠近他坐在蒙着纯白桌布的桌边，让我指出我所愿意吃的东西，所以我每次都要说："你待我太好了。"

同时他也说："你待我也太好了。"

我奇怪他的话。于是他又说："在我，有了你这个小朋友，谁能说不是我的幸福呢?"

"那么，你孤独吗?"

"一个人，多少年了!"

他喝尽了一杯酒，他的脸没有红，反而加重了原有的黑色，尽量地让眼睛合拢起来，使眼角成几条皱纹在抖动着——他仿佛沉入疲倦的困睡之前了。

"那你没有女人吗?"我问。

"女人？有过。"

"现在呢？"

"没有了,永远没有了。"

我推动着他的肩膀问几次,他终于也没有说给我究竟是因为什么。不过,他却在自语着:"……一个人走遍了多少地方啦……"

"你去过什么地方?"

"纽约,莫斯科,东京……"

"那么这许多地方就没有你的一个女人吗?"

"我才告诉你了。有过,日本的,俄国的,美国的,可是现在没有了!"

"因为什么?"

"你还年轻,懂得的太少了。"

他一口气力让一只酒瓶空空地倒在地上了,暴烈地叫起来:"我不要什么女人!"

然后,他就从《伏尔加船夫曲》的中间唱起来了:"世界谁听吾歌声,祈祷上苍,谁能救我们,我在呼唤自由与平等。"

这时候,我看他的脸。他的手,他的脚,没有一处不是在愤抖的突变中;我便告诉他我可以给他介绍一个女朋友。他说:"我不要,我谢谢你的好意。"

我以为他是不好意思,才在淡笑中拒绝了我。

不过,我在讲给维儿斯的时候,她轻快地笑了,虽然她还在说:"你不要骗我!"

但是她已经换好了一件淡青色的衣服,我从认识她,没看见她穿过一次。而且在衣领上结了一个大的蝴蝶花,重新涂了嘴唇。她的母亲看见她惊奇了。

最惊奇的还是贝特。他从床上跳起来便呆住了。只有眸子在他的脸上格外鲜明地转动着,望尽他小房间里所有的东西:衣橱,写字台,钢琴,散堆着的琴谱——最后落在我的身上。他始终没有看一看他身边维儿斯伸出的一只手。后来,还是我扯动他的手给维儿斯握起来。他们的视线互触了一下,又各自移开去。让从窗边透进的阳光,悄悄地爬行着,由一边爬到另一边去。结果,他们同时说了一声:"古达柏!"

贝特把我留在他的房间里抱怨着："你这小伙子，怎么这样荒唐？你怎么把一位高贵的姑娘领来？"

"高贵"两个字是在他的牙齿间流出来的。

"为了你。"我勇敢地说。

"为了我？"

"不是为了你，还是为了我自己吗？"

"是为我，那也是伤害了我！"

我听了他的话，所以我损掉了几页课程没有学习。

那天我为了探询些消息，又跑到贝特那里去，我看他欢快地整理着几封信件。我问："什么地方来的？"

"那是纽约，那是维儿斯。"

"纽约的是什么事情？"

"有一个戏院约我几天内就回去。"

"维儿斯的呢？"

"情书！"他又继续地问，"你怎么几天都没有来，生我的气了吗？"

"哼！"

"我要诚意地谢谢你，维儿斯待我太热情了，我不能丢掉这样的姑娘不爱啊！"

我欢跳起来了。

他找出几页信纸来。我问："给谁写？"

"维儿斯。"

"写什么？"

"我约她同去纽约。"

"几时？"

"三天后的早车。"

三天以后，我到车站去为他们一对恋人送行。在候车室里我看见了贝特，他一个人坐在一条长椅上。我第一句话问的就是："维儿斯呢？"

他摇摇头，像丧失了母亲的孤儿。

"因为什么？"

于是他把维儿斯最后的一封信译成几句俄语，意思是维儿斯被她的母亲看管起来了。

"因为什么?"

我强逼他说了许多话,主要的还是他最后的一句。

"因为我是那一万二千五百万中的一个。"[①]

《今代文艺》1936年第1期

---

① 当时黑人的总数,约计一万二千五百万。

小包裹

虽然那仅是几次小的接触，但是我们的学生已经被爆炸机轰炸了许多：有的找不到完整的尸体，便把随处拾来的一只胳膊，或是一只脚，或是……燃烧了，就算是为死者做了葬礼，有的只是残缺了的肢体，而一丝的呼吸还在连续着便送还后方病院——死了或是仍有相当时日的等待着，接受同样的葬礼？

我刚从外地募捐回来，不到几小时，不仅战争的详情不知道，就是我们学生中哪个死了，哪个伤了的姓名，也还没有探询出来。

不过我看见后方的学生，一个一个地摇着拳头，立刻要编成队伍开到前线去；所以我知道大的屠杀已快开始了。

于是，我们的学生又把一件任务放在我的肩上——到哈尔滨去，给他们买个人在前线上所必备的一些东西。并且他们给家里、友人的信息——外埠的要我替他们寄发，哈尔滨的还要我亲自送去。他们说：家里、友人也许再来回信，东西要我给他们带回的。

我检视了他们所要购买东西的单据之后，便把他们交付给我的手皮包解开，数数寄发外埠的信件，共有一百零三封；送交本埠的是二百六十四封；另外有三个缝得牢牢的小包裹，地址就写在小包裹的一面上。

到了哈尔滨，我怕家里知道，便偷偷地住在旅店里了。

两天之后，大部分的事情都办妥了。只是有许多东西是定做的，还要等几天工夫。再就是两封信和一个小包裹，把我的脚趾磨出了许多的水泡，也没有送出。结果我找来一个久住哈尔滨的友人；他不住地读着信上和小包裹上的地址："道外，北九道街，汪沿码头，胜利报关行，刘文家信。

"马家沟，铁路公园后面（师专学校附近），一〇八号或五九号第十户，张子峰。

"道外，中十六道街，警察分驻所后院，十二户或二十二户，询交沙亦杰家收。"

我的友人读着读着踌躇起来了。他说："马家沟这封信，不写街名，连房号也没写清楚，怎么能找到呢！道外的这封信和这个小包裹还可以费力找找看。"

于是，我们去了。到江边的时候，我们又立刻转回了身子。因为我的友人说："江封了，报关行早就关门了。"

然后又去找那个小包裹的地址；我们问尽了那个院内的家住户，也没有一家是姓沙的。

"写错了，一定写错了！"

我的友人不耐烦地说着；好像他感到时间费去太多，他去了。临去时，他嘱咐我再到警察分驻所做最后一次的询问。

但是那个门岗却说："我是新派来的，这里的管界我还不熟悉。"

"别人呢？"

"他们都出动了。"

我的两手搓揉着，踏起脚来——不想再停留；但是也不愿意走开。

警察的手在我肩上指了一下说："来！我可以给你找找户口簿子。"

他几乎翻乱了许多的户口簿，直是摇头，最后他在半年前六月份的一本上找到了；可是，他说："搬走了。"

"搬到哪里去啦？"

"那可不知道！不，我想起来了，大概是我们同事常讲的那个沙老头吧？他们常常讲得流泪啊。你等等，他们一定知道。"

然而我没多余的时间再等，只好把旅店的地址给他留下来。

我觉得所有的事情，虽未全部办好，但总算是尽了自己的力量。顺便可以到家里去看看。到家之后，确没有出我的意料，母亲把我拘起来，不许我再回到军队里去；结果还是偷逃出来，那已经是两天以后。

我刚走进旅店的门，就有一个侍者跑到我的身边说："先两天没回来，总是有人来找你。"伸出一只手来又说，"你看。"那是一封信和一张字条。

字条上是：

杰儿：由警察那里知道你从前线上回来了。知道你没有忘记你的家，仍回家找过一次；这一点，已足足使我心安。现在我的旧病复发，你弟弟扶我来等你两个小时，不能再候。为了种种缘故家搬了；望你回时，急至南岗难民收容所（我们现在此地），我有话说，勿忘！我声明，我绝不阻止你的意志，放心。

父留十七日晨

我觉得这是非常突然的事情，所以我把信又拆开了——

　　哥哥：父病危险，见信快回来！

弟弟十七日晚

我没有经过什么思索，立刻冲出旅店到难民收容所去。那里容纳难民有四五百人，全装在一座大板棚里；所以找个未见过一面的人，也是很困难的事。最后仍是那里负责任的人给我找到一个十三四岁的小孩来。我问："你是姓沙吗？"

他点点头。他的眼睛在我身上不住地流滚着，惊奇着。于是我又问："你奇怪什么吗？"

"不！"他把眼睛避开我说，"你做什么？"

我把他写的那封信给他拿出来了。他说："那是给我哥哥的，怎么在你手里呢？"

"孩子，你的哥哥没回来！"

他起初不肯相信，以为我故意在哄骗他。以后，他看我一直不改变的坚决的神情，他把头垂下了，有几滴泪珠垂落到地上。

"孩子，你的哥哥没回来，可是你的哥哥为你捎来好东西了。"

"在哪里？"

这时候，我把小包裹丢给他。他握住，他紧紧地握住；小包裹在他那一对小手里，好像是一件最高贵的东西。他笑了，而且在说着："给爸爸送去看。"

"我可以看看你爸爸吗？"

"可以，可是他疯了！"

"疯了？"

"不，病了。"

我跟随着他，走过一层层一排排的床铺。四边只有稀少的几个小窗子，如同鸽巢的小门一样，交流着几条透入的光丝。他跑着已经是习惯了，他记得哪里是转角，哪里是夹道；可是我的腿不知触绊在什么东西上，已经酸痛了。

"爸爸！爸爸！"

他停在一个床位的前边唤起一个老年的面孔来，那蓬乱的头发与胡须连成一片雪白的丝条。嘴张开，看不见牙齿，只是一个小小的细孔，哭声就从那细孔中流落着。当看见我的时候，便大叫了两声，说着："亦杰，你来了，好，总是我的儿子啊！我要先告诉你一件事情：你不是有一个最讨厌的母亲吗？现在你那个最讨厌的母亲没有了。你还记得她，你要去从军她不肯，她骂你，你也骂了她；现在你不要再骂她，她永远也不骂你了。我说几句真话吧，她是一个好母亲啊，她没有一天忘记过你，你去看看她吧，离这儿不远，就在极乐寺的外边，你看那座是新土培起来的坟。那就是你的母亲，坟前有一块小小的木牌，写得明明白白的，你一看就知道了，你去吧！"

"爸爸，你醒醒，不是哥哥，那是哥哥的朋友。"

"啊！你这混蛋孩子，怎么不是你哥哥，你连你哥哥的样子都忘了吗？"

他突然坐起来，两手挖捉着胸坎，把短棉衣裂出的旧棉，一块一块地撕落下来。他的眼睛好像被火燃烧了，枯燥而且焦红；在我的全身划过几圈，尽量让上身向我倾斜过来。我退避着，退后两步以外的地方；他追随着我，使他扑落地上，迷沉了。

当我把他拖到床上去的时候，完全是病榻上的尸身了。那个孩子摇动着他的头在叫："爸爸！爸爸！"

"哼……"

"爸爸，爸爸！你醒醒！"

于是他的手缓慢扬起些，又很快地落下了。他问："是你的哥哥来了吗？"

孩子望望我，立刻回答了："是哥哥！"

"是？"

"啊！"

他在摇头，他来注视我说："不是的。你哥哥的鼻子大，眼睛也大，你不记得吗?"

"爸爸,你明白了吗?"

"嗯!"

"我说过了,那不是哥哥。"

"啊,你的哥哥已经忘了我们!"

我看他有一滴一滴的泪水流着,由眼角拖到他的腮边,我知道他清醒了。于是我劝慰他许久,想使他安心养病。并且孩子把那个包裹送到他身边说:"爸爸,你看,哥哥有东西给你送来了!"

他听了这句话,脸色渐渐地变了,由深红转到惨白,高叫着:"你哥哥在哪里?"

"在前线!"

于是他又在挖捉棉衣里的旧棉。

我担心他再失去常态,便把半杯凉水倒泼在他的头上。他说:"你哥哥的东西在哪里,快给我看!"

他接过小包裹来,立刻把一层布皮剥掉,露出一个纸包来。在纸包上写的字是:

> 伯父母不幸,我们军中不幸,我们国家不幸,我们全人类不幸——我们负有重大责任的亦杰在敌人的轰炸下阵亡了。为了听从亦杰的遗言,为了安慰伯父母怀念亦杰的苦心,谨以亦杰的骨灰送上暂时埋葬;日后我们必携敌人的头颅来祭亦杰的亡魂!
>
> 亦杰友人谨上

《青年习作》1936年创刊号

誓　言

一

我们是学生大队。

那还是在昨天的夜里：因为战争的关系，总指挥部命令急快从学生大队里拔选四十个人，来担任一种特殊的任务。

我们听到了这个消息，每个人都蹦跳起来，也许是因为从学生大队成立以来，已经快有两个月了，每天都是跟随总指挥部进攻或是退却，护送着一切必须保存的文件，从未接触过战争，有的枪支已经生了铁锈——那种太平庸的生活使每个人都倦怠了。所以每个人都在喊着："我一定参加，不拔选我也不成！"

但是我们大队长拔选的标准，有了健壮的身体，还要看是不是勇敢，才是主要的条件；如果欠缺了这一点，就另有任何的好处，也是一样没用。所以大队长在拔选的时候，很关心，几乎费去了两点钟的时间，从大队里才选出我们二十几个人来。其中多半是有学籍的学生——由中学到大学，海校，陆校……余下来的也有公务员，无职业的知识分子，中小学教员，另外还有一位做过教授的年轻人陈哲。

我们二十几个人站在环形的大队中间，高傲地互望着；但是大队里的人，在脸上已经有了几分失望的色调，大队长在探望着、思索着他们每个人，踱过每个人面前都是停留一下，再走过去；这样往来了一次到三次之后，他转向我们来自语着："很难选到四十个人了！"

时间空空地走过着，在我们这样的无声息中。大队长突然向我们说了：

"依我看，如果不够四十个人的话，那还不如减少些。好让我们每个人都顶一把手，那是再好没有的了。比方：没有这样能力的人来参加之后，不但对于任务没有帮助，而且对于自己还有很大的害处。第一点你们先要知道的，你们这种工作固然没有死亡的危险，不，那谁也不能预先判定，总之，绝不像你们平常在学生大队里那样轻快。所以我想现在勉强了你们，反而使你以后后悔。现在我请你们平心静气地想想，想想自己是不是能担任这种工作，不能的话，请举手，再归大队去。"

我们的手都在直垂着，没有一个人举起来。大队长绕着我们身边走了两圈，我们的人数便减少了几个——被大队长又唤回大队去。他站住了，叫了一声："陈哲！"

我们的眼睛立刻集中在陈哲的身上。他穿了一身黄色的皮衣；然而毛皮的短靴却完全是黑色，没有一条破裂的地方，没有一滴的污点——不管是靴筒或是靴跟，他在这种装扮上，我们还看不出他身体的本质是强壮或是软弱；如果注视到他的腰肢，就可以知道他并不健康。不过，他的面孔，还是有着相当的饱满；只是两颊陷落些。可是他气愤的时候，那是会添补起来的。他从近视镜中透视着我们，慢慢地走出了两步，那每步都有着同等的距离。他高傲地仰起头来，他说："大队长！"

这几个字，仿佛是很难地从他嘴里拖送出来。可是大队长又走近他两步，微笑着说："我的意思还是希望你回到大队去，不过你自己酌量一下。怎样好？"

"什么原因？"

陈哲气愤了。这时候，如果脱去他的近视镜，把那贴在脸上同手指一样低小的鼻子削平，那么，他整个的头，完全是一个皮球了。

大队长在他的身边踱起零碎的步子来，每一步子，脚掌全是拖滑着地面离开去。不过大队长仍是微笑着说："也没有什么原因，不过总是希望你再酌量一下。"

"这种机会我是不能放过的，绝不能放过的；并且相信自己能够胜任，也许还有余呢！"

于是大队长不说什么话了——已经默许了陈哲的意见。

然后大队长把新的袖章分发给我们每个人一条，红色的，有着三个毛笔的字迹——特务队，在"务"字上盖了一个红印；不过在红色的布上，已经看不出红印是些什么字句。我们用线把袖章缝连在左肘上，让"特务队"三个字尽露在外面。

过一刻，我们排起队来了。陈哲是队尾的一个人；他比起队头的温钩来，仿佛他的头顶，还触不到温钩的下巴颏。他们不但体格的高度不相等，就是比起他们的衣服来，也相差得太多。温钩只是一身蓝色的短袄短裤，除去两肘下补了一些布块外，还有几处是经过缝连的。同时，温钩的面孔比起来，也很少有这样的奇特：颧骨高高的，像一对肿胀的肉泡，大的下巴颏骨撑宽了两颊的距离；在那距离间已经积满了日久的黑髭。但是，不是老人，而且正在年轻。

"你们等等，我给你们介绍介绍新队长。"

大队长说完这句话，他去了。

温钩向右看看，没有一人碍着他的视线；可是他把头反转过来，从他的耳边一人一人地低小下去，排着一条单行的队伍。

突然我身后的衣襟被人牵动一下，我立刻隔开我身旁的一个人去注视温钩：他取着"稍息"的姿势，脸色异常严肃，眼睛在平视着；当我的头转正了方向的时候，我的左耳又被触点一下；可是我左侧的一个人，我们谁都知道他是最老实的人。我望望，身外是学生大队，他们与我的距离，总在十步以外；而且他们同这里的院墙以及院墙内的下房一样地安息着；虽然，在他们那种安息中也有时响着几声低弱的谈话。于是我对温钩说了："又是你！"

"什么事？"

"你自己知道！"

他巧妙地打着手势，表示他什么都不知道，并且好像是我故意歪曲了他。可是我说："别耍宝！"

于是他把两颊缩短，尽量让那个大嘴张开，笑了。已经完全沉默了，可是我又说："你已经不是小孩子了。你知道吗？"

他仿佛是在唱着："再待两年二十出了头啊……"

"中学生顶没办法啦！像温钩这样的！"

陈哲自动地从队伍里走出，谴责着温钩。可是温钩也脱离了他占有的位置，回答着陈哲："放屁！你这大学教授也是一样！"

"混蛋的东西！"

"你好——"

这时候大队长领来一个人站在我们的面前。大队长拍着那个人的肩说："这就是你们的新队长。"

我们立刻认出了这个人，是我们参谋处里被我们叫的那个杨二棱。他那黧黑的脸色，乡下的孩子见了他，常常拒绝他吻，他抱，甚至会哭叫起来。我们也是同样的，最害怕他粗壮眉毛下向额角斜吊着的一对眼睛。他并非正式军人；以前是农人，也做过土匪——我们早就知道的。他给我们行了一个超过十五度角的鞠躬之后，我们由于几天军训的常识，不能不自动地还给他一个"立正"的动作，不过我们抽回左腿的时候，也不是军纪中所有的严肃。他把他穿着的那件破短皮衣抖动了几下，喊声："稍息！"

他那没有分毫军人调子的口令，几乎没有使温钧笑出声来。然而他仍是从前那样粗率的举动——突然把卷起的一对大拳头，一起举过头顶："你们都知道我是'大老粗'（北方俗话，'无知识的人'的意思）出身，本来不会说话；可是今天我不能不说两句。你们诸位先生都是有学问的人，比起我来，那是好多了。在国家太平的时候，像我就是想求见你们，也见不到啊！现在咱们都能在这里碰头，真是不容易的事；可以说咱们都是有缘的呢！这回把我派来，说起来，我哪配做你们的队长，也就是因为我在'绺子'（北方土匪行话，土匪的集团，或是土匪的队伍）上'耍'（北方土匪行话，'做'字的意思）过两天，这边的路我都很熟识。可是，我不知道你们诸位'捧'（北方土匪行话，'赞成'的意思）我不'捧'我——"

"捧。"

这新鲜的字句，在我们许多人嘴里喊叫出来特别有力。

"咱们这回出去可不是闹着玩的。现在我有一句话要说，你们赞成不赞成？"

"赞成！"

"咱们大家要抱着一个心！咱们生，生在一起；咱们死，死在一起！"

我听着这句话，仿佛自己的心裂开了，血从里流尽了，我继续抖了几个寒战。陈哲与温钧的脸色比别人更加惨白。无形中我们同声喊了："咱们大家要抱着一个心，咱们生，生在一起；咱们死，死在一起！"

从这种声调上分辨起来，谁都会知道这是杨二棱激励我们在发誓言了。

当日大队长同杨二棱对于我们这种特殊任务，已经商议好了办法：杨二棱负责与每部的土匪首领接洽，关于宣传工作由我们担任，总之，尽力地使每部土匪都改编到我们的队伍里来。

二

几天来，我们就在忙着整理行装。其实我们也没有什么行装可以整理的；每个人也不过只是穿在身上的几件衣服——破的，尽量把裂缝的地方缝连起来，或是与谁有余下来的调换一身，或是——还不算怎样困难。最困难的要说是：每个人把衬衣衬裤脱下来，两手扯裂着所有的节缝，慎重地检视着捕捉着虱子；不然我们谁也忍受不了那种发痒的不舒快。有的把衣节扯裂开来，也寻不到一个虱子。但是再穿起来的时候，又像有虱子在血流中爬行着。

"真发痒啊！"

我们常常喊叫出来。杨二棱听见了，他会说："我'耍人'（北方土匪行话，'做土匪'的意思）的时候，都是一年半载不换衣服，也没有一回像你们这样！"

可是我们这种工作一直忙到出发的那天之后，完全忘记了，什么都忘记了。

我们面前那几条雪岭，从来没有人知道过究竟延长到多少里以外，以及何处是每条两端的终点，只像一条一条的龙形，只像一面一面高起的天壁，无边境地分隔着相距不到百里的两个地方——一边是我们的来处，一边是我们的去处。而且，那两处的来往，没听说过另有一条可走的方便道路，都是一样地要爬行这几条雪岭。以前曾有重兵驻守，现在却不见了，住满了匪群，几乎断绝了行路人。近来常常有"太阳的旗子"飘过着；所以我们是鼠一样，骑着马驰山腰，另一山腰。

冷风卷着雪花在我们的眼前飘落着。

正是夜深，然而，并不完全黑沉。月亮像稀松云间透过的太阳，地上仿佛仍是有着灯火的明亮。不断继续着的雪花，已经落起二尺、三尺；漫尽了漕壕、土垄、草丛，甚至低小的灌木林——那种景色，证实着不仅是失去了主人，而且灭绝了一切生物。只有月亮仍是与从前一样在照顾着被雪埋下的山腰以及山腰上我们这夜行的人群。

　　白桦，赤松，枝与枝相缠绊，相交组在雪面上，由山底延至山腰，再延至山脊。极远处，是幽光里一片影子蒙蔽着远天：所以无边尽的荒野上，所看见的天，也只是一条天线，月亮恰在天线的中间。

　　没有一滴的声响传来，散开的只是马蹄踏着雪的响音，连续着，起落着。

　　"还有多少里？"

　　没有人回答。陈哲又问了一句："还有多少里？"

　　"走吧！你这熊货。"

　　这是温钧的回答。

　　前面有一匹马勒住了缰绳，我听见那是杨二棱的声音："你们不看这是什么地方，总是说话。出了一差二错怎么办？"

　　陈哲却说："我们不能这样害怕，这不是我们应有的态度。"

　　"你以为应当怎样呢？"

　　"我们是牺牲了一切的人，所以一遇到鬼子就应当开火，绝不应当害怕！"

　　杨二棱抖动了两下缰绳，马蹄又打起雪地来，话声立刻便消落了。留下的只是马蹄的响声，只是马蹄掘开的空隙——在我们身后，在雪地延开一条。

　　冷风吹打着我们，好像被海风激起巨潮在吞食着海岸、生物，也在吞食着我们。一阵比一阵加紧起来，不让树枝上停下一滴雪，不让被吹折的枝子留在地上，我们的衣服被吹打得已经不如夏季的一件单衫。我们希望冷风稍稍停止些，让我们恢复些我们原有的温暖，然而仍是一阵比一阵加紧着，几乎要把我们从马上吹落下去，几乎在毁灭着冬季的常轨。

　　陈哲的马追过另一匹马，便与我的马头并列起来了。我转过头来问："冷吗？"

　　"冻死啦！"

　　"数你穿得多；你他妈冷死啦，别人就该早入土啦！"温钧在我们身后说。他对于攻击陈哲，是不肯白白放过一个机会的。

　　我们两人把马鞭打着，好让我们与他的距离延长些。陈哲哼了声失意的调子，我问："怎么了？"

　　"没什么！"

　　"说说不比放在心里好吗？"

于是他把马更勒近我来；我们两人的腿不住地挤碰着。他低下声音说："你看看咱们这里的分子多复杂，像温钧这样的也容纳进来，他从军只知道好玩，这怎么行呢？这种人有什么用途呢？"

我的头点动着。他仍是继续下去："你再看看咱们这位杨二棱。不，咱们这位杨队长。还没开火呢，说两句话，他就先害怕啦！"

"谁说的？"

"你没看见他都不敢大声说话吗？"

我们走尽了雪岭，冷风才渐渐地息下来，横在我们面前的是一条小河流，已经结了牢牢的冰面，被风扫尽积雪的地方，露出清澈的冰块，在留宿着月光，两面是丛密的枯林，高度与我们的头顶差不多，有着丛密的小枝子，一条连着一条，互连成一条枝棚。我们就从那枝棚间横穿过去。可是杨二棱说："咱们还沿着河走好些，两边有树木隔着不容易叫人家看见。再说，在前面有几家'窝棚'（北方农家的意思，或是住的小房的俗称），咱们也可以歇歇脚。"

陈哲扯住我的衣襟，他说："你看！"

他的意思我很明白——那完全是轻蔑着杨二棱。我问："你的意思呢？"

"我想既然下了最大的决心，就是赴汤蹈火，也应当在所不惜！"

我被他那种勇敢的口吻激动了，故意把挂在肩上的枪支抖动了一下。

这时候我们的队伍已经拖上冰路了。马蹄的掌钉，日子太久了早失去了原有的锋快，所以走起冰路来不住地滑溜着；同时我们的身子也随着抖动，有时抖动着，把头触到小枝；小枝上的积雪，会滴落在脖颈上，立刻化为水滴，从衣领流进来——在感觉上，仿佛从背上流过一条冰冷的小河流。于是，旅途的疲劳会缓解下来而轻快些了。

不过，我们躺在"窝棚"里的时候，却仍是极度的疲倦。因为我们不常骑马也不惯骑马的缘故，在下马之后，两腿不服从支配了；只有保持着骑马式反而舒服些。所以有的在松解着裹腿，有的自己用拳头敲打着；而且陈哲自己说着："腿掉了，掉了。"

于是他把马裤的腿扣尽数地解开来。

杨二棱呆立着，检视着每个人；他把两条粗黑的眉毛紧皱起来，合成了一条。他手里举着的火把映出他一个深红的面孔。他喊着："你们受的是什么训练，到处都是这样随便。看！脱衣服的脱衣服，脱'乌拉'（北方冬天穿的一种鞋）的脱'乌拉'，简直这像什么样子。如果这里发现了鬼子，你们不是活活叫人家堵屋里吗？啊！赶快都收拾得好像走路时候一样。"

我们听了他的话，相信了陈哲所说的那些话，也不是没理由。所以陈哲又说："你们看，他这样胆小！"

——我们也都承认了。

然而我们不能不听从他的话：立刻把一切整理好了——行路时候的一样整齐。

只有杨二棱一个人还在地上徘徊着，观望着我们。从他那脚步声中听来，仿佛他仍是没有丝毫的睡意。而且燃起了半截没吃尽的烟尾巴，熄灭了火把后，也只有他烟尾巴的一滴火光，可是他却把那火光合拢在手掌里。

我在朦胧中听到杨二棱唤过几个人的名字。被唤着的人都回答他一声："我累极了！"

然后他叫："温钧！"

"哼……哼！"

"起来！"

"做什么？人家刚睡着。"

"你去'料水'（北方土匪行话，'守望'的意思），不，你先摊一班岗，一会儿再换别人。"

"那儿有多少人你不叫，怎么偏叫我呢？"

"我看你比他们都年轻，你比他们有精神。好吧你去啊！"

杨二棱好像在哄着一个孩子。温钧问："你呢？"

"我也陪着你一样。我还要照顾照顾他们。"

温钧刚刚走出屋外，就响过了一声枪声。

我们所有的人全被骚扰起来，握着枪躲在房里。杨二棱一个人冲出去。当他问温钧发生了什么事情的时候，温钧从地上拾起一个弹筒说："我看见一只野鸡飞过来。"

三

我们又走过半天的路程，便住在杨二棱所指定的那个小村落里了。

这里，只有二十几户人家；然而不知什么时候多半是逃走了；余下的几家，全是些老太婆小孩子守着自己的破房屋；年轻的姑娘、媳妇，我们没有看见一个。我们的第一次饭，是几乎搜尽了每升小米和苞米；再几次饭就成了绝大的问题。而且这里的住户不断地哀求着我们说："老爷们！你们高高手，让我们多活几天吧。你们再走几里路那就是王家大院。"

杨二棱想了许久，仍是决定在这里住几天；因为土匪许多都是在这附近的地方。

并且，这里有许多空闲的房屋，给我们放马和放我们睡觉，虽然房子都是一样的老朽、破旧，但是我们住的这所房间，比起来，还好些。沙土与石块筑起的墙围很结实，把门紧闭起来，我们固然不容易冲出，可是外人也很难冲进来。院内那所房子，共有五间；进门的那间有两面墙壁匀称地分开每边两间，中间有两个门扇相通连着；走进那扇门，就可以看见相对的两铺炕面把屋地挤成细长的一条；所以我们可以从一边的炕面跳到另一边的炕面上。然而杨二棱却警告着我们："加小心，这里有地窖！"

他不说的时候，我们真还不知道地上遮着一块小木板的地方，就是地窖。我们把小木板揭开，露出一块黑洞来，光线从四边上淡下去，我们看不见有多深，同时也没有人下去探视一下。

有人说："谁敢下去试探一下？"

没一个人接受这句话。

温钧猛力地把陈哲拖过来。温钧对我们所有的人说："我们这位教授陈哲先生，请吧！"

陈哲几次地摇动肩膀，没有一次摇动开被温钧扯住的一只手腕。然后他突然把另一只手伸下来，恰好摸到了杨二棱插在右裹腿里的"腿插"（是一种杀人的短刀，南方称为"铁插"）。杨二棱阻止着："不好这样闹着玩！"

"算你勇敢就得了！"

——温钧把陈哲的手甩开，去了。

然后杨二棱便决定了温钧和另外我们三个人跟他去三四十里外，去与老来好（北方土匪的绰号）接洽一下。但是我们走出三四里地的时候，从高空中响起一种响声；那种声音是我们所熟悉的。于是，我们停住了马，仰起头来，看见有两架飞机冲破云层飞来。渐渐地近了，也渐渐地低落下来，好像在寻觅着飞机场一样，在我们的头上绕了圈子。

温钧举起枪来向高瞄准着。杨二棱立刻把他的枪夺下来；呼吸随着粗躁起来。飞机离远些了！杨二棱说："你怎么总想惹事呢？"

"怪不得陈哲总说你胆小！"

温钧报复着他，在注视他。

不远的地方，有几声轰炸的响声传来。杨二棱鞭抽着马喊："回去！"

杨二棱的马加快着；我们追赶着他，两脚已经踏不住马镫。到了我们的住处，才知道我们的衣服早被汗粒浸湿了。

我们寻遍了每间房子，寻遍了院内的每个角落；终于没有寻到被留在这里的一个人。

仍是有着轰炸的声音，仍是在不远的地方。

杨二棱命令我们到四处找找他们。可是我们说："这是什么时候，叫我们去找他们。"

他不再说什么话，便一个人骑上自己的马去了。

我们几个人围成一团，仿佛连呼吸都短促下来，减轻下来。许久，温钧推动着我。他问："今天飞机怎么来了？"

"你忘了，我们不是每天听吗？"

"我问你的是飞机今天怎么飞到这里了？"

"这是人家的土地，当然人家随便飞到哪里去。"

"他们在这里投什么炸弹呢？"

"这是人家的奴隶，当然人家随便去炸！"

"你这是什么意思呢，所答非所问。"

我知道这不是适于他的话的回答。不过，我要说，好让堵塞着我胸坎的闷气松快些。

"也许他们知道我们来了，才派飞机来炸吗？"温钧又问。

"你不知道这附近都是土匪吗？"

"知道啊！"

"那你还问什么？"

"他们怎么知道呢？"

"小伙子，人家比你知道得还早！"

飞机从我们的房脊飞过，留下一个炸弹飞去了。墙角被炸裂一块，把地面震动一下；然后也就平静下来。

连续地回来几个人，最后杨二棱又找回三个人来。据他们说，他们是散步去了，看见飞机来了，就顺便藏躲在人家里。

但是杨二棱数过我们所有的人数，还缺少四个人。他望望我们，疑惑地问："那四个人跑哪儿去了？"

我们中的一个人突然说："我想起来了！我想起来了！"

"快说，快说！"

杨二棱摇着拳头，仿佛不等他说，想从他的喉咙里把他所要说的话抢夺出来。

"我想起来了，我临出去的时候，那屋还剩下陈哲他们四个人。"

这个人说完后，他手还在指对面的那个房间。于是我说："那边已经找过了！"

杨二棱露出不信任我话的神气，他还亲自去望尽了那房间的每处。他想想便向地窖半开着的小木板喊叫一声："有人吗？"

"有啊，有啊！"地窖里有人这样回答。

于是从地窖里拖出四个人来，最后的一个是陈哲。

他满身垂挂着地窖的尘灰；右侧的颧骨上染了一层泥土，中间有几条裂纹，浮出一条条的血丝。他看见我们在注视着他，他的脸颊，立刻在苍白中红暖起来，腿仍有些哆嗦。

温钧蹦蹦跳跳地跑到他的身边，给他打扫着衣服，眼睛在盯住他："唉，我们这位勇敢的先生，够可怜了！"

陈哲不回答什么，仿佛在这一刻里一切都是他所应当忍受的。

但是，杨二棱却警告着他们，不许他们随便开玩笑——在他这次离开我们之后。

我们有人问："你到什么地方去？"

他不回答。

"你做什么去呢？"

他又在摇头，离去我们，一个人提起一只脚来，踏住炕沿，把"乌拉带"（乌拉所系的麻绳）解开，重新换了一条，牢牢地束紧了每个"乌拉耳"（乌拉旁边的一些皮套），绕着狍皮袜子打了结子，尽量地让狍皮袜子的顶端翻卷过来，使皮毛露在外面，好像毛羽的环子，锁在腿腕上。

他把陈哲叫过来说："你从家里带来的手枪，借给我用用。"

那是一把二号"双枪牌"（世界有名的枪牌，德国制），手枪是胶把，枪身是银白色。他把两个螺旋钉拧下来，重新检验了每部分。并且把"蜈蚣条"（"双枪牌"手枪特有的一种弹条，是曲线形）又用油汁搓过一遍。

他又用一条围巾裹好了衣领与下巴颏，直呆地站了一会儿；在一个人起程之前，似乎都已经准备好了。

我们围起他来，他对我们说："没有什么要紧的事情，你们都放心好啦。明天早上我就回来。"

四

在时间上，已经是早晨了。

可是我们的纸窗，破乱的隙孔里也没有透进一丝的光线来。这多雪的天气，仿佛比落雨还要阴沉，阴沉得使我们互望着的脸色，都模糊起来。

我们醒来，没起身，还在躺着。但是冷风拖着雪花冲进窗孔来，像针一样落在我们的脸上，催促着我们起来；虽然，我们仍希望多延长一刻的睡眠。

我们又勉强地合拢起眼睛，温钧就脱开了岗位，跳进屋来给我们一个很大的惊慌。他说："你们听，有枪声。"

我们静着耳朵听了一些时，是有枪声，零落地响着；不过，那总在很远的地方以外。

一点钟之后，快要到温钧换岗的时候，他跑进来又说："杨二棱回来了。"

于是我们在慌乱中又稳定下来。我们问他那是什么地方的枪声。他说："鬼子已经兜上来了！"

"那你出去做什么啦！"

他仿佛已经没有多余的时间来详细回答我们，只是说他出去侦察了一夜，我们的后路已经被人家截断了，这里附近的土匪奔向王家大院去了。结果他说："不管怎样，我们都得到王家大院去。那里有吃的，也有炮台。再说，不要忘记我们是做什么出来的；在那里也可以联络几个'绺子'。然后我们，然后我们也好回去。"

"我们的后路，不是被鬼子截断了吗？"

"那么我们就和他们'克克'（北方俗语，'打打'的意思）。"

他这句话像棉团，像石子堵住了我们的喉咙——哑子的人群。

"现在是什么时候？怎么都呆啦？赶快准备'滑'（北方土匪行话，'走'的意思）。"

当我们上马的时候，有两粒流弹拖着那种特有的音响，从我们头上划开一条道路飞过。

杨二棱暴叫起来："快啊！"

我们有的还在给紧着肚带，有的重新配置着马鞍，有的——几乎没人说话，只是温钧还说着："是时候了，哪个小子有能力，都露两手。喂，陈哲听见没？"

陈哲的两手不住地动作着，谁也没看出来他在马身上终是忙些什么。

我们的马队已经冲出大门去，他才刚刚上马。然后我们听见又有连续的流弹飞过着。

"呀——"

这尖锐的叫声唤我们勒住马回转头来；看见陈哲倒了，马也倒在门前，距离我们有五六十步的地方。

这时候，我向四野搜索了几眼，被我发现了一个红色的圆球在一里外的雪山上跳动。我再注视一下，那不是红色的圆球，而是旗子，因为其余的部分是同雪山一样的颜色。我指了一下，我们都鞭打起马来。只是杨二棱一个人转过马头奔去。

马死了，陈哲没有受伤；只是近视镜落在门槛上，碎了一片镜面。杨二棱拾来，又给他戴上了。并且杨二棱把自己的马镫让给他一个。然后他们两人各自踏了一只马镫，他们相靠的两只手环抱着——一个人握住另一个肩膀。其余的两只手，陈哲的握着马鬃，杨二棱的甩着鞭子在抽打马股。缰绳呢？缰绳是被杨二棱的牙齿咬住。马跳起来，人在摇摆着。

杨二棱的鞭子疯狂了，马也疯狂了；追上我们，又追过了我们。

"看啊！"

温钧惊奇着一匹马上的两个人指给我们去看。

这时候，从我们眼前驰过着的一切景色，全是模糊。不过我们还可以看清楚一匹马上的两个人——即使温钧不指给我们看。

突然一阵弹粒追随着我们；我们什么都忘记了，只是极力让马头加快速度突破风围。

"不要怕！看着道路！他们追不上我们！"

杨二棱的喊声破裂着，他脸上的一条一条的脉络凸起着，也像他的喊声一样快破裂了。他的马却渐渐地减少着速力。

我看见他的马快落后我的时候，我看见他一伸手把"腿插"抽出，立刻让明快的刀刃没进马股的皮肉里。然后马兴奋了，不久就把我们丢落在二三十步外。马尾耸起来，摇摆着尾尖。马股上留着"腿插"的铁柄，向下倾斜着，一条血流从皮肉里流上铁柄，流到铁柄的尽头，滴落着；马仍是加快地奔驰去，在雪地上拖长了一条红线——仿佛担心着我们迷失了路径，来给我们做引路的标识。一直到离王家大院还有一二里的地方，马自动地倒了，杨二棱才把"腿插"抽出来。

追随着我们的弹粒，仍是不时地响来。

但是我们的心都渐渐地平静下来。杨二棱已经在敲打着王家大院的院门。

这里的院墙很高，全是石块叠落起来的；每个墙角边有更高的炮台，上端留着几个细孔，每个细孔都露着一段枪身在外面，系着红色的布条。

我们认为我们守着这四座炮台，可以抵抗着加倍的敌人，所以我们每个人都很安适地等待着走进去。

绝没想到竟被王家大院的主人拒绝了，因为误认我们是土匪。于是杨二棱说："你看看，他们哪个像土匪？他们都是没了家的，不要性命的，为谁呢？不都为咱们的中国吗？只要你不愿意做亡国奴，你就应当把门打开！只要你不愿意看着我们哥几个死，你也应当把门打开！你听！"

他向后指了一下——那里正在响着枪声，并且不时有弹粒从我们的耳边驰过。

可是王家大院的主人仍是拒绝着，担心留下我们使自己再遭了弹粒的伤害。

杨二棱喊起来了："那你看着我们死在这里吗？"

枪声响亮起来了，马蹄的声音也渐渐地被我们听见。

他把自己肩上的长枪拖下来，叫："怎样都是死，弟兄们，咱们往里闯吧！"

我们都丢下了马，靠近了墙边。于是炮台里的枪支失掉了效力——已经没法来瞄准我们；虽然放射了一连弹粒，在镇压我们。

杨二棱激愤地对我们说："不要怕！那是他妈放'小洋鞭'（北方小鞭炮的俗称）呢！你们站好！我有办法。"

可是温钧自动地爬上墙去，中了手枪的弹粒跌落下来，再没有一个动作。

杨二棱奔到他的身边叫着："你醒醒！你醒醒！"

——这声音是像母亲在唤着自己儿子的尸身；我们听了，我们有人流了眼泪。

突然墙内又是一声枪声，杨二棱就随着那枪声倒在温钧的尸旁。

这时候我们忙着上马，陈哲骑了温钧的马已经放开了马蹄。

然而杨二棱仍向我们摇着手在打招呼。

《文学（上海1933）》1936年第7卷第3期

战 地

  我们的大部队从前线退却下来，一个人一个人地零散了；渐渐地又一个人一个人地集起了我们二十几个人。其中只有两个人相伴着，没有离开过一刻；一个是刘平，另一个是姚中，他们两个人比起我们来还都年轻些，他们是几年的同学，几年的朋友，直到现在，没有过一次的别离，不是他随着他，便是他伴着他，他们互相地照顾着，仿佛是一对最有好感的弟兄。

  在前线三四十里地以外，我们休息下来，要在几分钟内决定一个最大的问题。

  "怎么办呢？"

  ——这就是说：我们是继续抗敌呢，或是各自逃命去呢？

  "怎么办呢？"

  我们每个人都说着，却没有一个人来回答。可是后边敌人追逐着我们的流弹，不容许我们再多迟延一刻。

  "我主张我们一直战到死！"

  刘平暴叫的声音，几乎冲破了他的喉咙。姚中为了拥护他的主张，伸出一只拳头来："赞成！"

  于是我们每个人都赞成了。我们决定退到二三十里远的黑岭去。那里有一条高起的山脊、森林，做我们的防地，并且有几户农家供给我们一些粮食。

  春天了。

  山间的小溪、河流，所有的水面都划开了蛛网般的裂纹，一条交织着一条，一条横断着一条；其中没有一条是完整的，挺直的，从一端可以望见另一端的；每条裂纹在太阳下渐渐地隔开了距离，涌出水丝来，浅浅的一层浮在冰面上，没有遮住原有的裂痕。我们提高了缰绳，让马头高扬着，望不见冰面；

悄悄地从冰面上走过去。

田垄上，还没有撒下种子，也没有走过牛犁；我们仍没有看哪里是春天的景色；所有的，也只是很少的野草的绿苗，突破了地面，一小丛一小丛地裹着一些没花的蒲公英的小叶。

然而春天可怕的泥泞却满了，阻塞了每条山路，荒草中的小径，深下一寸、两寸，有的竟有一尺；不管任何的地方，都是一样难走。我们就是在那种难走的泥泞中骑着马，奔驰着，从早晨快近黄昏了，没有舒展一下我们的身体，也没有吃饭；并且我们二十几个人，每人的身上都有几十斤的重量：一块毯子，一支步枪，或是一支马枪，二三百粒的枪弹……另外还有一架轻机关枪背在刘平的肩上，两箱弹粒系在姚中的马鞍两边。

我鞭打一下马股，追上了刘平与姚中，我问：“你们累了吧？”

"不！"

我知道他们最好刚强，尤其是刘平，所以我又向姚中说：“弹箱太累了你。”

"不！"

"也累了马啊！"

"不！"

我再向刘平说：“换我来背机关枪吧！”

"不！"

"累坏了你！"

这好像鄙视了他，欺辱了他，他比姚中更严厉地拒绝了我；虽然他终于是喘息了，头上流着汗水。

敌人在追随我们；流云追随着太阳西去了。太阳没了，流云留在天边。由一条延开一片，染了一层新鲜的红色，渐渐地淡没了；可是敌人仍在追随着我们。

地上的光色，由明亮已经转到模糊，我们牢牢地探视着我们的去路。

马蹄疲倦了，艰难地从泥泞中拖出，一下一下地走着。这时候我们的马鞭已经失掉了尊严。

突然姚中的马倒了，他从马鞍上滚落下来，脸孔恰好触着了地面，涂满了泥水；他用手摩擦几下，才露出他的眼睛、鼻孔、滴着泥水的唇边。

我们都停下了，等着他上马。但是马安静地躺在泥泞中；虽然他一面鞭抽着，一面在吆喝："起来，起来！"

我看马渐渐地伸直了四蹄，眼睛已经闭紧了；我说："完了，完了！"

他仍是鞭抽着；马一动也不动。

"马快死了！"

刘平说完，我又说："已经死了！"

我的话激起了他的忧郁来："死了？"

刘平从马上下来，他安慰着姚中："不要紧！"

"那我骑什么？"

"你骑我的。"

"你呢？"

刘平想了想："我走路。"

他仍是留恋着他的马，伸出一只手来，贴住了马鼻："也许还没死吧？"

刘平给他指了一下背后，意思是说敌人近了。可是他继续问着自己："也许还没有死吧？"

刘平突然从腰带间抽出了匣枪，向马头放了一弹；然后他问姚中："你看看，还没死吗？"

姚中垂着头默然了，从马鞍上解下了弹箱，移到我的马上来。

我们又继续起我们未尽的路程，死马渐渐地离我们远了。刘平拖着自己的马的缰绳，姚中随在马后；他们步行着，也并不比我们骑马的人慢些。

黑岭近了的时候，敌人也追近了我们，好像就在我们的背后。弹粒从我们身边飞过去，一刻比一刻加紧起来。我们的马鞭交响着，马拼命地向前冲去。在我不注意中，看见我们的一个伙伴中了弹粒落下去；我立刻又听见姚中说："救救他！"

"快跑吧！"

——这是刘平的回声，我也听见了。

我转过头来，看见他们两人，落在我的背后，有七八步远，两人正在谦让着一匹马。我的两只手合拢起来，在唇边做个号筒，向他们放高了声音："快来，快来！"

敌人的影子在远处张大着，我用手指指着："你们看！"

刘平向远处注视了一下，从肩上脱下了轻机关枪，我跑回来解下了弹药箱。其他的伙伴都下了马；所有马的缰绳，分开交给两个人手里。我们各自拣了一块地方躺下了。我、刘平、姚中，三个人是在一处，因为我们不十分熟练使用的缘故，他们两人看管轻机关枪，我整理着弹带。并且这里也不是我适当的战地，完全是一片原野。

我们的轻机关枪响了，敌人的骑队划开了包围我们的队形，同时，也向我们射击着。

"呀……呀！"

我们的一个伙伴中了枪弹叫了一声。

高空中散开了层层的黑雾，还没有完全黑下来；姚中正在瞄视的时候，他同样地叫了一声："呀……呀！"

他的头落进泥水中去，前胸与后背，被枪弹穿透了一个细孔，流着血滴。

敌人近了。

我回转了头；我们的伙伴已经骑上马了，奔开了，我的背后散开着两匹马，寻找它们的主人——我与刘平。

刘平扯住了我的肩："逃吧！"

于是我拖起了弹箱，他拖姚中，又摸了一下轻机关枪；最后仍是背起了轻机关枪。他刚刚抛开了一只脚，另一只脚却留在原地——姚中的两只手握住了他的脚腕："刘平！"

"啊！"

"你要逃吗？"

"啊！"

"我呢？"

"……"

"你让我做俘虏吗？"

"……"

"我们有再见的一天吗？"

"我们永别了！"

——刘平从腰带间抽出匣枪来，向姚中的头上连续地开了四枪。

然后我们骑马逃了。我的脑里没有忘记姚中的血迹模糊的面孔，虽然战地的惊恐在威胁着我。

渐渐地我们追上小张与老赵两个落后的伙伴。

天黑了,月亮把我们的影子印在地上,像四个迷途的伙伴,互相地交换着眼色。

敌人追随我们的流弹息下了,我们的马蹄也减低了速度。渐渐地我们看见了黑岭的近景:一条无边际的山岭,中间断开了一条路口,很小的,补塞着一块深灰的远天。

当我们穿过一片桦林的时候,我们仿佛误入了可怕的地穴里;地下的积雪还没有化开,马蹄踏下去,有一种轻微的回响;四周尽是桦树的树干,脱开了白皮,露着异色的斑痕,很多的一枝靠近一枝,挺直着,直冲到天空,落尽了叶子的树枝,开散着,交叉着,把天面隔成了杂样的碎块,漏下了一缕一缕的月光,照着我们的去路。

"他们哪儿去了?"我们互相地问着,没有谁知道。

我们走出了桦林,一片林影遮蔽了我们;可是黑岭的山口就在我们的面前了。

突然,我们听见了两处交换的枪声;一处是山脊我们伙伴的,一处是山外一二里地远敌人的。

"快啊,快啊!"刘平喊着。

但是山脊也被林影遮蔽着,我没有看见伙伴的影子,所以我问他:"他们在哪里呢?"

"快啊,快啊!"

这时候山脊上的伙伴误认了我们,传来了高声的叫喊:"敌人上来了!"

随着向我们开放了几枪,中在两个人身上——小张与刘平。我们喊了:"不是,是我们!"

但已经迟了,小张死了,刘平受了重伤;不过他还明白,可以说出他所要说的话:"你们去吧……去帮助他们守住黑岭,哪管守住一夜也好啊,你们找点饭吃好再逃啊,再打啊……你们两人快把我身上的枪和子弹解下来,去吧!"

"你呢?"我问。

"你……你忘记了我吧!"

然而,我与老赵不允许他。我从背上解下了毯子,我们两人每人扯住两个毯角，拖着他。

在林影下，我看不见他变成了怎样的面孔：是惨白，或是红涨。只听他说着："放下我！"

两处的枪声更加激烈起来，并且敌方发出了炮弹，拖着一条火线，向山脊落去。

于是刘平在毯上，更加挣脱起来："你们去吧！"

我气愤了，也严厉了："你要投降吗？"

"不！"

"你要做敌人的俘虏吗？"

"不！"

"那你想怎么样？"

"我受伤了，完了……这种时候，我为什么要两个人帮我一个已经没有用了的人呢？你们两个人在斗争中不是很有用处的吗？"

"这里，不是容许我们救你吗？"

"救？忘记了我吧！总是免不了死。"

"你不是还没有死吗？我们怎能忘记你呢？如果是小张那样，我们就不救啦，也就忘记你啦。"

他的手哆嗦了几下，从胸脯摸到腰间；他嘱咐着我："忘记了我吧……可不要忘记了我身上的枪和子弹！"

他说完了，很快地从腰带间抽出了匣枪，向自己的头上放了一弹。

《东北作家近作集》，1936年9月

邻　家

这是一间很老旧的房间了：木质的门扇和窗子的每个边角，腐落着木屑、木刺；房间的四处，小蜘蛛结下了丝网，裹满着一层层的灰尘，随时都可以被风吹落下来，或是被触动下来；门槛被鞋底踏去了一半，已经快与地面连成一条平线；墙壁内底边，满着一色的绿菌……我注意地检视着每一处；每一处都使我在摇着头。

这房东，是朝鲜人，是一个五十多岁的老太婆。她穿着一件朝鲜式的短小上衣，拖到地面的长裙，全是白色的，积满着日久的灰垢。她的脸色很苍白，由眼角、嘴角散开着一条条的皱纹。她看我只是摇头，便指给我看房内所有的用具：一张很漂亮的铁床，地桌，衣柜，四把深红色的椅子。她说："先生，你看都是新的！"

我仍是摇着头。

于是她扯着我的衣袖，扯开了两个窗子的窗幔，让我看看后窗是流过着松花江的水流，前窗是都市里少有的一条幽静街道，窗外有短小木条围起的花棚，有一株老年的柳树，丛密的枝叶组成了一片天棚，遮蔽着夏季里烧人的太阳。她手指指住树下的一条长凳说："你租了房子，先生，你还可以在那儿歇凉呢。"

我点了头，转过脸来，我又摇头了。

"先生，你租下吧！"

她仿佛是在请求着我，我只好这样拒绝她："还是租给朝鲜人好些。"

"不，朝鲜人有几个有钱的？哼，租给他们，他们常常欠房钱。我还是愿意租给中国人。"

"我们住在一起很不方便。"

"先生，你放心吧，我们可以做很好的邻家啊！"

我直接拒绝了她："你的房子太脏。"

可是她为我雇了两个工人，费去了一整天的工夫，重新刷了淡红色的墙壁，顶端还涂了一条异色的花边——像是爬行着的龙身；窗框上，又涂了一层红油——这样处处都像新筑楼房内的一间房间；而且在色调上是鲜美的，象征着是少女的卧室。

我把房内的所有用具，全更换了原有的位置；床边靠着后窗的墙壁；地桌恰在地的中间，桌面的四边配起了四把椅子；衣柜倚着一处的墙角。我用手摸摸墙壁，又用手摸摸衣柜的四边，全是浸着湿气。我巡视了几处的位置，我想要把衣柜放在干爽些的地方。

老太婆摇着手："先生，不怕的。"

"湿了我的衣服呢？"

"不会的，先生，我知道！"

"什么？"

"先生，我知道，我住过一年多呢！"

我没有移动衣柜，走开去整理零散的东西。老太婆匆忙地为我刷洗着地板。我看她脸上的每道皱纹都在紧束着，堆积着一种忧郁的神色。

两面窗子全张开着，风相互地冲击着，窗幔不住地在飘起飘落，不住地打断我透过窗外的视线；我的两手却忙乱着，没止住一下动作。

突来的一阵风，把门吹开，响了一声，门扇触了墙壁，停下了；同时有一块桌布被吹落地上。我自语了一句："真凉快！"

"先生，这房子真好啊！"老太婆说。

"那你怎么不住了？"

"穷了！"

"楼房不是你的吗？"

"不，也是租的。"

"既是没有钱，怎么租一栋楼房呢？"

"我家的人多。"

"多少人呢？"

"三个儿子，三个媳妇，一个姑娘。"

"儿子不做事吗?"

"做的,他们一个月有好几百块钱。"

"那你怎么说穷呢?"

"现在一个钱都没有了!"

"儿子呢?"

她的眼里,突然落下几滴泪水,落进水盆去,激起了几个小水泡,破了,散开了一圈圈的水纹,触在盆边没了。她仿佛吝惜着她的泪水,她扯过衣袖来,让泪水一滴一滴地落在她的衣袖上。

我注视着她,丢给她一块洁白的桌布:"我使你伤心了吗?"

"不是的,先生!"她摇着头。

我想想我的话既触动了她的心情,流出泪来,我便愿意我们的谈话能达到终点。于是我又问:"儿子呢?"

"没了。"

"死了?"

"不是!"

我感到她的谈话太奇怪,太模糊,我不耐烦了,随手把一件东西摔在床上。

她立刻仰起头来对我说:"先生,你不要生气;真的,他们一个都没有死。"

"那你怎么说——没了?"

"他们都被'人家'押送朝鲜去了。"

"犯罪了吗?"

她的眼睛,从窗边望到另一窗边,停留在门旁;她向我押长着脖颈,放低了声音:"他们是独立党人!"

我把拳头丢在床边,击起一下响声:"独立党——"

她为了立刻用手掌堵住我的嘴,她的脚触了水盆,泼出半盆水来。她手移开去,还在摇摆着:"不要再说!"

我为了听从她好意的劝告,我所要说的话,又吞入了喉咙。我只是又问了一声:"判了吗?"

"无期!"

她说完了，吐了一口深长的叹息。我向她的身边移近了两步："媳妇呢？"

"为照顾他们都回了朝鲜。"

"那你怎么还住这楼房呢？"

"以前订了两年的合同，现在是不能退租的。统共有七八个房间；我只留下一间，那些都租出去了。"

"女儿还在？"

"在的。"

"怎么生活呢？"

"……"

她的话没有说出来，一层羞红已湿透了她那老年的脸颊。

在晚间，天气凉爽了。街道上多了一些歇凉的人，游逛着。我为了我与我的友人均平的约会，没有离开我的房间。然而太阳去了，风也息了，我的房内比白日里还热。我的额边挂了汗水。我看看表，快到了我与均平约会的时间。预想走出房去，在房外等候着他。

但是柳树下的长凳上已经坐了两个人：一个是老太婆，另一个是年轻的姑娘。她的脸色告诉我，她还没满二十岁。她也是黄种人，然而是西欧的装束：一件花样的衣服，腰间束着黑色的皮带，赤着脚穿了高跟的鞋子。我向她投了一下陌生的眼色，从长凳的近旁走开去。虽然长凳上还有两人可坐的地方。我向四边望了一下，没有什么地方可坐。只是长凳的后面，有一块大石，石面很平滑，于是我坐下了。

"起来，起来！"

老太婆从那边摇着手，叫起来。我仿佛受了什么惊吓，从大石处一步就跳到她的面前来："怎么？"

"不要坐那块石头。"

"怎么？"

"那是狗撒尿的地方。"她拍了拍长凳，又指着她身旁的姑娘说，"你坐下吧，不要紧，她是我的姑娘。"

于是我点了一下头，姑娘还了我一次笑脸：慢慢地咧开了两唇，让两颊现出一对小窝。

我们三人相望着，似乎是都没有什么话好说，在我却受不了这种默然的寂宽。可是，又不好立刻走开。我随便想起了一句话对老太婆说出了："你的房间租给我了，你住在什么地方呢？"

"我同我的姑娘住在一起。"

均平来了，比我们的约会迟了一小时还多。我没有质问他是什么原因，我知道他又吃醉了酒：脸色是火红的，动作是错乱的。我让他安静地坐在我的身旁。他注视了老太婆和姑娘，然后他向我问："她们是朝鲜人吗？"

我恐怕他任着醉性，随便说起什么难听的话来，所以我用很低的声音警告他："是的，朝鲜人。她们也懂中国话。"

"你怎么同穷朝鲜住在一起？"

我把他的衣襟向下扯动了一下；可是老太婆和姑娘都红了脸在怒视着他。我在这种情景中，也感到了极大的难色。我想阻止他，不许他再说什么，却担心他醉性的发作；同时，我也没有权力使她们走开，并且也会惹起她们的不满。最后，我只好对他说了："来，到房里去，看看我新租的房间。"

他不起来，只是沿着楼房的四边，望了一周，他说："房子还好，就是有穷朝鲜不大好。"

老太婆立刻离开了长凳的座位："穷朝鲜不好，你走开吧！"

"你滚开，你配坐这凳子吗？"

"我滚到哪里？我坐在哪里？"

"随你去！"他向身外望了一下，指着不远的那块大石头又说，"你坐到那里去！"

"为什么坐在那里？"

"那才是亡国奴坐的地方！"

我听着他们吵嘴，我好像是在受着苦刑。这时候恰来一个陌生的男人，打了一下手势；她们立刻做出了笑脸，迎着他。于是他改作了猫捕老鼠的步子，悄悄地走近姑娘的身边，他淫荡地抱住了她；他们两人的脸颊间只留下一条缝隙，让风从中间吹过；渐渐地又隔断了风的去路。

老太婆在他们的身边绕着，故意给那个男人献着殷勤，打扫几下尘土……然后我只看见她帮助她的姑娘，把他推送到房里去，再没看见他出来。

均平走了，我很快意的：他惹起的吵嘴，算是结束了。不过我总要向老太婆说几句道歉的话，至少也要说："请原谅，我醉酒的友人。"

我仍是坐在长凳上等着她，终是没有再见到她。

天色黑了，老太婆的窗子已经透出了灯火；我的窗子，却仍埋在黑暗里。我常常注视着房里通到门边的一条过道，飘过着的人影，其中没有老太婆的。她哪儿去了呢？她的窗子里只有两个人头，一个是她姑娘的，一个是那个陌生男人的，有时徘徊着，有时聚拢在一处，唇边与唇边连在一起——印在窗子的纱幔上。我不用细听他们的笑，从他们的影子上，我可以完全辨出我所要知道的；同时，我也确定了老太婆没有在房里。

不久，老太婆领着一个提盒的饭馆役者走进去，房里起了碗筷的声响，她又抱着一床褥子走出来，悄悄地铺在门边的过道上了。我正想唤她；她已经躺下了，枕了自己的手腕。

姑娘走出，给她送来些什么菜，低声地说了几句话，我完全没有听懂。姑娘走进去的时候，她坐起来了，吃着。

这时候给了一下谈话的机会，我问："你要睡觉吗？"

"是的，先生！"

"你不是同你的姑娘住在一起吗？"

她的喉咙好像被一口菜堵塞了，许久没有说出话来。然后，她把视线避开去。

"不一定，有时候，我要睡在外面。"

"为什么呢？"

"为了生活啊！"

从此，我知道了老太婆是依着自己姑娘卖淫生活的。可是她待我很好：每天为我扫洗一次地板，拭着我房里每一件用具；无形中，好像是做了我的老仆人。有时我拒绝她，有时我谢绝她；她为了我每月加多了两元的房钱，她不肯允许我。每次，我看见她的脸色忧伤，我知道她的姑娘昨夜是没有留宿着客人；她的姑娘却欢快着。如果她的姑娘忧伤了；她更欢快了，做了一些较好的菜食，有时给我送来一碗："先生，你尝尝这是朝鲜菜。"

"谢谢你的好意。"

于是我接受了，放在地桌上，我望着；只是吃了一口两口，在胃里整天也不消化。并且，我的呼吸，也不像平常一样舒畅。

不过，我们的友情却一天比一天好起来。有时，我病了，她照顾着我，像我的母亲。

同时，我照顾着她，也是尽了我所有的好心。有一次我又看见她自己睡在房外的过道上，转动着，眼睛流着泪水，拖着些轻微的呜咽声。我不知道为什么要停留在她的身边问："怎的了？"

她只让哭声放高些回答着我。我的头向她的脸上垂去，用手扯动了一下她的衣袖："怎的了？"

她终于不肯说话，我便去睡了。

早晨，松花江上的渔船，刚刚扯起了布帆，江岸的坝边还没有插下一支钓竿，老太婆的房间里已经有了吵叫的声音惊醒了我。

我披起睡衣，扯开了两窗的窗幔，让几缕阳光深深地印在地上。我的耳孔贴近门边；后来，我又推开了门。我看见老太婆的门半开着，有一个陌生的男人蹦跳着，用结实的拳头击打着桌子、椅子，倒了一个花瓶，花碎了，花瓣散落下去。姑娘用手掌埋住眼睛，哭泣着。老太婆徘徊着；每次走过门旁时，给我留下一面侧影：垂下头，手撑着下颏。

不知又从什么地方走来两个人，堵塞了老太婆的门口，隔断了我视线的去处。这时候，我只有耸起耳朵来，听着她们三人的话声；我想从音调上分辨她们是缓和些，或是厉害些。又有几句激辩后，陌生的男人夹住自己的衣服冲出门外；老太婆追住他，握住了他的手腕。他狠狠地踢了她几脚，他走开了。她倒在地下，颧骨触了地面，破了，流了血。

我走出门来："起来！"

我又走近她一步，扯起了一只手腕："起来！"

我撑着她，站起来，姑娘也走来了。于是，我把她的手交给了姑娘；可是她不允许我："先生，你先别离开我！"

"怎么？"

"我请你到我屋谈谈。"

她的房间，我还是第一次走进来，向每处注视几眼；器具很简单，也很平常，只有一张铁床，是最漂亮的，垂着桃色的床幔，精巧地绣了几条花边，中间夹着闪光的小珠子，四角遍插着鲜花，还没有憔悴，所有各样的颜色，配合得很新鲜，好像一辆花轿，停放在房内的一角。地上堆着丢下的果皮，茶杯破了的碎块。

老太婆在桌边，没止住她的哭声。我说："不哭吧！"

她不肯听；我问她："怎么，我常常看你哭呢？"

"先生，我的先生，你看看我的生活，我能不哭吗？"

我没话说了。她却说起："你看看才走了的那个男人，在这儿住了一夜，吃了夜饭，没有给留下一点钱，唉，还打了我。"

"他是在这儿过夜的客人吗？"

姑娘听了我的问话，立刻又哭出声来。老太婆一面劝慰着她，一面回答了我："是的，是的。"

"那么你怎不先留他的过夜钱呢？"

"先生，你不知道，他是日文翻译。"

"那他就不给钱了吗？"

"他说给我们送来。"

以后，我总没有看见他再来；所来的又是另外的一些陌生男人了。

老太婆仍是在过道上，在长凳上，等候着房内的唤声。她的眼睛疲倦着，渐渐地拢闭起来，头向下沉坠一下，又突然张开；然后发出一声叹息，揉着自己的眼睛。

我为了她的疲倦，我说："来，我们谈谈吧！"

我们两人坐在长凳上，身上披着柳枝的影子，一条一条地摇摆着，仿佛给我们的背上画了无数的黑纹。我们的面孔相对着辨别不出我们两人的脸色；虽然月亮已经冲破了白色的云层。

"喂喂！"

有人来了，是均平；他又醉了，用零碎的步凑近我们的身边来。老太婆看是他，她站起来，想走开。我对她说："没关系，你坐着吧。"

均平却说："穷朝鲜叫她滚开就得啦！"

她听了，立刻又坐下来，报复了他，并且牢牢望着他，问他："我滚到哪里？"

他又指着不远的那块大石说："坐到那里去！"

她向他伸出了食指低声说："现在也该你去坐了。"

那天，恰好是九一八事变的第二天。

《文学大众》1936年第1卷第1期，9月5日出版

孤　儿

在我看见那红色楼房的时候，我的脑里重现了一幕记忆——我同友人曹维走出了红色楼房的门外，他的儿子小村追着他，并且扯住了他的衣角哭了："爸爸……"

"好孩子！"

"爸爸，你上哪儿去？"

"我出去一次。"

"不……不许你走！"

小村只有六七岁，他还不明白他父亲要离开他的原因，是为了守护他的祖国从军去的；所以他紧握着他父亲的衣角，终不肯放开小拳头。

曹维最后用尽了所有的方法，才哄好他，送到他母亲的怀里去，仍在哄着他："你等着我吧！"

于是我们走了，到现在，已经快整整的一年；想象着好像是昨天一样——在我看见那红色楼房的时候。

楼角比一年前老旧了些，已经褪淡了原有的鲜红颜色；并且有砖块倾落下来，碎了，堆积在阴湿的墙根下，一堆一堆地散着，仿佛许久没有人打扫过一次，只是让风随意吹散着，迷着我的眼睛。

我敲打着门，门内没有一声的回响，也听不见有脚步声音。我想也许是搬家了吗？那么楼窗的窗幔怎么仍是我所熟识的呢？我再敲响着门，门内仍是一样的静悄。我为了必要的任务，当日还要回到军队去，所以没有多余的工夫；并且到曹维的家来，也只是探望一下，传达一下曹维的消息。于是，我自动地推动着门。门没有锁，开了；我走进去的时候，给我的印象是搬家前后的情况：在过道上，堆满着椅子、绳套、细碎的纸张、孩子的玩具……

"有人吗？"

我问着，敲遍了所有的四五个房间，都没有人回答我。我想，家人都出去玩了吗？可是时间也太早，最多也不过是早晨八点钟；并且，曹维的父亲母亲……总共六七个人，怎么能完全走开呢？就是完全走开，也要有仆人留在家里的吧！

这时候，我的脑里，起了许多意外的想象；最主要的，我担心着"友军"发觉了我，逮捕了我。因此我决定离开，不想再在曹家见到谁。但是我刚走出门去，就遇见了老仆妇从菜场上买菜回来，她看见我，眼角下垂落了两滴泪水，嘴角抽动着，仿佛有许多话，是要向我倾吐的。

她牵着我的衣袖，把我引到一个房间去，她匆忙地走了——意思是为我取茶去。

这个房间是仆人住的，每处都很简陋，我找一把椅子坐下也没有；我因为太疲倦的缘故，便随便坐了仆人的木床。床上的被还没有叠好，被里正熟睡着一个孩子；眼睛与脸颊，全陷入骨里去，他那种脸色，是病态中所有的，没有一丝健康的精神。我转着头，望了他许久，无意中问了："小村吗？"

他在安适的睡眠中，被我的手掌轻轻地拍了两下："小村吗？"

他只是翻转了一下身子，把小拳头丢在枕旁，我便确定了他是小村。

于是，我唤醒了他，他怅然地望着我，望了许久，仿佛才记起了我仍是他所认识的人——同他父亲从军去的伙伴。然后他赤裸地跳起，扑到我的怀里来问："爸爸呢？"

这一句问话，使我感到无限的苦痛，没有他所满意的话来回答他；所以我只有把他引入另一种谈话中去，我问："你的妈妈呢？"

"找爸爸去啦。"

我们行军的路线，时时刻刻守着秘密的，不仅外人无从探悉，就是我们内部的一般人也很少知道。小村的母亲真的是找她丈夫去了吗？她不会的，她是一个坚强的女性。那么我能不奇怪小村的话吗？当他很严肃地说出的时候。

于是我又重问他一句："你的妈妈呢？"

"找爸爸去啦！"

"去几天了？"

"三天啦。"

"三天啦？"

"不，算今天四天啦。"

"到什么地方去找？"

"不知道。"

"几天回来？"

"也不知道。"

我不想再多问他些什么；可是老仆人也没回来，只有再问他一次："你的爷爷呢？"

"跟她去啦。"

"奶奶呢？"

"也跟她去啦。"

"怎么都去啦？"

"不去不行嘛，还是绑着去的呢！"

老仆人给我送一杯茶来，用一种暗示的眼色唤出我去。我从她的话中，才明白了，原是"友军"查出了曹维从军的事情，捕去了他的家人，可是她为了哄着小村，便骗了他。

我预定是要立刻走开的，但是老仆人留我吃早饭。而且我自己也很留恋小村这个孤儿。

他自己从床角找到衣服、袜子，穿起来，跳下地去，在大脸盆旁，起劲地伸高两只小手，勉强伸入盆里，向脸上贴了几次水；然后又用一条手巾拭去，结果脸上好像更多了几条泪痕，并不比没洗脸时干净些。

我看他的书包、书本，散乱地堆在地下；我问他："你不上学吗？"

他让眼睛向我放大些，仿佛把我看作了小孩子一样："谁还念亡国奴的书！妈妈早就不要我上学啦。"

"那么你要做什么呢？"

他跑开了。回来的时候，我不知道他从哪里找来一把木刀，向我比量着，尽量地凸出他的胸脯说："我要打仗去！"

"不怕吗？"

"谁怕谁？"

"好，小村真英雄！"

我赞扬他,使他笑出声来。

然而在吃饭的时候,我同老仆人悄悄地谈着他的问题,他却常常插进一两句话来,脸上也露出了一些焦虑;于是我们便不再提起他的名字,只说"他"。

"把他寄养在哪里呢?"

我踌躇着,终于想不出适当的办法。老仆人也是同样没有办法,只是说:"你回去的时候,叫他的爸爸立刻回来。"

——"爸爸"这两个字,使小村丢开了饭碗,又扑到我的怀里来,他问我:"谁的爸爸?"

"别人的。"

"那,我的爸爸呢?"

"……"

"你告诉他,我等着他呢!"

告诉谁?他已经在半年前战死了。

——可是我没有说出来。

《文学界》1936年第1卷第4期

青　年

　　哈尔滨被"友军"的炮火占领了。我们军队就在一天的夜里送出了境外；所留下来的，也只有一些潜伏在许多团体里的秘密分子——其中有一个为军队负着募捐责任叫田雨的，是我的好友。他一方面担心着"友军"搜查，一方面相信我，就住在我的住所了。我又为了他的工作，他的安全，搬了一次家——从马家沟搬到道里来。他很满意这新的住所，因为几乎是一所孤零的楼房，四边很少有邻家，虽然在楼房内，除开我们的房间，也有一些陌生的人家同住。

　　此后，他很安心他的工作，在家除开几小时睡眠之外，完全在外面奔跑——好像任何一种恐怖，都威胁不着他。

　　但是有一天他惊慌地跑回来了，我看见了他从所未有的神情，张大着眼睛，嘴角下垂着："你真糊涂！"

　　这是为了什么呢？他为了什么这样埋怨着我，埋怨着他的一个好友呢？所以我问他："为什么？"

　　他向我的鼻尖伸出一只手指来，仍是说："你真糊涂！"

　　"为什么？我要你说明白！"

　　于是，他说了："侦缉队的后门，正对着我们！"

　　我想侦缉队的后门，也不是战线上的炮口——我说："那怕什么？"

　　"我想侦缉队队员也都住在附近。"

　　"不管怎样，侦缉队队员也都是中国人啊！"

　　"哼，你还说什么中国人呢？"

　　"你相信我的话吧！"

　　他不肯相信我的话，可是，我也不同意他的话。从此，我们就常常吵嘴；

不过，在我们的友情上，却没有一丝的伤害。并且，在他每次离开我的时候，我常常嘱咐他注意些自己的工作，在还清了拖欠的房钱的一天，我要为他再搬一次家。

过了几天，我看他恢复了常态，我的心便安然了，不愿再多有一次搬家的麻烦。

可是不久他又厌烦了楼上一家住户的歌声。在我却没有留意。当他指给我听的时候，也没有听出是什么歌，而且有许多句子唱得很模糊，可以听清楚的，只有其中的两句：

  我是好男儿，
  我要马革裹尸归！

虽然是英勇的句子，但是那种悲凉的调子，在人听来，会想到唱歌者是流泪了。

天黑着，月亮从云层里爬行着，有时明亮起来，有时又黑暗下去。院内的积雪，已经高起了一尺多。我刚刚走出门去，就有一阵雪打在我的脸上，化成了水滴流下来。我注视一下楼上的窗子，歌唱者正在地下徘徊着，从他的侧影上，可以辨出他嘴唇怎样动作，怎样摇着拳头。天气太冷，我立刻又走进房来。在床上，我静听着他的歌唱，同时，我在想着他的嘴，他的拳头，我要从记忆中搜索出来他究竟是谁——因为我知道那住户只有两个人，都是胖胖的青年，只是一个比另一个高些。不过，我终于失望地睡去了。

在早晨，我到厕所去，恰好有人在里边唱着：

  我是好男儿，
  我要马革裹尸归！

我不肯放过这个机会，一直在门前等了十几分钟，结果我看见了他是那两人中高些的。他向我垂下头说了一声："对不起！"

从这句话上，便引起了我们以后见面常常打招呼。

他第一次到我的屋里来，已经是十几天以后。他约我同田雨去吃酒。

"讨厌的东西!"

他走后,田雨在骂着他;我不同意他这样看待一个人——鄙视,无情……我仿佛是教训着他:"你不可随便骂人!"

他从床上跳起来,"怎么?"

"不怎么,不可以随便骂人!"

"我要骂,我就骂!"

"他有什么值得你骂的呢?"

"你没听见他唱的歌吗?"

"我认为是好歌。"

"是的,好歌;可是他那哭丧的调子,给谁听见,谁不感伤啊?也许只有你高兴听。"

我笑着扯着他的手说:"少说话吧,吃酒去。"

"我不去啦!"

"你不去,你不应当答应他。你说话当放屁了吗?"

他看我气愤了,便顺从了我。

我走进门的时候,在很小的房间里,已经放了很大的一张方桌。桌上蒙好了白色的桌布,没有任何吃酒之类的用具。我知道我们早来了些,可是又不好再走开去。我随便坐在一把椅上,田雨仍在墙角边站着,我要他坐下来,他说到吃酒的时候再来,然后便一个人走了。我呆坐着,只等着酒来,好像有些不好意思似的;并且请我吃酒的人的姓名,都不知道。于是问了那个歌唱者:"贵姓?"

"黄平。"

另外的那个人自动地说出了自己的姓名,叫张德发。然后,从衣袋里掏出一张名片,给了我。

我们三人沉默着,仿佛每个人都有着自己不可说明的心思。我忍受不了这般的寂寞,想惹起他们的谈话来,于是,我向屋内的四处望了望说:"这屋子住两个人有些狭小。"

黄平随着叹息了一声。

我问:"你常忧郁吗?"

"你怎么知道?"

"我常听你的歌嘛!"

张德发抽动了一下鼻尖,加重着语声:"你还没看见他常哭呢。"

最后我们谈到了生活的问题。我说我刚离开了学校,将来要在外埠做一个小学教员。我问他们:"你们做什么职业呢?"

他们默默地低垂着头,而且黄平又长长地叹息一声,对我说:"这年头,有职业,也不舒心;像我——"

他的话中断了;我继续追问他:"你是什么职业?"

"一点小事情。"

饭店的菜与酒送来了。我唤来了田雨。我们四人自动地围起了桌子,每个人拣着自己所喜欢的菜吃;谦让与客气,没有存留在我们之间,无形中,我们仿佛是几年前的旧友一样。

高粱酒二斤,黄平喝尽了一斤还多。我也很爱吃酒,也有着大的酒量。不过,像他那样酗饮的姿态,我有些胆怯,虽然他已经醉了:

> 我是好男儿,
> 我要马革裹尸归!
> …………
> 在祖国的战场,
> 我要做一次光荣的抗战。
> …………

张德发的手指贴住了他的嘴唇,让他的歌声吞入喉咙里,并且警告他:"你唱吧,不定是哪天你要唱出祸来。"

"这种职业我苦恼嘛!"

"那你就丢开你的职业。"

"我吃什么?"

"那你就不唱吧,而且要忠于自己的职业。"

"——要忠于自己的职业?"

"是的。"

黄平又饮尽了一杯酒,眼角浸满了红色的丝纹,突然把拳头丢在桌子上,打掉了他的一根筷子,他尽量地抻开了脖颈,半闭着眼睛,注视着张德发:"要忠于自己的职业,现在就是忠于我们的敌人!"

他们两人的主张,渐渐地冲突起来。我同田雨找到了一刻的机会,离开了他们。

已经是深夜了。田雨很快地睡了;我还在兴奋着,倚着窗边在望天色。

突然有人叫起来:"自杀了,自杀啦!"

所有的房间全开始了骚动:门扇触着墙壁的响声,孩子的哭声,杂乱的喊叫……在深夜格外使人感到可怕。我冲出门,楼里的人,几乎全数都冲出门外了。

立刻我就知道了自杀者是黄平,从楼窗里跳下来击开了一片雪面,在露天的院内躺下了。

我摸摸他的鼻尖,还有一些气息;我同张德发便叫来了救护车,送他进了医院。

一星期以后,我去看他的时候,他头顶裹着一圈药布,正在准备出院。

"你好得怎么这样快呢?"我问。

"原来也没有受多大的伤;只是受了惊,晕过去了。现在还有些头痛。"

"你再养几天吧。"

"哪有钱养病啊!"

我劝慰他不当有自杀的念头,又惹起他的烦恼来——在咒骂着自己的生活。于是我又说了一次:"你再多养几天吧。钱的问题,我可以帮你解决。"

他微哭着,向我摇着头;我问:"不相信我吗?"

"不是的;我们两人同你们两人,虽然认识不久,可是我相信我们还都是青年。"

"那么你听从我的话吧。"

"我只有感激你,因为我不能再多挂号。"

"——挂号?你在军界服务吗?"

"不是的,我是侦缉队队员。"

我仿佛感受了什么意外的刺激,心跳起来;不过我还勉强着自己,做出自然的神情:"张德发呢?"

"也是的。"

我故意地问:"你们每天做些什么?"

"我们两人都是检查旅客,不过他在车站,我在码头。——总之,这不是人干的事就得啦。"

我的心平静些,离开了他。

但是田雨听说的时候,却哆嗦起来,脸色惨白了,似乎他将遭受多大的苦难。他决定要再去找一次房子,准备搬家。我顾及他的安全,同意了他的话。不过我们的房租已经拖欠两个月了,并且搬家还需要一部分的用款。我终于也没有了一些好的办法——虽然他在说这几天的工作被破坏得很厉害,工作人员天天有被捕的消息。最后决定把田雨的捐款暂借一下,然后再按数补还。

当天就租好了房子,地址是南岗。

在我们整理东西的时候,黄平跑来了。他第一句话说的是:"你们快跑,快跑!"

我看见他那样惊慌的神气,一定发生了不平常的事情。我问他,他只说:"快跑,快跑!"

我逼问他,他才简单地说了一句:"在侦缉队有人告发了你们的事情。"

我还装作着:"什么事情?"

"不要再问吧,就是你不知道,田雨也一定明白。"

他怕我们连累了他,他很快地就走了。

我向他的背影自语着:"——我们还都是青年。"

这时候田雨决定逃往外埠去。我很安全地藏在友人家里。然而田雨,在车站上被人认出了,被捕了。认出他的人同捕他的人都是张德发。

《今代文艺》1936年第1卷第3期

难　中

在码头上，我不知道我们是从哪里集起了这么许多人；男的、女的、年轻的、年老的、残缺的、疾病的……我只知道我们都是失了家乡等待逃亡的难民——虽然并不完全是无产者，虽然我还穿着哥萨克式的上衣，腰间系着一条高贵的丝绳。

满天都聚集着黑色的云层，只有其中的几处缝隙是白色的云块。太阳从早晨就没有冲开黑云，阴暗的色彩占有着全部的天面，落着小雨。

我们望着每处新奇的景色：散漫的船，健壮的石岸，不知来处的暴风，冲入了海洋，冲破海面，一个一个的浪头相击着，碎了，遗下了一片片的白色泡沫，卷入再起的浪头间的漩涡中去，散了，没了，我们已经厌倦了。

又过了两点钟的时候，天快黑了；我们所等待的海轮，才靠近了码头，有一条长长的跳板连起甲板与石岸。在甲板的入口，早已站好了带着护勇的司账与副长，检查着我们每人的船票。可是，我们疯狂了一样地冲倒了他们，冲上了船。那时候，有一个护勇吹起警笛来，唤来几个水手拆开了跳板，还有许多的难民被遗在石岸上，已经上了船的人，都感到意外的幸运。但是过了一刻，平静下来，副长命令护勇重新检查船上所有客人的船票。于是没有船票的人，都张开了两只空手，被护勇看守着，用舢板送下船去。我有船票，勇敢地站在甲板上望着；护勇仍继续着检查，手托着匣枪，检查尽了甲板上的每个黑暗的角落；结果，又搜出了第二批没票的人，送下船去之后，天便完全黑了。

船上燃起灯火，很暗淡；因为这是货船——八九百海里的航程，票价才只有两元多钱。我摸索着，踏尽了一段短短的阶梯，走进舱穴去，我想觅妥一个位置睡眠。但是，仅有的一盏灯光，冲不开那所有的浓重的黑暗；并且四处装满了货物，有时我迈进一步竟被阻住，缩退回来，再转了另一新方向走去。费去了许久许久的工夫，才寻得了一块空闲的地方；可是早已睡满了人。最后我爬过了一层一层的货堆，在没有一个人的船尾处躺下了。潮湿的气味，冲着我的鼻孔，黑得使我瞎了眼睛。我刚刚舒展一下身子，就有什么小动物从我脸上跑过了，我惊慌地坐起来，听了听，才知道那是老鼠，并且它们还在我身边嚼着什么货物。

暴风下的海潮大了，不住地摇动着船身——好像为我催眠。我很欢快地合拢了眼睛，感觉着在亡命途上我还有这样好的睡眠。

可是，没想到在我睡之前，听见了一种骚音，一丝丝地缠绕着我的耳边。我听着，默认是老鼠叫。渐渐地加高起来，我奇怪了——是什么骚声呢？

"噢——"我呼喊着。我想任何动物都会被我镇压下去的。可是恰好相反，骚声立刻加高起来——这时候我辨出了是有人在哭泣。

"谁？"我的声音有些哆嗦了。

没人回答，回答我的只有哭泣。

"谁？"我又问了几次，仍是没人回答，仍是只有哭泣，我便不想再问了。我细听着，哭泣的声音离我并不远；于是我伸出手来，摸了几下，尽是货物。这时候，我只期望有一些明亮，冲开我身边的黑暗，让我清楚地看一下，我究竟是在怎样的情境中。可是我自己袋里常备的火柴，也几乎用尽了，所余下的几根早被雨淋湿，燃不起火来。我在没办法中，只好把拳头打在货物上，让击起的那种响声陪伴我的呼声："谁？"

最后我做了骗子："谁？再不说话，我要开枪啦！"

于是哭泣的声音断了，代替的是颤抖的语声："检票的老爷……检票的老爷……我一家子人都叫'人家'打死了……你让我们娘儿俩逃个活命吧……咱们都是中国人啊！……检票的老爷开恩吧。"

我告诉他我不是船上任何检票的职员，而是乘客。然后，我又问："你在哪里呢？"

"你在哪儿呢？"

从这反问的声调上，我辨出了她是女人；所以我这样问了她一句："你不怕吗？"

"怕又有什么法子！"

"你一个人吗？"

"不，我还有一个孩子。"

"在哪里呢？"

"就在我的身边。"

"你究竟在哪里呢？"

她传给我她用手拍打着什么的声音；我扑向那种声音去，我的头触了船尾的一条铁梁，痛叫了一声，她才嘱咐我："加小心，龙头上有铁梁。"

我走来了，她还为我揉了头顶。她问："你也没买票吗？"

"不是的！"

"那你怎么也在这儿呢？"

我向她说明了缘故，她仿佛感到更可怕。我说："没票也不要紧，你放心吧。"

然后，我又随便地问了她："船票，不是很贱的吗？你怎么没买呢？"

"贱，贱不是也要钱吗？"她自语着，"哼，一天没吃饭啦！"

我把我袋里的三个烧饼给了她。她摸摸，烧饼太枯干了，她要找些水喝，我告诉她在舱口的门后有一个装水的铁桶。她临去时，嘱咐着我说："请你照顾照顾我的孩子！"

她引着我一只手放在她孩子的腿上之后，她去了。

渐渐地我听见孩子的呼吸喘息起来，我问："你害怕吗？"

我把手移到孩子的心坎上，我觉出这孩子心跳得很厉害。我说："你不要怕，你妈这就回来！"

孩子的心仍是跳着，我便伸近了头，让我的脸颊贴住孩子的脸颊——这样好使孩子安心。可是孩子的心反而更加跳起来了。

老鼠还在身边嚼着，我担心它们惊了孩子，我起劲地拍响一声，吓唬了它们。我为孩子唱了几段女人惯唱的催眠歌，不过孩子仍不安心。

我怎样才能使孩子安心呢？我想用手抚摸孩子的身子，也许是最好的办法。于是，我从腿向上摸起，摸尽了大腿停了手，我感觉这也不是孩子，孩子怎么有这样长的腿呢？我自己仿佛也有些不信任，又继续地抚摸着，在我摸到胸脯的时候，我的手立刻缩回了，我的心暴跳起来——因为我的手指触到了一对凸起的肉团——这便说明了我所照顾的不是孩子，是成年人，而且是姑娘。

我沉默着，直到喝水的人回来，我才说话："你这孩子有多大岁数？"

"她十八啦。"

她很自然地说了，可是我却埋怨起她来："十八了还是孩子吗？"

"就是八十了，她也总是我的孩子啊！"

我没话说了。

在早晨，从牛眼般的窗孔透入了一卷阳光，恰好横在我们三人的面前。我醒了，她们两人还在蒙眬中，有时翻转几下身子，不过没有张开过眼睛。我看她们的面孔完全相似，都有着阔大的脸颊，凸出的厚厚嘴唇，粗壮的眉毛，处处都在象征着她们是母女的血统；不过她们的年岁，却隔开了遥远的距离，一个是已经老了的老太婆，一个正在年轻的姑娘，从她们的头发上看来，好像是祖母与孙女的关系。

甲板上又装起货来，水手的吆喝声，冲破了舱里的寂静，她们在蒙眬中被闹醒，半合着的眼睛，仍蓄着旅途上的疲倦。当她们看见我的时候，被我哥萨克式的上衣引起她们的惊奇来。老太婆问："昨夜就是你吗？"

"是的！"

"你是中国人吗？"

"是的！"

她用手摸着我衣边的花纹，许久都不肯放开手，仿佛对于这种花纹有着极大的兴趣。

"这衣服很值钱吧！"她问。

我说："不值钱，不过我的丝绳倒是很贵的。"

"多少钱买的？"

"五元多。"

她好像不信任我的话，立刻扯起我的丝绳，精细地辨识着究竟是什么质料和怎样的手工。她的姑娘也随着她，羞红着脸，靠近了我的身边。我们互相地望了一下，都避开去，垂下了眼睛。

海潮又在消落着，仍有大的浪头打着船，有时碎开的水滴冲进小窗孔来，落在我的脸上一滴两滴——那种凉爽的感觉消去我许多的倦意。不过舱里的那种难嗅的气味，使人头晕，使人要呕吐出来。我不得不离开她们了，整整地离开她们一天——除去我给她们送过两次食物之外。

船开了，甲板上渐渐安静下来，当船转入了海心的时候，时间已经转入了深夜。甲板上只有我一个人还在徘徊着，死静得像一座无人的小岛。

我走进舱去的时候，她们已经睡熟了——我唤过几次，没有一个人的回声。

我躺下了；可是不能睡去——想起了失去的家乡，脑子里展开着一幕一幕往日的记忆。于是我又走出舱来，在甲板上倚着账房的边侧，看着天，一直看到星星淡了，东方起了一条有彩色的弧线；渐渐地那条弧线从海里拖出了太阳。我看着那样好景呆住了；突然账房的门响了一声，惊了我。我知道司账带着护勇又要检查，我便自动地把船票给他，他看看没作声还了我，下舱去了。

好的景色，只有短短的一刻；我再看的时候，太阳已经离开了海面。

突然舱里起了骚动，船面上一个值班的护勇从弹带间拖出了匣枪冲下舱去。我看这种严重的情形，舱里也许发生了海盗事件，所以我为避免开枪的危险，没有下去。后来，我听见暴打与怒骂的声音，才安心了——就是海盗也定被捕住了。渐渐地有一种哀求的声音传上甲板来，然后就是两个护勇拖来两个人——老太婆与她的姑娘。

"跪下！"

一个青年的护勇逞着雄姿，用匣枪比量着她们，威胁着她们；他的脸上遗留着一种胜利的欢快。

然而老太婆激愤了："我为什么给你跪下？……我不跪下！你枪毙了我就得了，我正不愿意活呢！"

她的姑娘听了，立刻把她母亲环抱起来，好像她的两只手便护住了她母亲的安全。

有的乘客还在互相问询着她们所遭的这不幸的原因。我知道原因是很简单的，只是因为她们没有船票，因为她们没有买船票的五元钱——主要的是因为她们失去了家乡，又做了逃亡的难民。

这时候，我看到她们所受的侮辱恰像在失去了家乡常常所遭的不幸一样。

"来。"

青年的护勇像唤着猪狗似的，叫她们到账房去。老太婆在前面，在她后面的姑娘，随着她像只小鼠，哆嗦着，悄悄地抛着小步子。

司账在门前仿佛教训自己子女似的教训了她们，最后，用着命令的神气说："明早船靠第一个码头的时候，你们就得滚下去。如果你们坐到你们要去的地方，那我就要送你们到监狱里去了。"

这样结束了一场骚动，所有的护勇、乘客都散开了。然而她们却随着我留在甲板上。

"下船，怎么办呢？"

她们被司账指定下船的地方，仅仅是她们一半的航程。离她们所要去的地方，还有一半的航程；所以老太婆踌躇起来了："下船，怎么办呢？一个人也不认识，不得饿死吗？"

我问她："如果你坐到你去的地方，有什么好的办法吗？"

她想想，叹息了："好的办法，是没有啊；可是那里总还有几个认识的同乡。"

"那你还是坐到地方再说吧！"

"再检票呢？"

我也是同样没有办法，所有的衣袋里只有七角钞票。于是，我向她们说："你们等等，我去想想看。"

我下舱去同所有的乘客要求，为一对孤苦的母女想些办法——只要凑起两张船票的钱。可是每个人都说："自己都没有办法呢！"

结果只集起了一元三角钱，还有我的七角在内。有的人没有钱，为了怜悯她们脱下自己的衣服给了我；于是，我也解下了我腰间的那条高贵丝绳。当我又转回她们面前的时候。把钱同东西一齐交给了老太婆，她向我哭了。我问："你怎么？"

"我难过！"

"啊？"

"我难过我们都是一样的逃难人，我还累了你们！"

我劝慰她许多时间之后，我说："明早你们下船去吧，把这些东西卖一卖。"我特意指着我的丝绳说，"你如果遇到识货的人，至少可以卖两块钱。"

她接受了我的话。

然而天黑了，她悄悄地离开了我同她的姑娘，一个人跑到账房去说："先生，你们做些好事，在半路把我逼下船，我一个人也不认识，怎么办呢？"

司账却回答说："你不要怕，你有办法。"

"我有什么办法呢？"

"你怕什么？你不是有那么大的一个姑娘吗？还愁没有办法吗？哼，你真老糊涂了。"

这话，在谁听来，都是不能容忍的，我跑去向他的胸脯上击了一掌："小心些，再随便说话，我要把你丢下海去！"

他默然了。我把老太婆领回来，我问她："你又不同意我的主张了吗？"

"不是的，先生，我总希望能到地方才好。"

"那么，你就不下船好了。再检票的时候，你就找我。"

她似乎不信任我的话；可是，也没有什么表示。

天浓黑着。海上起着暴风，一阵一阵地吹过船面。海水几乎同天色一样，天与海相连的一条边线，分着两面的边缘。机轮不停地旋转着，使船头突破着风围，船身向两边倾斜着，有时倾斜得使在甲板上要落下海去。我们三人坐在船面的几块木板上，手紧紧地握住木板上的铁环。

老太婆默默地在想着什么，她的姑娘有些倦意了。我对老太婆说："我们睡觉去吧！"

她说："我不睡，先生，你去睡吧。"

我指着她的姑娘："她要睡了，你看。"

"叫她也去睡吧，我一个人留在这里。"

我听她的话，担心她起什么意外的念头。于是我勇敢地说："你不要多想些什么。我告诉你，如果你愿意在半路下船，我可以陪着你去；如果你愿意坐到地方，不管什么事情，都有我说话，你放心好了。"

她听了我的话，准备下舱睡觉去了。可是船身动摇得使她们伸不开步子，且要呕吐。同时我一个人也扶不住她们两人动摇的身子，而且我的身子也随着船身在摇动，所以只有一个一个地送去她们。为了避免老太婆发生什么意外，我先把她送下舱了。在第二次送姑娘的时候，我先用一只手握住了船边的木栅，再让另一只手环裹着她的腰；可是她拒绝了我，垂下头，摆出了姑娘特有的羞惭的姿态。

"你怎样下去呢？"

我问她，她不作声。

然后她蹲着，用手爬行着，下了舱去。

然而在第二天的早晨，她自动地投到我的怀里来，把我从熟睡中惊醒了。她也好像刚刚醒来，还有一件大衣披在她的身上。我问她什么事，她终于也没有说话，只是伸出一只手来——在我的身边，在船尾的铁梁下有人吊死了。我看看，吊死的人是熟识的老太婆，吊死她的圈套是我更熟识的高贵的丝绳。

《作家（上海）》1936年第2卷第1期

婚　夜

敌人的部队，又由都市开入乡村了。

在乡村，已经是农家耕种的时候；不知名的老树，枝梢上，染了一层淡淡的绿色，脱露着新鲜的嫩叶；叶边，飞绕着归来的小燕，在寻觅着宿巢；年老的树根，突破地面，蒙了几条蒲公英的长叶和没名的小草；河流完全解冰了，再没一块冰花从水面上漂过，只有些没灭绝的秋叶、荒草，被风送来，随着河流流去；野风打着脸颊，已经感到了春天的温暖；农家所期待的春天来了。

然而农家却无声息，家家仍是闭着门扇，很少张开一次；在田垄间没看见有风筝、牛犁，以及唱着牧歌的孩子。那般的死静中，只有几声犬吠，惹起门扇裂一条缝隙，露出几个张望着的面孔，姑娘的，少妇的，老太婆的，孩子的，很少有壮年男人的；就是有，也是病人，或是残缺者。

远处的林间，突然有几只黑鸦飞起，翅膀打断着枯枝，惊慌地飞出林外，向天边叫着使人厌烦的声响。

然后，从林间的小路上走出了两个人：年轻的姑娘和壮年的男人。他们穿着同样布料而不是同样样式的衣服，全破旧了的夹衣，姑娘是长的，男人是短的。他们的面孔也很相似，都是大眼睛，高起的鼻子；只是姑娘比男人年轻些，胖些，头后拖着一条粗壮的发辫，系着半旧的红色绒绳，肩上背着一个小包裹，缝隙间，露着一角花花的新衣，同包皮是一样鲜红的团花。他们的步子都是同样地加快着，一只脚迅速地交换着另一只脚；可是姑娘总是比男人落后着一两步远。

"小兰！"

男人仍是走着，只是把头转向侧面唤了一声。小兰喘息着，答应着："啊，哥哥。"

男人没说什么，眉间集起了几条皱纹。她追随着，又问了一句话："哥哥！你叫我做什么？"

"我叫你快走！"

于是她耸一耸肩膀，让小包裹自由地抖动了两下，随着她的步子便张大起来，仿佛要一步或是两步踏到她所要去的地方似的。

渐渐地他们离远了树林，转入了一条无尽处的大路，两边散着一些农家的小房。村内的狗，集起了一群，追在他们的背后，狂吠着；有的追过了他们的身边，堵着他们的去路，好像不允许他们从这村内走过。

农家的门缝间有头探出，唤着自己的狗。

她摆摆手，向唤狗的人问："山庄还有多远？"

"二十多里呢。"

"我问的是——山——庄！"

"是啊，二十多里呢！进屋歇歇脚吧！"

"不，谢谢你！"

"怎么这样忙？"

"有事，有事。"

"什么事，这样忙？"

她没回答，她的脸已经红了。于是，她说："就是忙啊！"

"姑娘，你站站脚。"

"忙啊！"

"我有话嘱咐你！"

"什么？"

"山庄尽是鬼子兵了，你要小心些。"

她停住了，仿佛惹起她许多话来。但是男的转过头来，狠狠地谴责了她："你真好多嘴！"

"说两句话怕什么。"

"你也不看看现在是什么时候！"

她凝望着他，望了许久；然后用手掌拍打着胸脯，长嘘了几口气，又走起路来。

蓝色的天，很少有异色的云块；太阳已经离去了地线很远；不过，还是早晨。远近的景色,全是一样的明朗,就是树枝印在地下的影子,也不模糊。

他们走着,渐渐地隔开了更大的距离,仍是男人在前面,姑娘在后面。他常常回顾着她,向她投以愤怒的神情:瞪大着眼睛,深垂着两边的嘴角。她喘着,避着他的面孔;她用小的步子追上他。她问:"哥哥,你生气了吗?"

他不说话;可是她仿佛要他给她回答,握住了他的衣袖:"哥哥,苦了你吗?"

"哼,就为你一个人,多跑七八十里路。山庄还有鬼子兵,这就是去送死一样!"

"是我愿意吗?这不是妈的主张吗!"

他没话说了。可是自己还在埋怨着:"这年头,有姑娘就算倒霉啦!"

她一只手按住了胸脯,一只手摸搓着前额,嘴里吞吐着不清楚的话声。

当太阳占有了天面的中点的时候,他们到了山庄,头上流满了汗水。他看看半里外的一面旗子,他停下了:"到啦,你去吧!"

"你呢?"

"我回去啦!"

他说了,便转向了归路。于是她激愤地跳起脚来,把土块踏成了一片细面,印着她杂乱的脚印。"哥哥,你只顾你自己,你就不替我想想吗?"她已经是哭泣的调子了,"一个人怎么到张家去?"

"你嫁了张家,不是总要到张家吗?"

"哥哥,你想想我这是第一次到张家,也不认识门。"

他指给她那不远的地方的三间草房,快要倾塌的泥墙,撑着几根木柱。他又问:"记住了吧?"

"我也不认识张家的人啊!"

"你的婆婆呢?"

"只见过两次。"

"这就行啦。"

"那'他'呢?"

"哼,还'他'呢!你就说你的丈夫好啦,不要脸!你总有一天认识'他'。放心吧!"

她的脸红了,一个人气愤地走开去;可是她走了几步,又回过头来:"哥哥，我进屋先说什么呢？"

他不睬她，走了。她也走了，可是她又听见他的笑声："小兰，好妹妹！她给你的钱，给我吧！"

"不要脸，她只给我两角钱，你还要。"

她把手腕甩动了一下，继续走了她自己的路。她走近她所要去的那草房的时候，在一面旗下，站着的岗兵隔住了她的去路，要她停下了，举起两只手来；后来那个岗兵用手摸遍了她的全身，又解着她的衣扣；她匆忙地退后了两步，避开岗兵的两手，自动地扣着被解开的衣扣，她望一望岗兵，她尖叫了一声："呀——"

岗兵向她晃着刺刀，又凑近她的身旁。于是，她被吓呆了，顺从地让刺刀割断她所有的衣扣，衣襟垂开了，露出她红色的小胸衣来。岗兵向她笑了笑，刺刀又靠近胸衣的衣扣。她耸高了肩膀，眼睛凸大起来，转开头望望她的哥哥——在路的远处，缩成了那样小的一个人影。

"不——"

她推开岗兵的手，便惹起了岗兵的愤怒，终于撕裂了她的小胸衣，放她走过了。

那飘起了炊烟的草房，在二三十步外，静静地等候着她；她却望着辽远的天线，一步一步地走着。春风不住地吹过她的身边，不住地吹起着她的衣襟；她的腹，她的乳头，有时全露出来。

四处的野狗向她身边集合着，扑着她，仿佛要分取着她那已经破裂了的衣服。

她站下了，在草房的院墙外。院门没有关闭，可是她也没有走进去；只有她的手，几次地摇动了门扇，又几次地退缩回来；眼睛停留在一种默想中。

狗的吠声，好像替她唤着张家的主人。

"是姓张吗？"

她终于问了。

从院内走出了一个农人，脸上涂满着尘垢，使人分辨不出他究竟有多大年纪；只是他那两条浓眉，长过眼角，似乎在象征着他还是年轻的，穿的衣服，破了，已经破露了膝骨和一块肩膀。他用陌生的眼色注视着她："找谁？"

"这是姓张的吗？"

农人点着头，默认着。她的脸红了："我找张老太太。"

农人的眼睛一面追随着她的视线，在猜想着什么；一面问着她："你是谁？"

"……"

"找张老太太做什么？"

"……"

之后，张老太太走来，没有说什么话，便把她领进屋了。屋内很黑的，她避入更黑的一角去，让两只手交叉起来，遮住胸脯。张老太太问了她许多话，她不说，只是摇头，或是点头，直到最后，她垂了头。张老太太说："你妈心眼真多，叫你来了，这不是又多给我添心事吗？"她望望那个农人："锁子，你的媳妇来了，你看怎么办？"

锁子走近她的身边："妈看着办吧。"

"鬼子不是要抓人上前线吗？"

"那都是瞎说！"

小兰勉强着自己的动作，偷偷地望了他一下，她的脸便红了。

张老太太仰起头，眼睛望着房间的木梁，向自己打着商量。最后她是这样决定的："你们拜个天地吧！"

于是小兰与锁子磕过了几个头，她的发辫在头后卷成了发髻，穿起一件新的花衫，便做了新娘。

太阳没过了天边，开始了她的婚夜。

然而她正在整理着房间的时候，她听见院门被敲响着，然后在院内起了谈话的声音。过了一刻，她随着张老太太走出去。她看见锁子在两个鬼子兵的面前垂着头不自然地动着："老爷，我家只有我一个男人！"

"不行的，我们太君叫你去的。"

"晚几天，不好吗？"

"明天早晨，不去的不行。"

鬼子兵走了。小兰几次地走过了锁子的身旁，想探询他是什么事情；可是每次她都是红着脸离开他。当张老太太一边哭着，一边说着，她才明白了——那是鬼子兵要强迫着她的丈夫做苦工去。她问张老太太："不去不行吗？"

"那怎么行呢！你知道隔壁老于家一家是怎样死的吗？那还不如去，也许有个活路。"

张老太太的眼里凝住了两滴泪水。

"你去给他缝缝衣服吧！"

远处的军号响起来，使人失去了安静的睡眠。在张家的三间草房里，一间装放着农具，一间是外屋，烧饭的地方，一间团集着三个人：锁子躺着，闭住眼睛翻转着，张老太太躲在一边偷偷地流着泪水，小兰缝补着一件夹衣，她常常注视着他，可是对他没有说过一句话。

夜渐渐地深了，张老太太坐着打盹，锁子抱着被子的一角，好像已经熟睡了。小兰缝好了夹衣放在他的枕边，并且拉开被，遮住了他的前胸，手留在他的被边，手指相互地揉搓着。当张老太太的身体转动一下的时候，小兰便偷偷地将手缩回自己的身边。她清醒着没有一些睡意，直到天亮。张老太太问她："他要走了，你有什么话说？"

她没说什么，只是把她的两角钞票，从自己的衣袋移到他的衣袋里去。

《东方文艺（上海）》1936年第2卷第1期

农家姑娘

我们走了几百里的行程，进行了两昼夜的苦战，终于在一处击败了敌军。而且我们为了追击他们，又过了一天的工夫，走过好多的乡村。可是，最后我们疲倦了、饥饿了。于是，我们的全部队伍开入一个大的乡村停下了。

这里，有好几十家住户；不过，没有一家蓄着猪，或是马；只有一家地主养着一匹小驴。据说他们完全困在战争的贫穷中，没有食粮，几乎吃尽了春耕的粮种。

我们呢，虽然是胜利了；但是那种兴奋、快感，也只能稍稍解除些我们的疲倦，却解除不了我们的饥饿；所以除去负有勤务之外的人员，完全散开了，七八人一群，三五人一群，也有一两人的，自动地去找自己的吃食。我看看附近的几家大院，已经满了我们这些饿狼，在争抢着地主的那匹小驴，我便偷偷地离开他们，一个人独自走开了。

冬末的天气，是最冷的时候，天色苍白着，散尽了异样的云块；有的，只是淡黑的几团，也很快地被暴风卷去了，没入了天边。地上蒙起厚厚的雪面，常常随暴风飞散着，像一片白色的烟雾，隔绝着投开的视线。四处交叉着几条雪路；在很远的地方，集中了一条，爬过了山脊。路旁堆聚着农家的小房，一家连一家，好像连成了被雪埋了的一条极大的土垄。我沿着那些小房走着；经过每一家，我都停留一下，从门缝，或是从破了窗纸的窗孔探视一下，都是同样的死静，仿佛是完全没有人住的空房。我快走尽了这条路，已经快走上了山脊，也没有看见一个人。于是，我又转回来；因为我不相信每家都没有人——每家门前不都是有着一条一条的雪路吗？

"有人吗？"

我用拳头敲响了几家的门，都没有人回答我。我走开了又继续着叫另一家的门。

"有人吗?"

同样地没有人回答我。可是我走后在无意中转过头的时候,却看见了一个姑娘,她的头从展开些的门缝间探出来,我正想叫她,她立刻又缩回去,门缝随着关闭了。在那短短的一刻中,她给我的记忆中留下了她整幅的面影。最使我难忘的,是她那垂过耳边的发辫,发尾的红绳,还有她那最动人的眼睛,像一对小宝石在阳光下闪了一下。

"开门!"

我叫着,门牢牢地关闭着。房内仍是同样的死静,仿佛是没有人住的空房。我认错了门吗?我相信自己记得很清楚;于是我用枪柄打起门来:"有人——出来!"

仍是没有人回答我;那么,我看见的那个姑娘呢?

我气愤了的时候,门被我踢裂了,开了。

房内确是没有我看见的那个姑娘;我寻遍了每处,只有一个老妇人在炕上躺着,她见了我便呻吟起来——她似乎在告诉我她有沉重的疾病。我问她:"只有你一个人吗?"

她不说话,只是向我点点头,表示除她之外,没有第二个人。

我奇怪了,便自动地再做一次寻找。

房内很暗的,混着一种雾色,使我的眼睛遮了一层轻纱,使我飘在云里一样,摸索着;终于在石磨下看见了一个模糊的人影,面孔被埋在手掌里。我暴叫着:"起来!"

不作声,是谁呢?当我发现了一条发辫的辫绳,我便确定了是我看见的那个姑娘;虽然她的辫绳在暗中退淡了原有的红色。我不耐烦地说:"起来吧!"

她听见我的呼声,便更加紧紧地拘缩起来——仿佛要缩成在我眼中去的一点;所以我说:"我已经看见你了,姑娘!"

她受惊似的哭了,站起了。我看她一下,我感到很大的恐慌,退后了几步;她不是我看见的那个姑娘,我也分辨不出她是怎样的一个女人——她脸上涂满着的柴灰,掩遮了她的年岁、她的美丑;我要叫她是魔鬼。

"你是谁?"我问她。她抖起来,声音也随她抖着:"我是我。"

"我要知道,你家里有几个人。"

"两个人。"

"哪两个人？都是谁？"

"我同我的母亲。"

"再没有第三个人吗？"

"没有。"

我不相信她的话了，又寻了一次；是的，再没有找出另外一个人来。我问她："你说真话，再没有第三个人吗？"

"真的没有！"

"那么，我才看见的那个姑娘呢？"

"就是我！"

我立刻把她扯到门边来，让透入的阳光落在她的脸上；我注视着："是你？"

她似乎有着几分难为情的神色，垂下头去。不过，从她那动人的眼睛和红色的辫绳，已经证实了——她就是我看见的那个姑娘，我便问了她："你的脸上怎么满是柴灰呢？"

她避开我的问话，她又在问我："你不是××人吗？"

"你没有听见我说的是中国话吗？"

"真的，不是××人吗？"

"真的，他们退了。"

于是她洗净了脸，恢复了我记忆中那副面影。

这时候，我还有许多话要问她，要问她的母亲，可是饥饿却逼迫我说："姑娘，你给我找些吃的东西吧。"

"吃的东西？"

"是的。"

"吃什么呢？"

"什么都好。"

"什么都没有了。"

"啊。"

"还有点大豆，你可以吃吗？"

我没有同意，她要到她的邻家为我借些米来；我随在她的身后。在她刚要走进去那家，我阻止了她："这家没有人。"

"你怎么知道？"

"我才在这家叫了许久的门，都没有人答应。"

她推着我，让我离她远些。我听她敲了几声门，向门里喊着："出来吧，进来的是中国兵。"

有人答应了她，不过没有借到一粒米。

我又随她走了几家，几家都有人，有的是残缺者，有的是老太婆，姑娘呢，脸上都涂了柴灰。当她说到借米的时候，她们都是把两手一张，做了无法的表示。于是我们一直走到最后一家，她的衣襟里，才蓄了几把异样的米粒。我们走回来的时候，我看见每家门里有人走出走入，仍是那些残缺者、老太婆，不过姑娘都换了洁净的面孔，偷看着我们两人的背影；于是她推开我的身子说："你离我远些走！"

可是到了家的时候，她却不再拒绝我靠近她的身边。她在小泥炉里燃起荒草，燃着炉上的小铁锅。火苗伸缩着，诱她烤起手来。她转过头，看我在注视她；她避开了，向炉里送入一束荒草，很快地燃成了灰烬，她又送入了第二束，第三束……锅水开了，滚着泡沫，滚落了锅盖；可是，米粒还没完全熟透，随着泡沫滚转来，滚转去……

她的母亲仍是呻吟着，自语着一些不清楚的话声，给人一种凄感的想念。

暴风在门外卷着积雪，卷成耸起的雪柱，旋转着移开去，也许从破裂的门缝冲进屋来，又从我的破裂的衣缝冲进我的衣里，使我冷得哆嗦起来。我跳动了几下，我说："真冷啊！"

她有些怨意地说："谁叫你把门踢坏啦！"

"谁叫你不给我开门呢！"

随着我又说起她同她的母亲不应那样冷待我，让我在门前空空地走过了两次，也不应欺骗我……她怒视我一眼，却又淡淡地笑了："谁知道你是中国人啊！"

这时候，我有了另一种感觉——是忏悔吗？我悄悄去修理被我踢裂的门扇。合拢着几条裂缝。然而我不是匠人，并且也没有适用的器具，只是任随我两只蠢笨的手，很难再恢复原有的完好的门扇。我终于叹息一声，好像让一件罪恶的影子，深深地埋在我的心里。她不明白我，所以她问："你忧愁吗？"

"不。"

"那么——"

"噢噢，我太冷啊！"

她摸摸我破裂的衣缝，已经露出了皮肉，于是她跑开了，为我找来一只垂有线绳的针。我故意问她："做什么？"

"我给你缝缝啊！"

——她是要用她更多的善良，换取我更大的忏悔吧？——我在这样想着，在自语着："痛啊——心痛！"

她立刻把针停住，问我："针碰了你的肉吗？"

我摇了头。

"那你痛什么？"

我默默地代她向炉里送着荒草，米粒熟透了，有的已经破了。她快快地给我缝好了衣缝。我说："好妹妹，我谢谢你！"

我拍拍她的肩，她气愤地打开我的手，让一种少女的羞红，浸满着她的脸颊："谁是你的妹妹？"

"那么又能称你什么呢？——好吧，我只说谢谢你！"

两天以后，我们很熟识了。我除去每天分担防守的勤务之外，所余下的时间，几乎都是在她的家里；夜里，就宿在她家的地下——因为她家只有一段短炕，被她同她的母亲占有着。为了住宿的不便，我曾找过几次的新址；可是没有一块适当的处所；我的伙伴，许多都住在马棚里，或是仓房里；就她的邻家，也没有一家不是做了我们临时的宿舍；所以我只有勉强地挨过这可怕的长夜。

那天夜里的暴风，是疯狂了吧？那种怪叫的声响，会使人疑心是兽鸣，不住地包围着房屋，让那般的冰冷透入我每条的血流里。我翻转着，在地下不能睡去——虽然夜已经深了。我悄悄地爬起来，集拢了几捆荒草，铺在地上，遮在我的身上；可是荒草却不给我一丝的温暖，我仍没有一丝睡意。

月亮的幽光，染了窗纸，从窗边冲过的暴风卷着雪花，让窗纸上浮荡着一种飞沙的淡影。在远远的地方，常有喊叫口令的声音，透进窗里。我的眼睛，疲倦了；可是，我仍在清醒着，把身体尽量地缩成一团。最后，那种难受的苦痛，使我站起了，在地上踱起小步子来。

"你不睡吗？"

她模糊的头影，从枕边扬起，问了我。我的两手交叉在两肩上，哆嗦着说："冰窖一样！"

"那你上炕来睡吧。"

"那怎么可以呢？"

"我把你当哥弟看待吧！又有什么不可以的呢？"

"那么可以允许我叫你——妹妹吗？"

她笑了，从我认识她起，这是我第一次听见了她的笑声。

可是她的母亲，加重了呻吟声；好像为我在做着催眠歌。我在温暖的炕上，经过了一夜舒适的睡眠；她的母亲，就在夜里悄悄地死去了；而且村外遭了敌人的包围。

太阳刚刚爬过了山脊，我已经听见了紧急集合的号令；所以我没有多余的工夫照顾死者和安慰她。我只说："谢谢你——你待我的好心；现在我要走了。"

她抿着唇，眼里饱蓄着泪水；她刚要说话，泪水便被震落了。因此，她又沉默了一刻，才说："现在我只有一个人了……"

这时候，我也好像替她分受了孤独之苦，可是我说："没什么，你在家好好地生活吧！"

"不，我怕人。"

"那么，你跟我去吧！"

"不，我怕打仗。"

我陷于两难之间了，我只好这样说："怎样都好，就是不要怕！"

我说完话，立刻离开了她，随着我们的大队破了敌军的包围。

不知敌军又加多了多少援队；只听见四外的枪声，向我们的身上集中着。还有许多农家的小房遭了炮轰，燃起了火焰，冲向明朗的天空去，浓黑的烟气，却绕着我们的身边，模糊了我们的去路。我们完整的队伍，不时地陷入了缺口——我们的伙伴伤了，死了；余下我们没有死伤的伙伴，冲开了敌军包围的一面，一直冲出了二十里地以外。敌军的枪声远了些，仍是向我们射来。我的马喘息了，步子渐渐减慢下来，突然我听见有人在身后呼唤着我："等等我吧！"

是她，她的脸上又涂满了柴灰，短的衣袖露出了一段赤裸的手腕，裤脚一条紧束着腿带，另一条散开着，疯子一样向我奔来，红色的辫绳在风里飘成一条直线。

我勒住了缰绳，待她跑近我的身边的时候，我看见她仅有的一条绳带松懈着开了，随着裤脚落下了几滴血；我第一句话对她说的就是："你伤了！"

于是她痴人一般地倒在雪地上了。我不顾一切地下了马，扶她起来；可是她已经没有再起来的力量；而且在自语："是的，我伤了。"

我为她检视着伤处，翻卷着她的裤脚；在我已经卷到膝头的时候，也没检出伤处来，只有几条血流染了她的皮肤。因为我要知道她伤的轻重，想把裤脚卷过伤处之上；可是我又卷上大腿，也没露出血流的尽头。不过我已默认了她的伤处，是在股部的地方。

"我的伤，重不重？"她问我。

一个男人既不便解落一个女人的裤子——我怎么能确定她怎样的伤痕呢？

幸亏有我的一个年老伙伴，为了照顾我，他回来，下了马，向她嗅嗅之后，让一种特有的表情，说明她并没受伤，那是健康女人每月所必流一次的鲜血，这样我才安心了，她却在恐怖的脸上，加多了一层羞红。

然而，在下午，敌军截断我们去路的时候她确实受伤了，腹部遭了弹击，衣上遗下了一个小小的弹孔；孔边透过了衣里的棉花。我说她伤了；可是她却反驳我说："没有！"

我们又奔出几里以外，我把她的伤处指给了她，她自己检视了许久，才确认自己已经快流尽了生命中最后的一滴血。

《光明（上海1936）》1936年第1卷第11期

老　兵

像这样的破军衣：缺了衣扣、领钩，衣袖上、裤角边，绽开了一条一条的裂缝；没有皮带，也没有领章，处处沾满了水滴、油汁所积下的纹痕；在张海的身上，已有六七年了。所以，人家都说他是老兵，而他的年纪，才只有十九岁。

贫血的嘴唇，不明亮的眼睛，低小的鼻子，枯瘦的耳朵……组成了一副不健康的面孔；这就是张海，这就是人家所说的那个老兵。

正是刮起秋风的时候。

昨晨的天色是清朗的，淡色的云团、云块安静地歇息在天庭，太阳还没有出来；东方的云层间，只是透过了几条金线，鲜明的颜色，诱着眼睛；在高空的一处，仍遗着一条孤零零的月痕，不移动，固守着自己占有的位置，在初醒者蒙眬的眼中，也许误认是一面人工制作的画面。

地面上，湿润着，仿佛刚刚被海潮洗过似的。有短草的地方，仍披满了露珠，微小的如同匀整的珠粒，一滴一滴地散落着，吸取周边仅有的一些亮光；在不知不觉中，一滴一滴地滚落下来，渐渐浸入土中去。

晨风夹着一种清爽的气味，从四野集中来，又向四野散开去；好像故意在戏弄早落的黄叶，让它们飘起飘落，徘徊着，滚转着，失去了去向，又失去了安眠的葬地。

鸡的啼声，已经息了；狗的吠声，还没传来；只有不知名的小鸟遗下几声唤不醒梦人的鸣叫，冲破了清晨的寂寞，飞过了，或是飞来了。

充满着这般景色的，是一面坡。

一面坡，只是一个小小的城市，没有什么古迹，也没有什么名胜，冬天同冰窖一样，夏天却是一处避暑的地方。四边绕着山群，并不雄壮，甚至没有一块雄壮的石块，处处都是土质与沙粒组成的踏平了的小路；南山的破口处，叫作土门岭，有一座小小的破庙，常常飞起香火，有时也响着鞭炮；北山下流着一条蚂蜒河，岸旁，有几处生长着蔽天的树林，有几处拥挤着农家的小房；东西两山都断了一处的山脚，中间爬过了中东铁路哈绥线的路轨。

街上，有大的商店，小的铺子；有伐木的林场，收买兽皮的皮庄；有出口大豆的粮栈，有异国居留的民会，有土娼、暗娼……人们都在惯常的生活中，很少有着惊人的故事；有的，也只是一些抢夺的消息，久了，并不惹人注意。

这里究竟有多少住户，没听说有过详确的统计。总之，热闹的大街整天充塞着行人，僻静的小巷，很少听见脚步声；不过，谁都知道驻军，有整整的一团，所以在星期日，随处都有军人的影子；虽然，整团的军队，一连一连地分散了，有的进山剿匪，有的驻守着山地，余下的，只是一部分——一面受军训，一面维持地方治安和留守营部、团部。

营部不常有确定的地址，有时候，随着全营的队伍出发，或是换防。

团部的住所，是在蚂蜒河边，靠近车站、俱乐部、公园、东铁和特区两个中学，有着旷大草场的地方。高高的大门，两边延伸一圈广阔的木棚，门前悬着一条木牌，写了陆军第八百七十四团的字样。有两个岗兵拖着步枪，绕着两个相对的岗楼在徘徊，看守着院内的几处办公室和一所兵营；如果看见了长官，不管是穿军装的，或是穿便服的，也不管是走进，或是闲逛着从门前经过，都要一样地敬礼；如果是士兵呢，那就随便，也许互相地交换一下军礼，也许无意地打几句招呼，也许故意地开开玩笑……总之岗兵好像没有一刻空闲的时间最舒适的，只有早晨——起床的号令还没有发出，团部的士兵仍在熟睡中，岗兵在岗楼里抱着步枪，下颚垂靠前胸，也许在蒙眬中，贪求舒适的睡眠。在这般的寂静中，只有厨房中呓语般的歌唱：

> 羊粪蛋，
> 用脚搓；
> 你是弟咧，我是哥，
> 打壶烧酒咱俩喝。
> 喝醉了，

打老婆。

打死老婆怎么过?

背着花鼓唱秧歌。

停了一刻,吁了几口倦意的气息;又有异样的歌子,用异样的调子唱了起来:

小奴啊,今年已十八,

十八的人啊,还未出嫁,

妈妈,你好糊涂啊!

随着,张海走出来了,一边扣着衣上仅有的两个铜扣,一边又走进马棚去;然后有了几声鞭打着马的声音和叫唤着马的声音:"滚起来,滚起来!"

马的草料送进了马槽,马的嘴送进了马槽的时候,随着,便又是歌声:

情哥哥,

你何时再来?

…………

只等明年春三月,

桃花、李花、杏花儿开,

小妹妹与你挂啊,挂招牌,

情哥哥,

你好再来!

…………

不过,这几句唱得并不怎样熟练,有的句子断了,断了许久才在意想中记起来。

"滚,滚!"

一匹壮年的白马被踢打出来,鼻边贴着一些短短的草茎和红色的米粒,嘴里还在贪嚼着最后的一口饲料。张海握着短小的马鞭,随着马尾;他仍在甜蜜地哼着：

> ……………
> 桃花、李花、杏花儿开，
> 小妹妹与你挂啊，挂招牌，
> 情哥哥，
> 你好再来！
> ……………

这几句在他哼出来，仿佛有着另种的感觉，使他摇着头，眼睛不转动地留在意想中，慢慢地伸开了两手，尽量地向后摇摆着，抖动一下腰背，让一口疲倦的气息，从嘴里长吁出来。他看了看马，马离远了他，已经快走出了门外。他追了几步，追住了，握住了马的缰绳，向马屁股鞭打了两下；马跳起来，他又用马鞭的木把撞着马的肋骨；于是，马抛开了前蹄，跑开了——像一匹驰过旷野的野马。但是，他终于没有放开握住缰绳的两个拳头，任随马怎样拖着他，滑过地面。在马把他拖出门外，拖出很远的地方去，他才喊起了一种怪叫的声音："呀——呀！"

岗兵发觉了，奔出了岗楼，追着，吓住了马；像长官一样地怒视着张海说："你总是干这样的事情！"

"你管不着。"

"我给你报告团长。"

"你就说见司令去得啦。团长？团长也不是他妈你家的，你说什么就算什么？"

"你小子，不用扯淡，给你报告一次看看！"

他把头一扬，缩短了几分眉间的距离，陷入两条短短的皱纹，眼球集中在眼角边，放高了声音说："报告？你打听打听再说，我在团部六七年了，你打听打听，我他妈怕过谁？"

"哼，你仗着有好妹妹，怕谁呢？"

于是讲出一些更难听的话来，讲出一些他妹妹秘密的故事；可是他却不在意，只是说："有妹妹不假，你别胡说！"

"胡说？谁不知道呢！"

"你再胡说，我就打你嘴巴。"

"得啦，你借你妹妹点好光啦！"

"老子命好！"

"天生是打杂的命，舅子的命！"

他用手掌拍打一下胸脯，合成了一个牢牢的拳头，留下一个大拇指，耸起，摆动；装作京戏里的人物说："老子，是一世的英雄！"

"狗熊吧，别英雄啦！"

"慢慢看。"

他扯着缰绳走了。他看看自己的军衣，又加多了几条裂缝，手腕也破开一块皮肉，凝住了几条血丝；他便不时地暴打着马，而且在怒骂着："该死的东西，天天要遛你……"

东山脊上的云层间，从缝隙里渐渐地流出了鲜红的颜色，渐渐地透出了阳光，一条一条地闪耀着，吸取着地上的露水；望过去，不住地刺着眼睛，仿佛是一团野火，在天边燃起，在烧毁地球的一角。

早晨的凉气被阳光吞食着，冲散着，雾一般地飞向天边去，远了，没了，又恢复了初夏的温暖；整夜所积蓄的露珠，一刻之后，在这地面上便完全消去了。

他扯着缰绳，走过了大路、草场、学校，沿着公园的板墙，走进了蚂蚁河边。他把马系在一株老树边，抛下了马鞭子，他沿着河边的沙地绕着圈子。沙地上留下了他的脚印，一个连着一个，一个落着一个，由清晰而渐零乱了；这时候，他在脚下寻得一堆平板的小石片。

河水安静地向着固定的方向流去，消失在山下的转角处。河面清澈，浅水的地方可以透视河底的沙石、游过的小鱼。吹过野风的时候，有的地方起了条条的波纹，也有的地方打着涡漩；只有中流的一处，好像永远平静，被阳光染了金色，在寂寞的空气下，荡着一层光圈。有几只渔船在那里漂来漂去——好像迷失了归去的方向。有时船上抛下了渔网，停住了，让黑色的帆影牢牢地留在水面上；过了一刻，便又划开去。有时，为了拣着鱼群憩息或活动的处所，又停住了，水面上仍是留下了同样的黑色帆影：远些的挂在山底，近些的浮在河上。

不知为什么，河边总是有不断的大风，残暴地摘取着树上的老叶，一片一片地飘落下来，落在地上，留在避风的地方；落到河上的呢？随着河流去了远方。于是，树上的叶子渐渐地稀少了，渐渐地露出了赤裸的小枝，以及草茎组成的鸦巢。

一只老鸦为了寻找自己的鸦巢归来了，被他惊吓一声又飞开了。这时候，小石片在他的脚下，由一堆集成了三堆；然后，他又一片一片地抛开去——让每片石片都是沿着水面，连续地跳起几次，滑过一条长长的距离，在不可猜想的终点，便突然沉入水中了。

太阳滚上了山脊又离去了山脊的时候，团部每天第一次的军号响了，拖着几声间断的长长的尾音响过了他的耳边。于是，他迅速地解开了缰绳，从老树下迅速地把马引到河边来，用他带来的长刷，给马洗刷着周身的皮毛。马习惯了，驯顺地站着，扬着长颈，仿佛感到了异常的舒适。

"你比我都享福……"

他这虽是对马说的，却没有什么怨意的口气，好像只是给自己解脱寂寞。

草场上，集中了许多的士兵，由每连的连长率领着，练习着长距离的跑步；另外有值日的营长，或是团部值日的副官监视着。由远处，只听见他们跑步的整齐声响，有着固定的节奏起落——仿佛在示威军人的英勇；并且每连的连长，不时地英勇地喊着："一、二、三——四！"

特别用异样的调子拖长了"三"字。

随着，士兵也同样地喊起："一、二、三——四！"

也是同样地特别用异样的调子拖长了"三"字。

这种喊声，充塞着草场，充满了公园、车站、蚂蜒河……好像已充塞了整个的小城市。

火车的笛声，小贩的叫卖声，以及其他的一切声响也起来了；在寂静中，占有了全部的空闲时间。

四处高起的烟囱，渐渐地飘起了炊烟，从一缕延开一片，又化作无数的烟圈，淡了，消失在辽远的高空中。

他扯着缰绳回来，经过草场的时候，所有的连队全散了，士兵走回了自己的营房；余下的只是一些长官，连长，排长……三两个人一群散漫地踱着；有的是孤零的一个人留在一处，做着自己的默想。他还没有走尽草场的一段，已经不知停下了多少次，向所遇见的长官，行了多少次的军礼。虽然他是没有受过军训的人，没有正确的姿势；但是他却保持着很迅速的动作：扬起右手，贴了一下帽边，立刻又垂落下来；在他的神情上，有着一般士兵对于长官所具有的谨慎与恭敬。每次长官给他还过了军礼，他便露了几丝微笑，又继续在自己所要走的路上踱去。不过，他的步子间，潜藏着绝大的倦意，一步一步地移开去；虽然，他的眼睛，仍不住地寻视着，留意着长官。

"张海！"

这声音，是严厉的；叫的人，是站在草场边角上的一个长官，四十几岁的年纪，高大的身体，有着健康的胸脯和健康的脸色，穿了整齐的军装和带有刺马针的马靴。他的领章，是红色的，周边镶着一圈金线，另外的两条金线横在中间，落着三个黄星。张海望望他，立刻停下了，在距他十米以外的地方行了个军礼，他扬起一只手来，匆忙地摆了几下："张海快来！"

于是张海像只小兔似的蹦跳地跑去；马随在身后，也加快了四蹄。

张海跑到他的面前又行了一次军礼："团长，今天怎么起来得这么早？"

这在赵团长听来，好像是废话，没有睬他；却又严厉地问道："你才回来吗？"

"是，团长。"

"你早晨都做什么啦？……怎么才回来？"

"没做什么，团长。"

"混蛋！"

"是，团长。"

"混蛋，王八蛋！"

于是，张海的身体更加拘谨，一动不动地保持着立正的姿势，注视他，回答他："是，团长！"

"以后，要早起！"

"是，团长。"

"以后，要早回来！"

"是，团长。"

"记住了吗？"

"记住啦，团长。"

马缰绳，由张海的手移到赵团长的手之后，他孤单单地回兵营去了。

厨房里已经满是浓烟与蒸汽，从展开的门缝冲向门外，被风卷去，散开。老厨夫系着很脏的围裙，一边洗着米粒，一边将米投进锅去。他看见了张海，便骂起来："天天这么晚回来，你看着，你再这样偷懒，我非给你苦头尝尝不可！"

"你也不看看你那小样！

"你看着吧，不定哪天我要用菜刀砍下你的头。"

"你算他妈什么东西！"

"你试试看。"

"敢，他妈的，什么东西！"

张海一面还骂着，一面解开了一捆一捆的白菜，一叶一叶地剖开，让完好的与被菜虫蚕食了的分别地集成了两堆。菜根原有的泥水，涂满了他的手指；于是，他向自己的衣襟搓了几下——要想让手指上的泥水重新移放一个位置。

门边常常探入士兵的头来，用眼睛搜索几下，催促着他，要他把饭菜快些送去。于是他迅速地把菜叶剖完，向火炉里多多投入了几根木柴。

同时，老厨夫也逼着他；可是他就说："我也没长四只手！"

老厨夫警告他："一会儿，司务长又该来啦。"

恰好司务长来了，随意检视了一下；倒叉着两手，威严地站在张海的背后；可是张海没看见他，两手仍在忙乱着，继续还驳着老厨夫："司务长？谁来我也只有两只手。"

"你说什么？"

他听见司务长的问话，立刻挺直了身体，站好了立正的姿势说："没说什么。"

"放屁！"

"是，司务长。"

"完全是放屁！"

"是，司务长。"

"快做饭去！"

"是，司务长。"

在开饭之前，他担起了两个装满了碗筷的柳筐，送到兵营去。同一条板桥似的长桌，由墙的一边延至墙的另一边，有三四十尺的长度；他把碗筷分开——十几个碗和十几双筷子分作一批，按照桌子的长度；隔着相当的距离，放下了一批一批的碗筷。随后，他又担来一桶高粱米饭和一桶仅有菜叶的菜汤。他向士兵笑着，做着唤猪的声调："啦啦啦……啦啦啦！"

"这小子，你又找着挨打啦！

士兵们拥过来，有的打他一掌，有的踩他一脚，有的用巧妙的动作威吓他一下；他摇着手，跳着脚，抗拒着："闹着玩，总是动手动脚！"

士兵们不肯放开他；仿佛这是他们生活中所仅有的一些娱乐。但是，不知道是谁不经意地用拳头触了他的眼睛，流下泪水来，眼角红了两块小小的斑点；他暴怒起来，举起身边的扁担，向他们挥去："打死勿论！"

他也是同样不经意地用扁担击中了一个兵；然后便互相殴打起来了。经过许多人的解劝，才分开他们；但是那个兵仍是扯住他的手腕说："走，见连长去！"

"见团长去，也不怕你！"

"谁还不知道你有好妹妹和团长偷——"

"有好妹妹不假，妹妹也是正经人！"

"正经人？得啦，你问问你妹妹自己是不是正经人？"

有一个中士约束住了那个兵，又故意地调笑了张海——他又做起了唤猪的声调："啦啦啦……啦啦啦！"

一直到士兵饭后，他又把碗筷和剩余的饭菜用柳筐担进厨房，一样一样地洗净了。饭桶、菜桶，挂在墙上，碗筷放入木柜去——每一件用具都放在惯放的原位上。然后，才开始了他自己的早餐——残余的冷汤和残余的冷饭；饭后，他便立刻又离开了厨房。

太阳高起了，为着生活忙迫的人们，都已经开始了自己的工作。

他走过一条条的街道；街道上已经有了来去的学生：男的，女的，夹着书夹的，背着书包的，几乎都是怀着珍贵的青春、幸福、希望的笑脸，走向自己的学校去。他目送着他们，仿佛沉入了某种的幻想中。

随处都有着士兵：为了私事的为了公事的，他遇见很多。不知为什么他们几乎都认识他，向他打着招呼："张海到哪去？"

"团长公馆。"

赵团长的住所，是在一条繁华的街尾，四面围着砖墙，一扇小小的黑色铁门，钉着一块长方形的木牌，写了赵公馆三个字，院内有一所中西式样的房屋，共计七八个房间；可是只住了六个人，赵团长，他的女人，他的儿子赵化雄，一个卫兵，一个厨役，另外还有一个女仆——张海的妹妹。赵团长送了她一个名字，叫她野兰。她穿着蓝色的长袍，有着斑斑的小团花，不认识她的常常默认她是一位朴素的小姐。张海来的时候，她正在打扫着院子。

"哥哥，你来啦。"

他不睬她。

"哥哥，你生气了吗？"

"是啊，怎的？"

"你同谁生气了，哥哥？"

"就同你！"

她被突来的话激动着，抖了一下。她问："哥哥，我待你有什么不好的呢，爸爸妈妈死后这两三年，我待你有什么不好的呢？你说！"

"你给我丢人吧！几天啦，我就想说，也没说。不要脸的东西，你要知道你才十六岁，你要知道你是团长公馆的仆人……"

"哥哥，我要你说明白！"

"今天你要告诉我——你和团长有什么不好听的事情没有？"

她无力地摇着头，脸颊上加深了她原有的两团红晕。

"那么，这几天我怎么总听人家说闲话呢？"

她哭了："哥哥，你应当明白我，团长的意思，我能不从他吗？"

这时候，赵化雄提着两个雌鸡跑来："谁敢？"

她拭着泪水："什么？少爷。"

"你哭了吗？"

"没，风眯了我的眼睛。"

张海的气愤，仍留在胸脯上，涨高，落低，不均匀地呼吸着；可是他问赵化雄："少爷，你才说什么？"

"杀鸡！"

野兰摇着身子——像在风里摇着的小树枝一样的柔软，她还在拍着手："我敢！"

张海向她眱了一下眼睛,故意用一口暴气,冲破了紧闭的嘴唇:"呸!"

"你吐谁?"

"就是吐你啊!"

"你为什么吐我?"

他想了想说:"你敢?你那小胆吧!"

"你胆大,你敢,你杀!"

赵化雄摆着手要他们停住吵嘴;把鸡给了张海,跑进屋去,他的嘴还在说着:"我敢!"

他取来一把尖刀,还没有拿过鸡的时候,便把尖刀又给了张海,笑了一声,仿佛他杀鸡的勇气就在那笑声中消去了,退开了几步。张海却说:"让我吧!"

于是,他很快地杀了两只鸡:在杀的时候,野兰退出去,躲在屋里,赵化雄没有离开他,却紧紧地闭了眼睛,让眼角集起了两缕皱纹,好像是在替鸡受着死刑。

野兰跑出来的时候,张海用轻蔑的口吻说:"你那样吧,看人家杀鸡你都吓跑了,你还敢吗?"

于是,他们一句一句地交换着,一句比一句厉害起来,终于激愤地吵嘴了。最后赵团长的女人被他们惊醒,从窗里传出一种不耐烦的声音:"又是什么事情?"

赵化雄跑进去,完全告诉了她。于是,她一面忙着披起了睡衣,一面怒骂着——一般女人所惯用的一些难听的话,那是对谁发的呢?谁也不知道。她拖着鞋走出来的时候,才知道她只是为了张海;不然她怎么只是向张海做出女妖一般的面孔,伸出毒狠的食指呢?

张海退开些,好像见了赵团长一样,仍是立正站着,向她投着探询的口气:"怎的?太太。"

他的话,好像激起了一阵暴风雨向他袭来:"怎的,你说怎的?"

"是,太太。"

"都是你张海不好!"

"是。"

"谁要你杀鸡?你不是东西!正是睡早觉的时候,你们就吵嘴,真不是东西！"

"是，是！"

野兰看看张海的那种神情，推开了他。她说："太太，你不能这样对待张海，他对赵公馆有什么不好的地方，值得你这样骂他？"

这话像一块棉团，也像铁球，堵塞了赵团长女人的喉咙。静了一刻，她嘶破着声音叫："再过几天，你成了我家的老奶奶了！你凭什么说话？哪里有你说话的地位？"

"不是的，太太——"

"那是怎的？"

"张海——"

"我明白，张海是你的哥哥！"

…………

赵化雄从中向他的母亲说："都是怨你，总是这样吵！"

这句话，做了结束。

响亮的钟声，打了八下。张海提着书包，送赵化雄走向学校去。路上他没说一句话，只是到了学校的时候，他把书包交给了赵化雄，他问："今晚还去吗？"

"去，你回去歇歇吧！"

他回去之后，是没有休息的，仍有打扫营房的工作，遛马，士兵的晚餐……都在等待他。直到天色沉入薄暗中，空中飞尽了老鸦，小鸟，从那时候，才开始了他休息的时间。可是他仍是一贯地把他所有的空闲时间投入骚扰中，忙迫中。他整理一下衣服，换了一双干净些的布鞋，悄悄地从团部的后门走出。门外有着几株老树；他的影子在老树下，无声息地飘过了。在不远的一条僻静的街上，他徘徊着，他的两手相互地打着拍子，为他嘴里哼的歌子伴奏。

小奴啊，今年已十八，
十八的人啊，还未出嫁，
妈妈，你好糊涂啊！

他的歌声,比起早晨唱的,是有着更多诱惑力的。他那样轻快的步子,仿佛他没有任何的疲倦,反像一般人在一天中最兴奋的一刻。

情哥哥,
你何时再来?
…………
只等明年春三月,
桃花、李花、杏花儿开,
小妹妹与你挂啊,挂招牌,
情哥哥,
你好再来!
小妹妹紧抱着你,
像双飞的燕一样飞开。
…………

渐渐地一个模糊的影子近了——赵化雄来了。他们走向另一条路去。

临街的人家,有的老树高过了墙头;主人在不知不觉中,树叶悄悄地从墙内飘向墙外来,一叶一叶地落在他们的身上,或是搔了他们一下皮肤,或是诱动他们一下视线,悄悄地落在地上。他们欢快地走着,转入了一条夹树的街道——那里满是无人打扫的落叶,在他们的脚下做着一种声响。

一条一条的街道,披着落叶的,满是沙粒的铺着沟板的——有的僻静,有的污浊,有的骚闹;在他们的脚下,一条一条地爬开去,在他们的背后渐渐地远了。

渐渐地普庆大戏院近了。不过已经是日戏的终场,戏还没有开场,正是剧员休息的时候。他们走进了正门,从楼座绕了一周,沿着直通后台的一条小楼梯,熟悉地走下去了。

他们要去的,是后台的楼上,写有"坤角下处,切莫擅入"的地方。几间小房间紧紧地相靠着;因为过道上只有两个小窗子,门扇已经没入黑暗中了;可是张海仍是很熟识地唤着:"筱翠仙在屋吗?"

屋里有老太婆的声音回答他:"没有!"

"哪里去了？"

"不知道！"

"跟包的（是女剧员的用人，俗语的特称）呢？"

"也不知道。"

于是，他又敲了另一个门：门裂开一条缝隙，随着流出一缕灯光来，继着塞入了一个女人的面孔：散开的发丝，同蛛网般地遮了一半前额，一半脸颊；她那好看的脸孔，一半被隔成了碎块。她的眼睛，滚动着，探索着，仿佛她的视线透不过过道上的层层黑暗；所以她问："谁？"

似乎是没有人；可是她默认了："又是张海！"

随着便厌烦地闭了门。

这时候张海又叫了："玉莲开门！"

"你藏起来好啦！"

"不不！"

"你去吧，人家正忙着呢！"

"我告诉你少爷来啦！"

门完全开了。屋里只有她一个人在整理着戏装。后来，她斟满了一杯茶，给了赵化雄："对不起少爷，茶凉了些。"

"不要灌米汤（北方俗语，献媚的意思）吧，少爷已经有了情人。"

张海的话染红了她的脸；她说："比你知道得早！"

"你说是谁？"

"筱翠仙呗！"

"喂，她哪儿去了？"

她告诉了筱翠仙去的地方，赵化雄找去了。张海留在屋里，寂寞地扯过来她的戏装分辨了一下，他问："你的夜戏不是红霓关吗？"

她点点头；在墙角边，不耐烦地给他让出一把椅子来——意思是说："离我远些，坐在那里吧，不要说话，不要闹我！"

可是他仍在问："又是'压轴子'（北方俗语，指每场戏的最后一出）的戏吗？"

"是啊，是啊！"

"喂……玉莲在一面坡够'打腰'（北方俗语，负有盛名的意思）啦！"

她的嘴角向上抽动一下说："那不是全仗张海捧的场吗！"

"玉莲一天比一天会说话了。"

"得啦，你不要灌我米汤吧！"

他随意翻弄着她的衣襟，一双手从她的头后伸过来，环裹了她的脖颈："让我们做唱红霓关吧！"

"这也不是戏台！"

"我不可以做一次台下的王伯党吗？"

她推开他，放出一种难于想象的神情：一个眼睛张大些，有着气愤；另一个眼睛缩小些，却藏着矫情。

他不作声了，无聊了，让屋内所有的寂寞的空气紧裹着他的全身。

过了一刻，有了另外的几个女伶，也是为着同样的寂寞与无聊，要向她们的伙伴丢下几句闲话，或是几句笑话——仿佛在她们湖面一样的生活中，吹过了一阵风。同时，张海也感到格外的兴奋，在他看来，她们没有一个动作，一句话不是在触动他的心的——虽然她们有时骂着他："你是我亲生的儿子。"

或是："当兵的没好人；好人不当兵。"

但是他说："好，我就是你亲生的儿子！"

或是分辩一句："当兵的没好人；好人不当兵——我也不是当兵的，我是打杂的啊！"在这种情景中，他尽量施展着自己所积蓄下来的一些技能：唱几句京调，说些笑话和学做女伶的动作。甚至喘息了，头流了汗，却仍在继续，他已经忘却了他整天所有的遭遇与疲倦。

屋内的壁钟，随便地响了几下，这使人从声响上确定不出正确的时间。不过，天色已经黑了，戏院已经响了未开场前的第二次锣鼓；化装室集齐着第一出戏的演员，开始化装了。这时候，赵化雄回来了，又同张海走开了；几个女伶的手，翅膀一样地灯光里闪着，送远了他们。

街上的野孩子成群了，从这一街头拥到另一街头去，疯狂地做着各种的游戏，仿佛他们不受任何的拘束，任他们施展着个性。戏院门前的小铺子为观客备好了梨、香蕉、瓜子……悬起了一盏明亮的灯火，招揽着主顾。张海跑去丢下了两枚铜圆，只换了一把瓜子；于是他耸起眉毛。铺子的主人看看他的衣服，立刻又多给他添了一倍。然后，他分给了赵化雄。

月亮升起来，夜色并不完全黑暗。鲜明的白云，稀松的一层，满了天际，好像抢夺了世界上所有新娘的轻纱,集中在一处,飘荡着,诱着未婚的姑娘。同晨雾一样的空气,在朦胧的彩色中,模糊地展开。夜风从四面吹来,或是吹往四外去,向夜行人不住地散着秋凉。

随处都在渐渐地安静下去,只有一条小巷是在渐渐地活跃起来。

这是一面坡最好的妓女的地方;可是,也同样是狭窄的小路,散着垃圾物,有着使人呕吐的气味。路旁,完全是低小的门扇,一扇连着一扇,延长很远,仿佛是两列相对的鸽巢;不过,比鸽巢多有一扇红色的门帘,一盏惨淡的小灯。所有的都是一样,在每盏灯光下,早已安置了小小的岗位——一个简陋的凳子,或是欠缺椅腿的椅子;每处都有一个守岗的女人:有的剪了短发,有的是发辫,有的梳着发髻,她们同是穿着便宜质料而有鲜艳花纹的衣服,她们同是涂着脂粉的面孔:红的颧骨,红的嘴唇,惨白的前颚,黑炭色的眉毛……

不知从什么地方来的夜游人,那样多地拥塞着。张海与赵化雄费去了相当的力量,才挤了进去。他们已经吃尽了瓜子;张海嘴里嚼着的,只是最后一粒瓜子遗下的皮壳,他停住了,倾听着一个小姑娘唱的歌:

> 情哥哥,
> 你好再来,
> 小妹妹紧抱着你,
> 像双飞的燕一样飞开!
> …………

赵化雄问张海:"她就是你迷了的那个玉喜吗?"

张海默认着;向她丢了一下调情的眼色,把她紧紧地拥抱过来,摇摆着:像双飞的燕,一样飞开。

她厌烦他,推开他:"去吧!"

"你再教我唱几句!"

"你怎么天天这样来缠人呢?"

这话在张海并没感到什么;赵化雄却感到了侮辱,所以他问她说:"没良心的东西,告诉你——这是看得起你!"

"那么,不看得起我呢?"

"就是这个!"

——他让两掌的掌印在她那贫血的脸上替代了胭脂;或是比胭脂更红些。他对张海说:"回去吧,不和她们惹气!"

"再等一会儿不好吗?"

"不,不!"

"下次不来了吗?"

"我这一次就够了!"

"少爷,你先坐车回去吧,我还有些事情。"

赵化雄走后,他并没有什么事情,仍是去纠缠另外的一些妓女;也许有一两个妓女自动地呼唤他,缠住他,同他故意开玩笑。

夜深了,留客的妓女已经摘落了窗幔;没有客人的妓女,也渐渐地闭上了门扇。于是,在黑暗中冷清了他。他在摸索着自己的归路。虽然仍有一两个妓女从窗子里探出头来,向他招呼着:"张海,你住下吧?"

"住下吗?"

"啊!"

"那你不要钱吗?"

当他走到团部门前的时候,值班的岗兵,受惊似的从岗楼里跳出来,喊了一声:"口令!"

"张海!"

"张海这两个字也不是他妈口令。你天天都不等发下口令就跑出去;如果有人也说张海,放过去不放过去呢?"

"那就随你便啦!"

"不是东西!"

张海想想又补充了一句:"我的声音,你还听不出来吗?"

"岗上如果是新兵呢?"

"哪个新兵,不是先认识我张海呢?"

他自语着,走进了厨房。老厨夫睡了,正响着鼾声,清朗地引着未睡人的睡意。

炕上没有什么铺的,只是一张苇席,破裂的地方,常常刺着皮肤。并且他也没有什么行囊。几年来,就是那一床被子,现在已经破了,不经意中常常落下棉块来。他用衣袖打扫了一下苇席，从炕底扯过被子来，铺好了它，然后脱去了他的鞋袜……当他的身体完全赤裸了的时候，长吁了一口气息，衬着一丝的喉音，结束了他的一天。

夜，安静，让他安静地睡去了。

在旅部派遣一位参谋长检阅第八百七十四团的那天，赵团长曾召集所属的营长、连长，有过一次长时间的训话。不过，全团除去派出剿匪的部队与负有特种勤务的稽查处，车站守卫队等之外，所能被检阅的，也只有机关枪连、迫击炮连、平射炮连与步兵数连。而且任何一连都不完整，有的竟缺少七八个以上的兵额，所以赵团长把全团的马夫、厨夫，甚至他的卫兵，尽数地补充进来，也没有补充完全。最后他叫来了张海，他说："今天你不要遛马，也不要再忙别的。"

"团长，是不是叫我顶一个空额？"

赵团长笑了："是啦！"

张海听了赵团长回答他的话，便转开了身子；可是赵团长放高一声，吓得他立刻又退回原处："团长。"

"慌张什么？"

"团长，没说完吗？"

"当然没有！"

"是，团长。"

"这次检阅与平常不同，处处都应当谨慎，小心……"

"是，团长。"

"在检阅的时候，你听到参谋长叫王发祥的名字，你就答应一声——有，要大些声。"

然后，赵团长又告诉他王发祥是属于守卫团部那一连的，命令他从士兵中借一套完好些的旧军衣；如果是破的，或是脱了衣扣的，要他自己缝连一下。并且发给他一支步枪和两条不十分饱满的弹带。

但是，他向每个士兵借用军衣的时候，都向他摇着头，拒绝他，有的甚至与他开着玩笑，击了他一掌，或是几掌。他在忙迫中，白白地费去了许多的时间。几乎是一小时以后，他才从许多士兵手里凑齐了一身军衣；不过，上衣过于宽大，下衣又十分短小——这样，更使他不像一个军人。

"还缺裹腿,谁有?"他向所有的士兵问道。

守卫团部的这一连全部换好全副武装:刺刀、背囊、水壶、杂囊、弹带……好像在临敌之前准备着出动。

院内飘起了一面红色的旗子,旗的左侧拖长一支队伍。赵团长来了,三个排长从队外归还了原位,连长向他做了报告。他持着名册点名的时候,却没有王发祥,他气愤了,又放高声音重叫一次:"王发祥!"

他自己摇了头,仿佛记起了些什么,眼睛寻视着队伍,用严厉的声音叫:"张海!"

再一次也是:"张海!"

"有!"

这声音,是从营房纸窗里透出来的。随着,张海便从房里蹿出来,自己还在说:"我刚借来裹腿。"

他还有一条裹腿没有裹好,拖在脚下;跑的时候,像一条蛇虫似的追着他的脚。

在赵团长的面前,他才弯下腰,缠好裹腿;不过,因为他不熟练,而且匆忙,完全没有裹好,中间遗下一条的缝隙,透出了裤子的色质。赵团长握着他的肩膀,摇起他来说:"你看看你自己像什么东西?"

张海刚刚垂下头,去检视自己;又听见了赵团长更暴躁的声音:"你再看看你自己的皮带!"

于是,张海快些地把眼睛移向皮带。皮带松松懈懈,没有束紧他的腰,时时有脱落的可能。并且,有一边被刺刀拖成了一条弧线形。他刚要用手去紧皮带的时候,赵团长猛力地把他的手打开:"你的枪呢?"

他搜索了一下自己的身子,说:"忘在屋里啦!"

"做军人的怎么能忘记枪呢?忘记枪就像忘记自己的生命一样!"

"团长,我不是打杂的吗?"

赵团长的脸上透出了几分惭愧的颜色;但是,仍保持着挺直的腰背、脖颈,用严肃的声调:"少说话,不许你随便说话!"

"是,团长。"

后来,赵团长用了一种眼色,放开他取来步枪。在队旁,他估量着自己身体的长度,好插入队里去;但是,他试探了几次,也没有适当的位置;每次被他隔断的两个人，不是比他长些，就是比他低些。最后仍是赵团长拣了一个位置，安放了他。他望望他左右的两个人，才知道同他的身体有着同等的长度；而且，其中的一个人，是他所最熟识的那个老厨夫。他用眼角溜着老厨夫，好像有什么话要说；可是老厨夫分明是用眼角在制止他，然后，偷偷地指了他一下——他看见了自己的衣襟下垂着一段裤带，脏得已经失去了原有的颜色，顶端散乱着零碎布条；他避着赵团长掩入衣襟去。

所有的连队在团部集齐以后，赵团长发出了向草场出发的命令。队头是团部的乐队，号音伴着鼓声冲断了路上的车辆、行人，都挤到路旁去。赵团长骑着马，引着向草场去的路。每个连长执着指挥刀，伴随右手摇摆着，好像尽量让刀刃闪着所能闪出的光束。军乐息了的时候，在草场上停下了全体队伍，一连接着一连，沿着草场的一边排列下来。

赵团长骑着马，绕了一周，又奔回团部去。

张海立正，尽量地逞着勇敢的姿势，挺起胸脯来——虽然步枪、弹带……沉重地压在他的肩上，头不住地流着汗水。他听见连长发下稍息的命令以后，仍是拘板地没有转动。然而不久，有人在他的背后唤着他的名字；于是他转过头来；特区中学的木栅，距离他背后只有几步远，那里聚着许多学生，其中有赵化雄，正在说话："我看像你嘛！"

张海悄悄地说了几句话，赵化雄却没听见，他问："你说什么？"

"你不上课吗？"

这声音很高，一个连长听见了，严厉地斥责他几句，他立刻转过头来，脖颈也缩短了些。然而赵化雄更高的声音叫了："张海！"

于是，那个连长悄悄地走开了。张海又问赵化雄："你不上课吗？"

"放午学。"

"不回去吗？"

"我要看看呢。"

赵团长又陪着参谋长步行来了。参谋长停在距离队伍十几米外的桌后；桌上遮了一层洁白的桌布，放着几本士兵的名册，他就是照着那些名册在点名，点名的方式是这样：他呼出谁的名姓来，谁就要从队里跑步出来，跑到他的面前，取了立正的姿势，立刻要回答一声："有！"

然后，向后转，再跑步归队。

张海看着这种情形,他的眼睛便模糊起来了。他并不怕什么,只是有着一种特殊的感觉——他的全身,仿佛遭了绳绑,失去了动作的自由,于是他悄悄地扯了老厨夫的衣襟,让嘴角悄悄咧开一条缝隙:"这是检阅吗?"

　　"是啊!"

　　"那以前检阅怎么不是这样呢?"

　　老厨夫自然也是不知道;所以张海只有等待着那种新的尝试。

　　参谋长渐渐地叫到了他:"王发祥!"

　　于是,张海从队里跑出来。然而他那不是跑步的姿势:左手没有握着刺刀,肩上的枪,随着他的头摇摆着……这样一直跑到参谋长的面前:"有!"

　　他还没有向后转,参谋长便叫住了他,向他走近来,用视线在他的全身缠绕了几圈,问他:"你是老兵?是新兵?"

　　他没经思索地回答一声:"老兵!"

　　"老兵?"

　　"是,参谋长。"

　　"既是老兵,你应当知道,兵是保国的,卫民的,像你这样的兵是能保国呢?是能卫民呢?"

　　"……"

　　"老兵——几年了?"

　　"六七年啦!"

　　"你今年有多大岁数?"

　　"十九岁。"

　　"那么,你十二三岁就当兵吗?"

　　"是,参谋长。"

　　"胡说!"

　　"是,是,参谋长!"

　　"胡说!"

　　"是,是,参谋长!"

　　"报告,参谋长,我打杂啦。"

　　"我问你是从什么时候当的兵?"

　　他转开头,皱起眉毛来,仿佛有什么为难了他,使他失去了自主力——他说:"从今天——"

"胡说!"

"是,是……"

"站好,听我的命令——正步走!"

参谋长试验着他。但是他没有受过一天的军训,自然也不会正步走——虽然过去六七年间,他听过许多长官喊过正步走,也看过许多练习脚掌打着地,一声比一声响起来。

参谋长一面在骂着他:"这是他妈什么姿势?哪国的正步走?"

同时,一面在叫着:"左转弯……左转弯!"

他终于气愤着要张海归队了。

检阅后,赵团长被参谋长唤去了。团部的士兵便集拢着一堆一堆地谈论起来,有的说参谋长震怒了,赵团长是要受刑罚的;有的说参谋长已经气哑了嗓音,不撤赵团长的职务,也要记一次大过;有的装作张海跑步的姿态,惹着大伙笑起来;有的肯定地说:"你们瞧张海挨办吧!"

同时另有人作答:"那也不怨张海,他本来没有当过兵,硬叫他装兵,他怎么能像呢?……"

"反正这次是够团长受的。"

"活该,谁叫他总留空兵额、扣空兵饷啦!"

"得啦,哪个团长还不是这样。"

"那怎么怨张海呢?"

"不管怨他不怨他,你瞧他挨办好啦!"

张海听了,他跑出去了。在草场的边路上,他恰好遇见了赵化雄。

"上哪去?"赵化雄问。

"有事情,要出去一次!"

"先跟我来!"

"做什么?"

也有事情!"

到了赵化雄家的时候,张海才知道受骗了——赵化雄为了防避他被处罚。可是他说:"少爷,我谢谢你!"

他要走开;赵化雄说:"你在这里,团长来的时候,有我呢。"

"我不!"

可是野兰扯住了他:"哥哥,你不走吧!"

"为什么?"

"我怕你受罚。"

"谁要你怕?"

"谁要你是我的哥哥呢?"

"我没有你这样不要脸的妹妹!"

野兰的脸羞红了。

这时候,张海从她的手里夺回了自己的衣衫,跑了;她追着他,追出了院外。

"哥哥,你等等我,我有话说。"

他站下了:"你说吧!"

她没说话,只是追近他几步;可是他立刻又退开几步——他要保持他们两人中间已经隔成的一段距离。

"哥哥,我不愿意你去受罚。"

"那又怎样呢?"

"你不要走,我可以替你向团长求情。"

"谁要借你的光呢!"

他走了,仿佛还在自语着:"大丈夫,怕什么!"

在街上一家豆腐店内,他买了三斤干豆腐(南方称千层豆腐),又走进一家旅店去,空了两手,走出来。

他再走回团部的时候,士兵都悄悄地避开了,有的去整理军装,有的去修理步枪;却很少有谈话的声音。赵团长正在屋内沉思,踱着小步,看见了张海,便叫一个兵取来一根军棍——有三尺多长,一半是红色,一半是黑色。于是,张海躺下了,他并没有求情。他知道受罚者应有的姿势,脸孔贴着地面,臀部尽量地留在上边。

"再来几个人!"

赵团长为了不能使他有些自由的转动,又叫来了几个士兵牢牢地握住了他的头,他的手脚,然后命令那个取来军棍的士兵说:"打!"

"多少?"

"没数！"

这在士兵中最怕听的两个字被赵团长说出来，好像使一些士兵也胆怯了，自动地替张海说情。可是，没被赵团长允许，军棍终于落向张海的臀部去，一声连续着一声，使人想不到哪一声才是最后的结束。不过那种声响，很轻松，没有一声是很清脆的。所以赵团长责骂起来："你怎么不用劲打呢？混蛋！"

然后，他夺过了军棍，自己来执行。军棍究竟在张海的股部上起落了多少次，也没人记下，仿佛经过七八分钟才停下来，赵团长把军棍抛在一边，没说一句话便走了。

"有一天见，大丈夫报仇，三年不晚！"

张海说着，从地上爬起来。有几个士兵围过来，扶着他，他推开了他们，自己仍是一样轻快地走回厨房去。老厨夫像是自己遭受了一次惊险，脸色惨白，探询他的刑伤。

"怎样，还能走吗？"

"你看看！"

他故意给老厨夫跳动几下；而且耸起身子跳到炕上去。老厨夫好意地说："你真是王八骨头！"

"你看看！"

他解开裤带，让裤子落到膝下，露出的臀部却不是赤裸的皮肤，周边用布条裹着一层干豆腐，已经贴在一起，没有了一页一页的原形。老厨夫笑了，赞扬地说："老兵！老兵！"

"六七年啦，还有什么不懂的？"

"有你说的，一个老兵不懂的你都懂啦！"

这时候，赵团长派一个卫兵来，特意为张海送来一元钞票——是要他买药医伤的。

他很快地穿好了衣服，跑到赵团长办公室的门前，做了一个跛足者，摸着墙壁走进去，站在赵团长的面前，不住地抖着身子，仿佛是站不住，要用两手撑着桌边。他没说什么，只留下一个谢礼走了。

一元钞票，使张海不安了几天，终于在一天的夜间又走了出去，嘴里仍哼着他惯唱的歌子：

情哥哥，
你何时再来？
…………
只等明年春三月，
桃花、李花、杏花儿开，
小妹妹与你挂啊，挂招牌，
情哥哥，
你好再来！
小妹妹紧抱着你，
像双飞的燕，一样飞开，
…………

当他看见了玉喜的时候："你生我的气啦吗？"

"不，我还想着你呢！"

于是，张海也不分辨她的话，是真实的，或是虚伪的，只是把甜蜜的笑脸，送近她的眼边，用胳膊把她裹进屋去。屋是很小的，底边有一段短炕，放着花布的被子和花布的枕头，侧面摆着地桌，椅子和垂着铜锁的小皮箱，所余下的地方只有一个小小的墙角；他就是把她拥在那墙角边，从衣袋里掏出赵团长送他的那一元钞票，低声地问："我可以住下吗？"

她用食指与大拇指，夹住钞票的一角，摸搓了一下，她也低声地问："只是一张吗？"

"是，只是一张，一张我可以住下吗？"

"住下要——"

她的话中断了，随着伸出个手指来，于是他的手从她的肩上松松地垂落下来，握成了拳头："怎的？"

她的眼睛张大了；然而，却是笑着，吻着他的拳头，终于被她吻开了，垂直了手指。她问："你生我的气啦吗？"

"不，我还想着你呢！"

的确他是在想着她，为了缺少一元钞票，他曾失眠了几夜。有一天他向老厨夫说了许多好话，借了钱；毕竟宿了玉喜一夜。

以后，他几乎是疯了，常常直瞪着眼睛，沉思默想中，有时老厨夫唤着他；他却丝毫没有听见，或是受了极大的惊恐——在这种神情中，他常常无意地打碎了饭碗、小碟子，甚至有一次担着菜桶饭桶，在平坦的院场上跌倒了。所以，在几天以内，士兵都知道他是在迷恋着妓女。并且他自己常向人家形容他所爱的玉喜：怎样的面孔，怎样的动作，怎样地抱着他，吻着他，教他怎样地唱歌。

"允许了我，说是要嫁我呢！"

他常常用这句话给自己做了总结；不然便说："我忘不了她。"

但是，九一八事变那天，团部发出了戒严的布告：全团官兵，一律禁止外出。

张海在院内踱着细碎的步子，望着朦胧的月色，几乎望到太阳出来的时候。

第二天张海刚睡着的时候，赵团长命令他去找赵化雄，不许赵化雄参加学生的游行。他趁着这次绝好的机会，去探望玉喜了。可是，她的门紧闭着，也许正在留宿客人。他走了，白白费去了许多时间。

那时候，学生的队伍已经冲破了军警的包围，冲出了校门。张海追去了，直追到车站附近的地方，才追上了队尾；然后他又追上了队头。不过，因为学生的总数有五六百人，他很难辨出赵化雄在队里所占的位置。虽然队里有校旗，区分出两个学校，但是他不认识校旗上的字。最后他沿着队伍，喊叫了赵化雄的名字。学生注视他，好像在疑心他。

他喊了几声以后，有了赵化雄的回答，可是赵化雄说："你回去告诉我的父亲，就说我不回去。"

因此张海看守着赵化雄，随着学生队伍走了一天。在晚间，在赵化雄的家里，他看赵化雄独自在沉默着，他问："少爷，你有心事吗？"

赵化雄仍是在沉默着："你去看看筱翠仙吧？"

"我不去了。"

"你怕戒严吗？"

"不，不是的。"

"为什么？"

"为什么？沈阳都被占了，谁还有那些闲心！"

他继续讲起了报纸上的消息:"友军"怎样轰炸北大营,怎样夺取兵工厂……怎样怎样失去了沈阳,可是张海仍没有完全明白,他问:"沈阳不是有中国兵吗?"

"那时候,早就退了。"

张海想了想,记起了参谋长的话:"兵,不是保国卫民的吗?"

赵化雄默然地垂着头,说不出什么理由了。他暴骂了一些时候,不住地说着:"汉奸……汉奸,汉奸!……"

然而,过了几天,赵团长也随着他的高级长官发了投降的通电。并且在团部的门前贴出了一张布告,仍是一些军人的惯语:什么听候长官的命令,什么绝对服从……其中没有一句是说明投降的理由与事实的。

那时候,是午间,不过,天上没有太阳,各处拥塞着流走的阴云,浓黑的,一层遮蔽着一层,有的在集中,有的在散开,渐渐地吞食尽了仅有的一些灰白的云丝,渐渐地要使这世界消逝在黑暗中。有时响过了雷声,却很少有着电光——就是有,也只是那样不明亮的一条,从阴云中划开细小的绿纹,一刻的工夫便又逝去了。

老鸦绕着房脊飞转;那般的鸣叫,使人听厌了。

士兵散开三五人一群,在讲说什么,他们的语声很低,不在他们的身边是听不清楚的,从他们的神情看来,可以知道他们是愤怒了。

张海在草棚旁,把短短的草茎与高粱米粒一堆一堆地混合起来,为马制作着饲料。他看见士兵那种不常有的情形,也凑近了些,听见他们说:"谁愿意做亡国奴,谁就投降;谁不愿意做亡国奴,谁就他妈打,打!"

然后,又有人问张海:"你是你娘养的,你这回也干一场吧?"

"干什么?"

他们笑了;那好像是他怎样的愚蠢的;可是有人给他说明白了,他却说:"我还要照顾玉喜呢!"

"她是你的娘?是你的奶奶?"

有人骂了他;甚至有人要打他。

这时候,幸是赵化雄从赵团长办公室走出来了,张海向他跑过来,问他:"你什么时候来的?少爷。"

"很久了。"

"我还不知道呢，少爷你做什么来了？喂，你哭了吗？"

"没有。"

"不，你看你的眼角还有眼泪呢。"

"同父亲吵嘴了。"

他又继续骂了赵团长几句；士兵向他行了一下军礼，都避开去。他叫着："为什么，你们都去了？"

士兵停下脚步，可是没人说话。他向士兵给自己做了一次剖白，最后的一句话是："——我绝不同意我父亲的主张。"

"我们现在应当怎样呢，少爷？"士兵中有人这样问他。

"应当抵抗，抵抗到底！"

张海很快地推了他一下肩膀："小心些，团长知道……"

可是，赵团长终于知道了，骂了赵化雄，并且向士兵声明：违令者，要受军法处置。

从此，士兵简直是圈中的猪羊，等候着走向屠场，等候着屠杀。

集聚着几天的阴云，被雷轰碎了，落了秋天的暴雨。地上的积水，流成了一条一条的小河，同蚂蜒河一样匆忙地流去。流向什么地方去了呢？没人知道，只看见它们冲过街路，好像在追逐什么，触了墙根、山底，或是预防水浸的堤坝，便转过方向，另辟了去路。只有一天的工夫，积水满了整个的小城市，已经占有了小城市的街道、院落、旷场……每家的窗子被水浸湿，窗外几乎完全断绝了行人。

团部院内，同样也没有一个人或是一匹马，也没有任何的声响，清冷得如同墓场一样。门前的岗兵恰似两个守墓者，一人握着一支步枪，无生气地倚着岗楼的一边，不知他们是在困睡中，还是在冥想中。

过了些时，雨停了一刻，张海跑出来，望望天色。这时候，有马车的铃声响近了，然后，马车被岗兵阻住，问："找谁？"

车棚垂着一块油布，遮住了车里的乘客，油布上仅有的一块小玻璃，也被雨淋得模糊了。于是，岗兵又问车夫："从哪里来的？"

"车站。"

"做什么的？"

"不知道。"

"几个人?"

"两个人。"

是两个人,一个年老些的,一个年轻些的,唇上却都留着一点同样的黑须。他们揭开了车上的油布,探出头来,没容岗兵质问什么,便用手杖推开了岗兵,使马车安静地转入门去,他们走进赵团长的办公室。

又过了些时,团部传遍了一种消息,张海正向每个士兵播送着:"友军"开来了一列兵车,停在车站上,不过"友军"没有下车,只派来两个代表……

雨突然大起来了,雨滴像豆一样、弹一样地投下来、射下来,让积水的地方溅起水花、泡沫。落雨的响音,如同涌来的海潮,空中弥漫着一种淡漠的气氛,遮没了远处的山腰,近处的屋脊也渐渐地模糊了。

冲来的一阵暴风,几乎把树上的叶子完全打落下来,老鸦终年制作的巢子破碎了,一棵一棵的草茎随风飞散着。老鸦倚在孤零的树枝下遭着雨淋,有时抖开淋湿的翅子,从树边绕过几周,又飞回了原处;有时有几声短短的鸣叫——那种声音越发加浓了秋天的凄凉。

可是张海仍是同平常一样地在歌唱:

　　情哥哥,
　　你何时再来?
　　…………

"亡国的时候到啦,你他妈的还有闲心唱呢!"

老厨夫骂着他,是诚恳的没有丝毫玩笑的意思。可是,他不听,仍在继续地唱:

　　小妹妹紧抱着你,
　　像双飞的燕,一样飞开。

"你离我远点唱去!"

"管你什么闲事?"

"我不愿意听!"

"硬装不错呢！亡国的时候到啦——就你明白，别人必是都糊涂。我是打杂的，唱两句，你来管我啦；团长都投降啦，你怎么不说他呢？"

老厨夫气愤了："好吧，你唱吧，鬼子来了，你就好啦。"

"鬼子来就来吧，老爷到哪都是一份打杂的！"

"打杂？哼，怕你小子那时连命都没啦！"

"放你妈的屁！"

院内响起了集合的军号，张海跑到门边，从门缝望着：雨滴细小了些，仍是飞快地落着，飞快得像一条一条的水线，从天空连到地上；渐渐地被士兵的帽顶、肩膀触断了长长的一列。

"我也看看。"

老厨夫踢开了门，风卷入几缕雨丝，湿了张海的脸，他没有责骂老厨夫，只是不转动地望着。

驻守团部的一连士兵，他们全数排起队来——是平常一样的横队，三个排长把整个队形截成三段，由连长指挥。不过，他们没有平常那样整齐，皮带、刺刀，都错放了位置，有的把皮带挂在肩上，有的卷成一团握在手里，有的把刺刀插入裹腿里，有的随着斜挂的皮带垂在腰间，枪支与弹带呢，都没有在他们的身边。连长命令他们整理一下自己的军装；他们都皱着眉，紧闭着嘴唇，把脚插入泥水中，没有一下转动，任着无情的风雨吹淋。

赵团长出来了，没有走近士兵的队旁，为了避着风雨，他留在门边了。他还没有说话的时候，他已经气愤了，骂过了连长，又开始向士兵说话："你们看看你们像什么样子！'友军'的代表预定今天检阅我们全团，因为雨天的关系，只好暂先检阅你们这一连；然后'友军'的队伍好开进来。你们看看你们像什么样子，——要冲突吗？要……做什么？人家能不疑心吗？"他想了想又说："为了表示我们的诚意，我们要先解除武装。"

他派卫兵去收理枪支弹粒后，又叫来了张海："你再干点事情！"

张海沿着队旁，把刺刀一把一把地集拢在自己的手里；当他每次接过一把刺刀的时候，他总是看见有几滴泪水伴随雨水落下来。他搬送几次，才把刺刀完全搬送到库房去。

突然，有一种疯狂的叫喊响近，成群的学生拥向团部来。赵团长立刻从衣袋里掏出了手枪。张海跑到他的身边，特意告诉他："那里有少爷呢！"

赵团长斥开张海，走近学生去："你们要听从当局一切的命令，不许妄动——"

学生打断了他的话，喊着反对军人不抵抗而投降的一些口号。

他把手枪对准着学生喊："我看你们谁敢妄动，我就枪毙你们谁！"

赵化雄从学生中冲出来："爸爸，你先毙我吧！"

"谁都是一样！"

赵团长立刻开了一枪；但是，开枪的时候，张海要抱他的胳膊，没有抱住，触动一下他的手腕，使他放出的一弹从赵化雄的头上掠过成了流弹。于是他把枪又瞄向了张海："你要找死吗？"

"不，那是他。"

"他怎的？"

"团长，他是少爷！"

"打的就是他！"

他再把手枪伸向赵化雄的时候，所有的学生完全骚动起来了；士兵乱成一团，冲向库房去。他退转屋内，命令他的卫兵守住办公室的门扇。

只有张海孤零地被遗在空旷的院场上。

西山上的阴云，正在溶化、消散。太阳在山脊的沙土上，留了一片淡漠的红色，渐渐地没下山脊去，白色的云层间遗有几条艳丽的霞光，雨后的景色，是鲜明的；整个的城市，都在恐怖中。

团部的四周，被"友军"包围起来了，士兵与学生破坏了库房，夺取着枪支。赵化雄一人握着两支枪，还有弹带，喘息着，从人群里拥出来："张海！"

张海来了，赵化雄向他送出一支枪："这是你的！"

"做什么？"

"你没看见现在是什么时候吗？"

"打仗吗？"

"是的。"

"少爷，我不能。"

"怎么？"

"我还要照顾玉喜呢！"

天黑了的时候，学生还在计议着一些什么计划。可是团部附近的地方，已经响起了枪声——团部外的士兵为了援助团部内的士兵,开始向"友军"冲击起来,团部内的士兵也趁着这个机会向外冲围,所以团部无形中便做了战地。

在黑暗的夜色中,一切的形色完全消退了,只见弹粒遗下的火线,像光条一样,一条交织着一条,在黑暗中织成了花纹。士兵破着喉咙在喊:"杀啊,杀啊!"

这种喊声中,潜伏着一种人类最大的英勇和斗争的光荣。

在第二天的早晨,团部四周遗下了许多的尸身,有的伤了头部,眼睛、前额、脸颊;有的看不见伤痕,只是衣服上有一个小的洞孔;有的满凝着鲜血,在手上、衣服上以至地上;有的破碎了前胸,或是后背。虽然有的是士兵,有的是学生,有的是"友军",他们却是同样地安静地躺着。

团部的木栅栏拆毁了几处,余下的几乎都倾斜下来贴近了地面。门前的岗楼碎了,集起一堆木片,有的突出着粗大的铁钉。门前仍有岗兵徘徊,不过,是"友军"了。

蚂蜒河边有着稀疏的枪声——逃出的士兵还在抵抗"友军"。不过,街市已经被友军占领了,他们的骑兵队,炮兵队绕着每条街道,向居民示威。

已经是吃早饭的时候了;可是,许多烟囱还没有飘起炊烟。每家的门窗,都紧紧关闭着,街上也没有了好玩的孩子和小贩。处处都加深了一种凄惨的色调——尤其是团部附近的邻家,许多的房脊、院墙、窗子、门扇遭了弹击,地上散着一些砖与玻璃的碎块,其中杂着无数的弹壳。有一家白色的墙壁上,凝集着一团血迹,仿佛是谁故意喷了一口红色一样,四边散开着飞溅的斑点。还有一家的玻璃窗上,印着一个手掌的血印……

天上的云,很难辨识究竟是什么色彩,不像灰色,也不纯是白色,也许在画家的调色板上,感到了调色的困难。

赵团长仍是穿着上校的军装,不过帽上青天白日的帽花裹起了一层红绒,他所有的士兵,只余下二三百人了,而且,完全做了"友军"的俘虏,被看守在连部里,营部里;团部里呢,比较少些,其中有张海、赵化雄、老厨夫,还有其他一些兵和学生,共计是二十几个人。他们的两臂都系在一条长长的麻绳上,麻绳的一端系在马桩上。几个"友军"的士兵持着步枪向着他们,看守着他们。

张海悄悄地对老厨夫说:"我太饿了。"

"你怎么不唱了呢？"

"友军"的士兵听见了，骂了他们几句不完整的中国话，又踢了他们几脚，指着他们说："跪下！"

老厨夫跪下了，张海却没有听从，于是"友军"的士兵用刺刀比量着向他说："你的，跪下！"

"我不！"

"什么的，你的？"

张海默然地站着，眼里充饱着泪水，滚转着，从一眼角滚到另一眼角去，始终没有流下一滴来。

"什么你的不跪下？"

突然，张海的衣服被刺刀划开了，露出赤裸的胸膛来；他好像在向着马桩、天边的一块流云，勇敢地喊了："中国人不是人了吗？"

随着他的话尾，从激奋中冲出了一片叫声——他是怎样忍受着他的胳膊，从麻绳移到另一条麻绳上去，是怎样忍受着被挂在马棚里，空悬着肢体：两臂与一根横木束在一起，使两脚距离地面有一尺多；而且有一个"友军"的士兵，用刺刀向他调笑着，让刀刃常常靠近他的胸脯："好的有？"

张海那般神情，好像被火焰燃烧着，眼角起了几条红色的丝纹。老厨夫痛哭着，只有一种哭声，泪水仿佛已经流尽了。他哀求着"友军"，"友军"拒绝之后，还打了他，他看着"友军"离远了些，他又哀求赵化雄说："少爷，你忘记我们了吗？"

"没有。"

"那你怎么不给我们求求情呢？"

赵化雄惊奇他的话，他一面注视着"友军"的步子，一面低声地问："你说什么？"

"那你怎么不给我们求求情呢？"

"我不是已经同你们一样了吗？"

"团长呢？"

"现在，他是他，我是我了。"

赵团长欢送一位"友军"军官的时候，赵化雄的衣服被老厨夫扯动一下，仿佛是要他向赵团长说几句好话。可是，他却愤恨地从赵团长身上避开视线，垂下头来。

在下午，在团部院内的一角，集满了"友军"的弹箱，还有一架平射炮，正对着门外，摆好了开放的姿势。由"友军"的命令，从麻绳上解下他们，把他们分作两人两人的一伙，交给他们一种工作——搬送着尸体。

张海与赵化雄被分在一起，他们两人默默地相望着；突然张海望见了"友军"的弹箱，他说："少爷，你看，那都是给我们预备的。"

赵化雄没说什么，悄悄地拖起一个学生的尸体，可是被监视着他们的"友军"踢落下来，指定他们去拖"友军"的尸体，于是，他们听从着，把"友军"的尸体一个一个地送进房间去，在他们拖起第一个学生的尸体的时候，"友军"重新指给他们一处停放的地址：营房的后边，凹下的地方，因为雨天的关系已经成了一个很大的死水池，四周飞集着许多的蚊虫。

"走吧，有了你安息的地方。"

张海拖着死者的脚；赵化雄拖着死者的头走着，一边默语，一边为死者整理着头发，拭着脸上的血迹。他看着监视他们的"友军"在他们的身后离远了些，他开始低声地唤了几声死者的姓名，继续又说："你安心吧，朋友，我们有人为你复仇！"

"少爷，你不要难过吧，哭又有什么用处呢？"张海说。

"你不知道，他死得太惨了。"

"你看见了吗？"

"我怎么没看见呢？我们俩是一同往外冲的，我听见机关枪声太紧，我身前的人一个一个倒了，我要退回来，他不肯，刚刚冲到门旁就倒了。可是他当时还没死，我听见他大声地唤过了我的名字。以后我便不知道了，也许又中了刺刀？你看——"

张海顺着他手指处，看见了死者几个破碎的衣孔，摇起头来，好像不相信死者的血就是从那些衣孔里流尽了的。

他们走到死者葬地的时候，踌躇起来了，不肯让尸身离去他们；可是"友军"监视着，走近了他们，才勇敢地投下去，仿佛投下一块垃圾物。

渐渐地把死者完全水葬了。可是有一个"友军"的长官，却谴责了那几个"友军"的士兵。

张海向赵化雄说："官总是比兵好。"

"怎么？"

"你看那个官的样子，是不愿意把他们的尸首送到屋里去，把我们的尸首抛在这里。你看那个官的样子，一定是生气了，一定是骂着兵呢。"

那个"友军"的长官命令他们从水中拖出了死尸，留在地上，听候他的指示。

于是，张海又向赵化雄说："官总是比兵好！"

"好什么？"

"不管把尸首送到什么地方去，你看看，不总是比抛在这里好得多吗？"

但是，那个"友军"的长官交给他们几把刺刀，要他们把死者的头与身体分成两部分，身体又抛到水中去，头悬在门上示威。

"官总是比兵好吗？"

这时赵化雄问了张海；张海不作声了。

他们的工作完后，又把他们绑起来，系在马桩旁边。可是赵化雄的母亲和野兰来了，一面哭着，一面还叫着。团部门前"友军"的岗兵向她们伸出了刺刀，阻止她们走入院内。经了赵团长的证明，才放开她们，在她们看见——她的儿子，她的哥哥的时候，她们哑了喉咙，为了哀求赵团长，她们跪下了。终于还是经过"友军"的许可，发给赵化雄、张海两张通行证，由她们领回家去。

这时候，逃出的士兵更加激烈地反攻着，使"友军"全部开赴前方去，并且，把俘虏的士兵恢复了自由，命令赵团长把他们重新点编一次，组成了不完整的两连士兵，经过赵团长的训话，发给他们每人一支步枪，二三十粒子弹，维持地方的秩序。

然而，天刚刚黑下，逃出的士兵已经包围了整个的小城市，每处的山脊上都有弹声响来。每家的窗子，不管是纸窗或是玻璃窗，都是黑黑的，没有一处有灯火。平常临睡前的一切骚声，都停息了，只是不时地有几声孩子的哭声；但是，随着也便喑哑了，仿佛是被吓住，或是被什么堵塞了。

写着赵公馆的那个院门，也同样在这般的死静中。赵化雄的母亲，在黑暗中摸索着，吁着长长的气息，整理着她所有的珍贵物品。野兰常常从屋门跑到院门去，探视一下再跑回去。不知她是向谁说："街上还很安静。"

张海与赵化雄呢，他们两人相伴，在院场上慢走着，谁也不说什么话。

突然，张海说："我要——"

他的话又被他吞入了喉咙。赵化雄抻长了脖颈，仿佛要从黑暗中，看出他的表情来："你要，你要怎的？"

张海不回答什么，只是摇了摇头，加快地走了几步，又慢下来，渐渐地慢得几乎停住步子。赵化雄停下了，拖住了他，两手握住了他的两肩，他问："你要怎的？你要照顾玉喜吗？"

"不，我要从军去！"

"怎么？"

"我要从军去！"

这声音比较高些；所以野兰从门缝里探出头来，她急匆匆地问张海："哥哥，你说什么？"

张海好像没有什么适当的话回答她，停了一刻，他说："没说什么！"

"我不信，你要告诉我！"

"什么你都要问，去吧！"

然而，她跑来了，陪伴他们走着，张海斥了她几次，她毕竟没有离开他们；直到他们走入屋去，她才独自去了。

电灯随着亮了一下，闪出了一张简单的铁床，床边的弹带、裹腿、匣枪……此外完全是一些模糊的东西。然后，电灯便熄灭了。这是一间卫兵住的房间，赵团长唤去了卫兵，房间空闲着有两夜了。

赵化雄躲避着门扇和窗子，把张海扯向一个墙角去，好像用嘴在吻着张海的一个耳朵。

时间在静悄中过了一刻。

张海说："你大一点声说，我听不见。"

"你先不要从军去——"

张海不等他说完话，便抢着说："我不能不去从军了。像今天这样的生活，少爷，我一天就够了，你呢？"

"我先不要你去从军，我是另有一个主张——"

"什么主张？"

"我要先做一个凶手，然后，我们再一同去从军！"

"做一个凶手？"

"是，做一个凶手！"

"我要知道——你做谁的凶手？"

"我要知道，你可以做我的助手吗？"

窗外透入的几缕月光，浮起了一层恐怖的暗影，浸满着屋内的每个角落——这种阴森的色调，会使人感到异常的不安。张海向窗外探视一下，他匆迫地问："我要知道——你做谁的凶手？"

"我要知道——你可以做我的助手吗？"

"可以，当然可以。"

这时候，窗外突然响了一声惊恐的叫声，有一个头影在月光中划过了窗边。张海高声地问："谁？"

"我，我……"

野兰来了，她站在他们的身前哆嗦着，然后她抱住了张海，她哭泣了，说道："哥哥，你吓死我了，你才说什么啦？"

"没说什么。"

"你不骗我吧，哥哥，我听见了。"

"你听见又能怎样？"

"不是的。你不能帮助少爷去冒险。"

张海对赵化雄说："她既然听见了，就听见了吧！我要知道——你做谁的凶手？"

"我的敌人！"

"敌人？……谁？"

"我的父亲！"

野兰哭出了声音："哥哥，你不能那样杀他，他是团长，他待我们很好。你想想，不是的吗，哥哥？"

"哼，他待你好，待我好什么？"

"哥哥，你怎么对我总是这样大的气呢？我要你的脾气好些，准有一天，你可以做团长的卫兵。"

于是她痛哭起来，在哭声中，好像有许多难言的苦衷。可是，她没说，从张海身边悄悄地向赵化雄走去，让她的脸孔留在月光里，映着那一粒一粒的泪珠，明晶而又纯洁的两条珠绳。

在死静中，这里好像是空闲的房间，没有人声，也没有任何一些轻微的骚扰。

她抽动了几下喉音，终于说话了："少爷，我可以同你说几句话吗？"

"有什么不可以的呢。"

"我没有读过书；可是我知道——一个人是不能杀他的父亲的，不是的吗？少爷？少爷是读书的人，比我知道得更多，你怎么可以杀你的父亲呢？"

"我要杀的不是我的父亲，是我的敌人！"

"少爷，你是那样狠心的吗？"

张海的两手，伸入赵化雄与野兰的中间，张开了，隔远了他们两人的距离。

"走吗？"赵化雄问。

张海说："走，枪呢？就用卫兵的匣枪吗？"

"也可以，不然，家里还有两支，最好还是不惊动我的母亲吧，好吗？"

他从床上拾起匣枪来，检视一下它的每一细小部分，然后装饱了弹粒，插入腰间。

张海用几句最严厉的话威胁了野兰，不许她把这个秘密的消息传给任何的另一个人。最后他又说："如果有人发觉了，我就要你的命！"

他们的影子从屋内飘出了门外，向一条路上飘去了。

在多日的雨天之后，突然有月亮冲出了云层，是格外的新鲜，明朗；不过有飘走的云块，常常遮蔽它，使地上失去了它所给予的明亮，迷蒙了夜行人的眼睛，不注意的时候，会把脚步陷入泥泞中。虽然天面上还有星星，尽量地闪着，但是它们终是代替不了月亮的明亮。

夜风渐渐地加深了秋凉，浸透衣内，使人感受了初冬的清冷。

沿路的人家，没有什么响声，好像完全停止了呼吸，让夜行人从路上安静地走去。可是，四外的枪声却一刻比一刻加多，总没有停过，并且不时有炮弹拖着火线，冲过了月亮下朦胧的山脊。

他们走着，步子非常轻快。张海指着房屋下的黑影说："如果那里有人等着我们，我们就没处跑了。"

"如果有人惊动了我们，必要时，我们就先打死他。"

然后他计划着怎样从团部逃走的方法。张海有些焦急，他想了许久，说：

"逃走是很难的吧？"

"不难，团部只有几个鬼子了，必要时，叫他们和团长一同去，我们的士兵，谁肯把我擒住呢？"

他们转入了一条狭路，两边都是很高的院墙倒下来的黑影，遮着他们的去路，院内的老树，几乎脱尽了叶子，交叉地伸出墙，在地上落下了蛛网般的影子。

渐渐地有着一种匆迫的脚步声近了，他们站下了，让身体贴紧了院墙。

"哥哥，我看见你们了。"

这是野兰的声音，她继续又说："我跟你们走了一路了。"

张海走近她的身旁，仿佛用着权威者的态度在命令她："不许说话，立刻回去！"

他挽着赵化雄的手，又走开了。

她却不听他的话，仍在后面追随他们。并且劝阻着他们，她的话虽是很低的，可是，却很清亮地传向很远的地方去。

他几次转过头来探视她，他怎样地加快着脚步，与她的距离仍是不过几步远。他突然退回来向她说："你回去，不能再跟我们多走一步。"

她仍是不听他的话，于是，他把她推倒在路上，他们迅速地跑开去。可是她却放开声音叫了："哥哥，我还有话说！"

他惊慌地制止着她："不许你叫！"

"我不叫，哥哥。你不能去；你去了，不会再有回来的一天啊。爸爸、妈妈都死了，现在在我身边的亲人，只有你，我不忍让你去做犯罪的事情，我更不忍看着你受刑……哥哥，我说的话，你想想吧！"

"我没什么想的，你回去！"

"我不能，除非你先打死我。"

"好！"

于是他从赵化雄腰间取过匣枪打死了她；在开枪的时候，她特意向他挺起了胸脯，顺从地受了一弹；并且他的枪口是堵着她的胸脯放的，所以路上并没有感受什么意外的骚动。

不过，赵化雄再走起路来，好像走上了崎岖的山路，抛开的步子，一步比一步零乱起来了。

张海呢，仍是一样地走着，只是呼吸有些不匀称，可是走到团部门前的时候，却很镇静地把通行证交给那个"友军"的岗兵检视一下，走入了。

院内停留着的"友军"已经全部出动了，只有三五个。

"友军"的士兵在徘徊着，在监视着赵团长新编的两连士兵，此外没有什么改变的。营房里仍燃着灯火，马棚里不时有几声蹄声——不知是马蹄打着马槽，还是触了板壁……同往日的夜里一样。不过，已经该是睡觉的时候，怎么没有士兵习惯的鼾声呢？

那所很大的房子，不仅是赵团长的办公室，还有会议室，卫兵室，传达室，寝室……排了两列，中间是一条长长的过道。他们悄悄地走进去，又悄悄地留在过道上了。他们看看在许多镶着玻璃的门扇上，只有办公室透进了一层灯火，张海指了指说："进去，就在那屋呢。"

赵化雄在门前踌躇了，张海催促他："少爷，什么事情，都要快才好。"

于是赵化雄掏出匣枪来，勇敢地推开了门。但是屋里没有赵团长，只有一个卫兵向外探视着什么。他问士兵："团长呢？"

"已经睡了吧？有事情吗？少爷。"

"他在寝室吗？"

"是。少爷，你的脸色怎么那样难看呢？"

"没什么。"

"呀，你怎么带着枪呢？"

"不许你说话！"

他退出来，把办公室的门紧紧地闭住。在寝室的门前他突然停住了，他问张海："你可以代替我吗？"

"什么？"

赵化雄把匣枪送近他的手边说："你可以代替我吗？"

"你怎么的了！"

"我不能杀他了。"

"为什么！"

"我的头已经晕沉了。"

他一双手撑着墙壁，几乎要倾倒下来；而且他的呼吸也更加急促起来了。过道上，安静得可以使他们的话声透入每间门内去，就是有老鼠的骚音，也可以清楚地被人听见。

然而蚂蜒河边的战争正激烈进行。密连的弹声,没有停过一刻,从那种声音里可以听出是在渐渐地响近了。

张海想了一下,便允许了赵化雄,不过,他慎重地问了一句:"我毙了他,你不怨恨我吗?"

"不,我要感激你呢!"

于是,张海取过匣枪,独自走进赵团长的寝室,他摸了一些时的墙壁,灯才亮了。

"做什么?"赵团长问。

"不要动!"

"怎么?"

"不怎的!"

随着,连续地响了几弹,完全中在赵团长的身上,没说一句话便死了。

然而院内却发生了极大的骚动。

天还没亮的时候,街头已经传遍了这惊人的消息:赵团长被张海杀了,张海临逃的时候,被院内"友军"的士兵开枪堵击了,同时他也还了枪。以后团部新编的两连士兵发觉了,冲出了营房,为了援助张海,击毙了所有的几个"友军"的士兵以后,又冲出了团部,沿着蚂蜒河河边进击着正在作战的"友军"的后方,冲开一条去路,与逃出的士兵合成了一团,于是"友军"不得不败退了,所以三小时后这个小城市又复活了。团部做了临时的警备司令部,在门前贴了几条新鲜的标语。

不过,张海当时却受了重伤,手腕与大腿中了两枪,倒在团部的墙根下,有一两点钟的工夫。老厨夫在骚动平静以后走出来,才发觉了他的呻吟声,然后通知了团部留守的士兵,把他送进医院去。据医生说枪弹已经伤了他的骨头。虽然他没有死亡的危险,但是医好之后,也只是一个残缺者了。经过医生注射了两次救急针,还没有恢复他清醒的神志。赵化雄呢,并没有受伤,他在团部的骚动中逃出来,跌倒在路上的泥泞中。当团部士兵出动的时候,才遇见了他;在夜色中士兵误认他是逃走的受伤的"友军"。他当时说出一些呓语,才辨出是他,便从队伍中留下了两个士兵送他回家:但是他已经不能走了,两腿就像被暴风吹皱了的轻纱一样地哆嗦,他的神经已经失去了常态。那两个士兵在没办法中，便拖起了他，送回团部来。向他的头上浇了两杯凉水惊了他，他跳起来，向墙壁乱撞。不得已也由老厨夫把他送入医院，做了张海病中的伙伴。他们两人的床，紧靠着，特别加了一名护士照顾他们。

渐渐地褪尽了夜色，太阳爬出了山脊，向房屋的窗子投进光线。这还是秋雨后第一次恢复了些温暖，狗舒适地蹲出了门外，抖着自己的皮毛。被暴雨冲散的小鸟，又飞集来，绕着人家的房屋鸣叫，好像在探询人家是否平安。

赵化雄清醒些的时候，他贪婪地注视了一下他身边的四周，随手又扯开了窗幔，透入一块天色。太阳上正浮过流云，配合着各种色调，仿佛是女人最美丽的刺绣品，无意中抛开了，堵了天面的一处。

"这是什么地方？"他问了护士。

"医院，先生。"

他的眼睛，从清醒中，又渐渐地蒙眬下来——不知他在怎样的臆想中搜取着什么印象。

过了些时，他看遍了屋里仅有的四张白色铁床，当他的视线接触到他身边的一张铁床的时候，他叫了："张海！"

护士制止他，说明了他所唤的那个人的病状，又说："医生说，他不能再受一点惊动。"

他要检视张海的伤处，也被护士拒绝了，他只给张海舒展了一下被子，手贴贴脸颊，然后他哭了。

护士送他一杯牛奶，他指着张海问："他呢？"

"他还不能吃，现在他只需要休息。"

于是，他也拒绝了护士给他送来的那杯牛奶。

中午，他的母亲来了。她是那样疯狂地奔向他，把头投到他怀里哭了。

"妈，你坐下。"赵化雄说。

她的手握住一块衣襟集起了一缕皱褶，仿佛要被她撕裂下来。

"妈，你要安静些，这里不是我一个人，你看看还有好多别的病人，我们不能扰乱他们。"

护士也在劝慰着她，告诉她在医院是不能任意骚扰的，并且给她指着张海说："这个人受了很重的伤，又流血过多了，不能再使他受一点的惊动。"

她看看，辨识出来张海的面孔，她便惊叫了一声，把遮在张海身上的被子，从床上拖下来，她做着命令的神情，对护士叫起来了："你去叫警察来！"

护士奇怪。

"他是凶手。"

最后医院方面向警备司令部报告了，警备司令部正在计划防御的事情，没有多余的人员，结果派来了赵团长以前的两个卫兵，看守张海和赵化雄，有必要时，再由他们报告警备司令部。

她看见了，来了她以前的卫兵，便命令他们。

他们垂着手没有听从。她气愤了，她说："怎么？团长死了，你们连我的话都不听了吗？"

"我们要……太太……"

然后赵化雄向她说："你有什么话要说，等张海好些再说吧！"

张海清醒过来，已经是两天以后了。他经过了七次的注射，甚至每一小时都有一个医生来诊察一次。在他第六次注射的时候，他的体温才由四十度减至三十八度多，他会哼了几声，或是抛开一只拳头。第七次注射以后，他知道自己伤痕的痛苦了，常常在床上翻滚着，暴叫着，仿佛是要由床上滚落下来，躺在地上。有一个护士站在旁边，支配那两个卫兵怎样照顾他，怎样不使动转，怎样把他的手，安放在适当的地方，免去撞触手腕与大腿的伤痕。

赵化雄常常注视他，又常常避开他，好像怕他那惨白的脸色，和那深深陷入了在半合拢着的眼睛，探问他两天前的情形，他不知道，也不知道战事怎样了和谁来探视过他。他只是这样地自语："谁是我的朋友？谁肯答应我一声——我是你的朋友。"

赵化雄说："我是你的朋友——"

"那，我请你快快放一枪吧，要对准我的头放啊，把我的头打得粉碎才好。"

"你说胡话了吗？"

"不，不，我很明白。难道你从我的脸上还看不出来吗？你就是从我的声调上，也可以听出我那不是胡话啊！"

"那么，你是什么意思？"

"你没看见我的伤吗？是那么痛啊！"

赵化雄故意说："一个人应刚强些！"

于是，张海不作声了，眼睛同嘴唇一样地闭住了。那双健全的手握成了拳头，几次地要击打自己的头顶，几次地都被他身旁的两个卫兵握住。

他安静了。可是，在他那痛苦的脸色中，潜伏着一种忧郁的神情。赵化雄劝慰他说："你安心吧，医生说你的伤，并不重，至多两个月就可以出院，也许不过一个月呢。"

于是，用轻淡的微笑代替了他忧郁的神情；可是，过了些时他又说："你不要像哄一个小孩哄我吧，少爷。"

有时他张开眼睛，常常把视线投到窗外去；遮满着窗边的树枝，向他抖动着。枯黄的叶子，从他眼前一片一片地落去了，余下的只有可以数出的几片飘摇着，已经没有多久的寿命了。飞走的小鸟常在窗边绕着圈子，那一刻的勾留，像是在探望他，为他留下几声欢快的声音。可是弹声激烈响起来的时候，他便闭上了眼睛，转入初醒的蒙眬中。

这时候，赵化雄又轻轻地问他："你又在想什么？"

"我如果没有受伤，不是也在前线了吗？啊，那我该是怎样快乐啊！"

赵化雄又故意说："在前线也许死了，那还不如现在吧？"

"死了也值得！"

"那么，现在更值得。"

"……"

"现在你好好养，总有一天，你会有在前线上的时候。"

医生来了，张海问他："你对我说真话，我的伤有好的一天吗？"

医生因为他的逼问，随便指出了他伤愈的日期。可是，因为他体质过于虚弱，医生经过几次慎重的诊断，始终没敢施用手术剖取他大腿里的那粒枪弹，所以他渐渐感受了伤势的严重。不过，因为战争的关系他也很少关心自己，常常默语那么一句话："守住这个城市吧！"

赵化雄出院的那天，恰有退败的消息传给他。虽然一切人都在欺骗他："不要紧。"

或是："至少还能守两个月。"

可是，他听着那种密集的弹声，和院内人员那种惊恐的神情……没有一处不是在证实他们对他的欺骗。他同人们一样清醒着，他能接受欺骗而安心吗？并且有一次枪声几乎响近了他的耳边，他问护士，护士什么都没说。以后老厨夫来了，才告诉他团部被"友军"占领一小时又败走了。此后，他便在夜里失眠了。

窗外完全被无边无际的黑暗堵塞了，屋里的灯光透不进黑暗的深处，只照亮着窗边的几条枝影，模糊地摇动着。

远处、近处有犬吠的声音，一声声地连续着掺杂在远近的枪声中。

护士匆忙的脚步声在过道上响来响去。他在床上翻转着，在他身旁看守的那两个卫兵在默语着什么；然后，其中的一人走了，余下的一人对他说："我也要逃命去啦。"

"我呢？"

他问的人已经走了，他还在问着自己："我呢？"

窗外出现了新鲜的景色：红色的火焰冲着浓厚的黑暗，窗外的树枝也被染了红色，甚至他的脸上，也好像涂了胭脂。

床上的几个病人，都唤着护士，有的问战情，有的找家人。张海呢，他唤来了医生，他说："请你给我伤口上多裹几层药布，我一辈子也忘不了你这个恩人！"

医生不明白他的意思，注视他；他看看自己身上的白色病衣，他问护士："我自己的衣服呢？"

"不会丢的，你放心吧。"

"谢谢你，给我拿来。"

"做什么？"

"我要穿。"

"在医院里不许穿自己的衣服。"

"我出院啊！"他已经叫起来了。

医生与护士都误认是他的神经变态，他反驳着说："我比谁都明白。"

"那你怎么说胡话呢？"

"谁说胡话？"

"不然，你怎么要出院呢？"

"那你们叫我等着死吗？"

他指着窗外涨大着的火焰，枪声更加响近了。

以后赵化雄跑来了，没有向张海说什么，便把医院的负责人找来，给张海办好了出院的手续，又把他带来的一身衣服给张海换了，移到担架上去，由医院的两个人抬起来。他看看自己的表说："恰好还赶得上火车。"

张海问："这样忙，你怎么不早点来呢？"

"我的母亲看住了我。"

"现在她呢？"

"在家。"

"那你怎么来的？"

于是，赵化雄说，从他出院他的母亲怎样看守他，又说，不管怎样也是看守不住他；不过这次所难的是没有路费，直到她去厕所的一刻工夫，他把一个皮包的铁锁，用锤子毁了，偷了二百多元钞票跑出来了。最后他说："这就好办了。"

但是火车开走的时候，他的头从车窗探出去，看见了他的母亲，一面追着火车，一面摇着手："回来，化雄！"

他勉强地垂下头，听张海在说："现在我好了，再没人挂念我了。"

这时候，一面坡已经完全被"友军"占领了。

他们去的地方，是长城边处没有"友军"的岛上。那里，有着绿色的海波，被卷起的浪头，高出水面一二尺还多，散开了一片水花，一片泡沫，被风卷去了，被海吞没了。有好飞的海鸥，天天绕着海边戏着海水，也许迎着送着入口与出口的船只，有绿林围裹着的红色楼房，悠闲的歌声就是常常从那楼窗里送出，送向很远的地方……

可是，他们在那里没有认识的人，钞票在两日内便用尽了。幸好有一个难民收容所收容了他们这样逃难的人。以后不久，难民收容所解散了，赵化雄失踪了，只有一次在报道义勇军的消息里，发现过他的名字。张海呢，在陌生的地方，没有谁认识他，也没有谁再叫他老兵。不过他的确是老了些：唇边生了短须，眼角多了皱纹。可是他在短短的时期中，却学会了好多技能：在雪地上，可以不穿棉衣，可以用身体滚代替步行，可以没有任何乐器，独唱一首熟练的歌曲：

你们……

你们有钱的老爷啊，太太啊，

你们有钱的小姐啊，少爷啊，
你们怜悯怜悯我吧！
…………
你们怜悯怜悯我吧，
我，我——
我这远方来的，
我这无家可归的，
我这遭灾受难的，
我这缺臂少腿的人啊。
…………

良友印刷公司，1936年12月20日出版

奴隶与主人

在我住了三年的那个小城市，我每年都是过着平静的学生生活，从没有遭受过什么不幸。

突然传来九一八事变的消息，使我们全校的学生都感受了不安。我们天天希望这消息沉默下来，谁想到却一天比一天可怕起来呢！敌人占了我们的沈阳以后，便沿着铁路线进攻我们一些大的城市。在五个月的时间内，敌人的炮弹已经近了我们。学校被威胁着提前放假了，住宿的学生，都理好了自己的行囊，有的回家去了，有的从军去了；此外，还余下我们十几个人留在宿舍里，因为没有路费的缘故，我们迟走了几天。可是在这时间，便起了战争。经过两天，我们仅有的一营驻军，几乎死尽了，炸毁路轨败走了，于是，开入了敌人。

此后，街上天天传着男人被敌人杀害，女人被敌人强奸的消息；而且，敌人不住地搜查、逮捕……最大的恐怖降临了。

我们每天都不离开宿舍，可是我们盼望立刻离开这遭难的小城市，宁肯逃出去流浪、去抗战、去死亡，换取些自由的气息。可是，我们希望的，只有失望——路轨恢复以后，又落了春天的暴雨，一直落了三天，还在继续地落着。

路上的积雪融化了，又加上大量的雨水，混成了一片泥泞，有的地方，没过脚腕，常常裹掉鞋子。因此，几乎断绝了车辆的行径，而且，去车站，要经过一条河流，这条河流恰好在雨天里涨了，浸没了仅有的通过车辆的木桥。

我们只有仍留在宿舍，再多待些时日。不过，我已经耐不了这失去自由的奴隶生活，费了一天的工夫，经过敌人几次的搜查与诘问，才找到以马车维持生活的人家。

是在街边，有一处用树枝夹成的院墙，院内有一间草房、一辆车、一匹瘦马。我走进去的时候，正有一个老年人在配制着马的食料。我问他："车夫呢？"

"就是我！"

开始他便拒绝了我雇用他的车子，他说："你看看，街上哪还有车子走呢？"

最后我和他商议，甚至请求他，他仍是坚持他的主意。于是，我放高了声音说："我多给你钱！"

"多少？"

"两元！"

我用着这最高的车价，换取了他的同意。我和他约定了我走的时日。他要我把钱先交给他，我不肯，他气愤了，指着身边的三个孩子向我问："你看看，还有老婆呢，一家都等着吃饭；如果不是这样，我怎么肯答应你？"

我看着他和他的孩子的破乱的衣服，可怜的表情，我便把钱交给了他。可是，我看着他那驼背、白了的胡须，我想他也许不是车夫，故意地骗着我，所以我又问他一句："你是车夫吗？"

"怎么不是呢！"

于是，我只好说："我看你太老了！"

他听了我的话，用手掌起劲地拍打着他的胸脯，好像恢复了他的青年、他的健壮、他的勇敢。他伸直一个大拇指，逞示着他独有的骄傲："你知道河上的木桥已经淹了吧？你打听打听哪个车夫还敢拉座，还敢走那个地方呢？怕只有我吧？哼，我做车夫，三十多年了！"

第二天，我很早就起来了，把几年来蓄藏着的一些不必要的东西，全给了校役，所余的也不过是一件行囊和一个保留了三年的照相机。然后，我与每个同学握了手，他们并没有祝福我的旅途，都说在冒险——马车走过河上木桥的时候，在车夫不经意中会倒翻来，让河水淹死我。我厌烦他们说这些话，所以马车迟来五分钟，我便责备车夫："不守时间，你这个车夫！"

"先生，你看看——"

他是要我看看车轮、马蹄拖挂着的泥水，而且，他的身上、脸上，也涂满了泥水的斑纹，他是要我知道经过了怎样难走的街路，可是我仍在说："你应当早些动身啊！"

"先生，你看看这马还不如牛呢！"

于是，我无意中向马踢了两脚，马并没有反抗的动作，悄悄地垂了头，像是临近了死期。可是车夫却从车座上跳下来，愤愤地向我摇着拳头，意思是要代替马还击我两拳。我也握起拳头，又走近他一步，我说："你敢？"

他也没说话，便任意地打了我几拳。虽然我也还击了他，但是没有击中他——他的体力最少比我多着一倍。最后，由几个同学拖开我们；他仿佛还没有满意，用高声的喊叫，嘘着他的愤气。我为了早些走上旅途，只得忍受着一切的侮辱，所以我向他说："算了吧！"

"算了吧！如果你踢伤了我的马，我就要你的命！你知道吗？我一家生活，都靠这一匹马！"

因为我过大的忍耐，他终于默然了，并让笑脸表示他的歉意。

马车的座位，有容留两个人的地方，我坐下了，我的行囊与照相机也占有了一人的座位，恰好不拥挤，也不宽余；因此，我想到马车的设计者，仿佛是特意为我制作的。

雨，由雨丝变了雨粒，从高空中不住地射落着。在开车前，我已经撑起车篷，挂好了车篷下的雨布，让雨不致浸湿我的衣服、行囊、照相机。可是车开了的时候，车篷与雨布相连的缝隙间，被风吹入了雨，就像有喷壶向我的脸面喷着水星。我几次拖扯着车篷、雨布，那条缝隙仍是遗留着。而且，马车的速度非常慢，很容易使我想到我有一条永远走不尽的旅途。于是，我不能不喊着车夫："快，快些吧！"

我听见鞭打了马的声音以后，马车的行进的确快了些。

可是，我又听见有人在车外喊了："站下，站下！"

我从这口音上，辨出不是中国人的声调。马车停下的时候，我揭开雨布，看见的正是一个敌人的士兵：全副武装，都被雨淋湿了，在路旁向车夫打着招呼："来，你的来！"

我想他是岗兵吗？那么，我不能不钦佩敌人的军纪，侵占我们的精神，在这样的雨天里，仍是守着自己的岗位。是检查吗？我不怕，我身边没有任何敌人所谓的违禁东西，甚至没有一把小刀、一个铁钉。于是，我叫车夫打着马，立刻走近他些，免去他疑心我。可是他没有注意我，只是问车夫："你的哪边去？"

"车站。"

"车站？有火车的地方？"

"是的，是的。"

"大大的好，大大的好！"

于是他从肩上拖下步枪，踏上了车。车夫惊奇着，用着像他同样的声调问："你的要什么？"

"车站的，去，车站的！"

他向前面指了一下，是要去车站的意思。车夫匆匆地指着我向他说："已经有坐客了。"

"什么，你的？"

他有些不满意车夫了，张大了他的眼睛。可是，车夫仍是在说："已经有坐客了！"

"什么，你的不是好人！"

他不容许车夫说话，打了车夫两拳。车夫气得喘息了，我安慰他说："算了吧！"

他看我默许了那个敌人的士兵乘车，他也不作声了，只在等待我重新坐好，他便继续应走的路程。

可是，那个敌人的士兵，看看车里没有容留他的座位，便愤愤地踢落了我的行囊、照相机；行囊留在车座下，还可安放，只是染上了一些泥水；不过，照相机的镜头，却碎成了细片。这时候，行囊与照相机给他让出的座位，他已经坐好了，而且把他的步枪横在我的座位上。我说："你的——"

我想说的是要把步枪移开去，让我坐下，因为怕他不明白我的话，起了误会，我给他做了手势。

他故意做着野蛮的神情说："什么的？"

我又给他指指占了我座位的步枪："我怎么坐下？"

然后，他把步枪移开些，给我让出一半的座位；我只好落下一半股部，用两脚撑着身体，勉强地坐着。为了早些走上旅途，我要忍受着一切的侮辱。

马车再走起路来的时候，雨更大了；这雨好像要毁灭所有的路途，要毁灭整个的世界。路上的泥水，已经没过车轴，再多些，便会没过全部的车轮。拖着车辆的那匹瘦马，每步都在用全身的力气，使脊骨清楚地透出皮外。任着鞭子怎样地鞭打，马车也不能再加快些速度。其实，慢些也没多大的关系，距离火车开行的时间还有很久。不过，我与敌人同乘一辆马车，总感觉十分不愉快，而且他逞着他所有的蛮气，蔑视我，如同蔑视他的奴隶一样。如果握在他手里的步枪是属于我的，我要他立刻做我的俘虏，让我吐出些胸中的气愤——虽然消灭不了我们绝大的仇恨。

车前的那匹瘦马，喘得好像工厂里气筒吐着的蒸汽，好像在告诉我们它要永远地休息了。

可是在隔近河边的地方，又被人唤住了。是一个敌人的宪兵伴着一个女人，站在从泥水中露出的一条路的尽头上，距离我们马车还有十几步远，中间是被雨水积成的一条河流。如果车夫不听从他的唤声，马车可以安然地走过去，使他没有一丝制止的办法。不过车里坐着的士兵却向车夫说："站下！"

马车停下了。车夫说："我的车，不能再多坐一个人了。"

"什么，你的？"

"你看看我的马！"

"不要说话！"

车夫的话，完全被他拒绝了。而且他要车夫把马车走近那个宪兵去。可是车夫说要经过的一段路，会使车轮被阻塞起来，或是被淹没起来。于是，他说："你的下去！"

他给车夫比画着，要车夫走过去，把宪兵和那个女人背过来。车夫说："……"

车夫抑制着自己的愤怒，已经说不出话来。我为了怕误了火车的时间，给他做了一个眼色，他便默许了。

于是那个士兵又向我说："你的也下来！"

我为了早些走上旅途，只好忍受着一切的侮辱。我随着车夫从车上跳下来，我的脚插入泥水中，泥水冰冷地刺痛着毛孔，雨不住地浸湿着我的衣服。直走到那个宪兵的面前停下了，他看我们，便吩咐了——我背他，车夫背那个女人。我因为不惯在雨上加多重量，几乎滑倒了——这好像使他受了一下惊恐，在我的脸上打了两掌。

"怎么坐呢？"

车夫放下那个女人以后，他踌躇了，他想这样小的座位，怎样容留我们四个人呢？

最后，还是那个士兵安排了——他与那个宪兵分坐了座位，那个女人坐在宪兵的身上，我呢？坐在座位下自己的行囊上。

可是瘦马只是挣扎着四蹄，拖不动这过重的车辆。那个士兵仿佛疑心车夫，他便要车夫给他让出些座位。他代替了车夫，他的步枪代替了鞭子，打着马——股部破了一块皮肉，流血了，好像经不起这样的重载，只有接受着死刑，所以任他怎样打，马车仍旧停留在原处。

结果，那个士兵从车上踢落了我的行囊，命令着我说："快，快，你的快下去！"

我在想着什么呢？头已经昏迷了。

这时候，车夫也替我做了个严厉的决定："先生，你下去吧！"

马车开走了。

被遗在泥水中的只有我，我的行囊和破碎了的照相机。我在愤怒中骂了车夫："奴隶，奴隶！"

这时候，我不知为了什么，要向敌人、车夫复仇。于是，我丢下了行囊、照相机，追着马车跑去。

马车已经走到桥中间，我才追到桥头。我要车夫停下车子，他仿佛已经明白我的意思，他说："先生，现在我让你明白我，我——"

他的话还没有说完，便故意地勒了一下缰绳，使马转向斜方；马车立刻从桥上翻落到河里了。

《中流（上海1936）》1937年第1卷第9期

秘密的旅途

中东铁路哈绥线的火车，开到绥芬河站的时候，每个车门在前五分钟已经锁闭了，所有的乘客都在等候着检查。由护路军与路警组成的一批人，开放车门，走进车去检视着外国乘客的护照和搜查着中国乘客的行囊。有时候他们很快的一刻便尽了职责，他们经过的车辆，乘客就可以随意地出入了。有时候，他们发现了可疑的人，便要这样地诘问："你叫什么名字？"

"王之民。"

王之民是一个青年，他的年龄，最多也不过二十五岁。头发很长，也很乱，仿佛有了长久的时期，没有经过修剪，穿了一件棉袍，有几处破出了棉花，有几处也经过不熟练的手工缝补，每针的线段，没有保持着均等的距离，而且他的身量又不相称，衣袖几乎长过了他的手指。像他这样的人，任谁也难向他消去猜疑，所以护路军、路警搜查他的时候，都不肯放过他，检视了他的行囊，又检视了他的每个衣袋，甚至要撕裂他的棉袍，拖出袍内的棉花来。可是，在他的行囊中、衣袋里，并没有检出任何的物件。不过，仍不肯放过他，还在严厉地诘问他："从什么地方来？"

"哈尔滨。"

"往什么地方去？"

"东宁。"

"东宁？"

"是的。"

"喂，你是私自去苏联的吗？"

王之民很自然地仰高了头，很自然地做了一下手势，仿佛以他最坦白的心境说："不是的，我家在东宁。"

"你家是做什么的?"

"种田。"

"你是做什么的?"

"学生。"

"既是学生怎么可以随便回家呢?"

"现在不是放寒假吗?"

…………

王之民终于被检查完了,终于到了东宁。可是他在东宁没有家庭,也没有友人,他投入了一家叫东平栈的旅店。在旅店留宿的客人,都要在店簿上写明自己的姓名、籍贯、年岁、职业、事由。他也同样地写了:赵列天,哈尔滨人,现年二十一岁,学生,访友。

东平栈是很大的车店,有旷大的院场,有长列的房屋;泥草的墙壁,纸的窗子。这里的主人,是一个胖胖的老妇,她经年留宿着过路的载重车辆,或是过路的农家旅客,同时,她还有一种秘密的生意——偷偷地把王之民推进她的房屋去,给他倒满一杯茶。她问:"出国吗?"

"是的。"

王之民心里还跳动了几下,有些疑惑地问:"你怎么知道我出国呢?"

"你看看我的眼睛!"

她把头送近他,让眼睛闪动了几下,意思是在表示她的眼睛是如何的明亮,如何善于辨识着旅客。

王之民笑了,他说:"我以为不知要费多少事,你的眼睛太好了。"

"先生,我就是凭着眼睛吃饭呢!"

"那么你的眼睛比金子还要高贵!"

"少说些吧,我也是凭着头吃饭呢!"

"怎么?"

"不知道哪天让人家告发了,我就遭祸了,这不是凭着头吃饭吗?"

"你怕吗?"

"怕?哼,怕什么,为了生活。"

最后,她问:"先生,你哪天走?"

"最快才好。"

于是她立刻找来一个姑娘。王之民惊奇着问:"没有男人吗?"

"先生,少说些吧,是走的时候了!"

夜了。

院内,有几间马棚系满了马群。靠近墙边的地方,停放着车辆,被豆袋集起的影子,仿佛是一列模糊的土丘。守院人提着灯火,随处徘徊着。车辆的主人,在温暖的土炕上,已经响起了甜蜜的鼾声。

王之民整理好了自己所需要的一个包裹,其余的,便丢给了东平栈的主人,又问:"多少钱?"

"先生,随便你吧。"

王之民从六页五元的钞票中,拖出了五页给她;她谢了他,并且嘱咐了她找来的那个姑娘怎样照顾着这位旅客,使他在旅途上安心些。

夜深了。

这个小城市完全睡熟了,死般的寂静充满着每处,没有任何的声音,骚扰着熟睡者的梦境。

这时候,东平栈的主人用许多的好话送别了王之民,使他伴随她找来的那个姑娘走去。

天上满着明亮的月光,没有被走过的云块遮过一刻,雪路披着月光,异常明亮,遗下的黑影有着清晰的轮廓。不过寒风不住地冲来,冲去,搜取着雪路上的积雪冲向远边去。

他们两人默默地走着,任谁也没有说一句话,有时,只是相望一下,然后,便避开去。

在临尽街边的时候,姑娘终于说话了:"先生,如果有人指问我们,你要说我是你的妹妹。"

"你姓什么?"

"你姓什么,我便姓什么。"

"聪明的姑娘!"

王之民一面低声地自语着,一面减慢着步子,留在她的身后,注视着她:黑色的发辫,黑色的短袄短裤,短的毡靴,黑色的影子,随着她的步子移动。他问:"你叫什么名字?"

"小兰。"

"小兰？"

"是啦，这不是你所要知道的！"

"我要知道的是什么？"

"是什么？如果有人指问我们做什么去呢？"

"做什么去呢？"

"你就说，去找我们丢了的羊羔。"

"说丢了牛不好吗？"

"随便你吧！"

街路的近边，连着无边际的雪场，日久的积雪，已经加高一二尺的地面，由行人踏开的小路有三四条割断着雪场，深深地陷入雪中，望开去，仿佛在纯白的雪场上，被人染了几条黑线，也仿佛是被人分割了的一块白银的世界。四处没有一株老树，没有一条艳丽的色调，所有的只是一些凸起的雪包——不知那是被雪遮埋了的草堆，还是失去了主人的坟墓。

城市的灯光远了，淡了。

他们走着，身边的景物，渐渐地离远了他们，只余下了天边的环形绕裹着他们，月亮投落雪场上的光辉，不住地诱着他们的眼睛，为他们在跳动着小小的银星。

"这边走！"

小兰引着王之民从雪场上转了去向，走过了一条小小的冰流，渐渐地走入一列丛林中。小兰的嘴唇，送近王之民的耳边，仿佛是一对情人要开始密语了，她说："站下。"

然后她又说："蹲下。"

于是王之民站下了，又蹲下了，他的身体随着没入了雪面，只让他的头留在雪面上，望着落尽了叶子的小枝，在他眼前组成着蛛网一样。他问小兰："你要往哪儿去？"

"不许你说话，这里是最难走的地方！"

"怎么？"

"有岗兵！"

"中国的吗？"

"那么你以为到苏联了吗？"

她自己几乎笑了,悄悄地又走开了几步,押长着脖颈,从丛林中探视着外面,然后她好像命令着他说:"快走!"

两个人像两只小兔一样,窜出丛林,窜向远方去。

这样寒冷的气候常常冻僵着野兽,冻死了行人,在他们好像没感受着,而且流了汗水。

在两条河流交流的地方,小兰站住了,伸出她的手指指着前面说:"去吧!"

"我自己吗?"

"那么我还跟你去吗?"

"不,我是说到了吗?"

"我告诉你这一条是绥芬河,这一条是瑚布图河。瑚布图河这边是中国,那边是苏联。"

"我怎样走啊?"

"你要走过瑚布图河,呸,再沿着绥芬河一直走,你如果听见有人叫你的时候,不要跑,要站下,举起你的两手……"

"不要说吧,这我比你明白——"

"那么你去吧!"

"你不可以多送我几步吗?"

"你怕吗?"

"我要去的地方,我怕什么,我是因为这段路不熟识,你明白我的意思吗?"

她气愤了,又继续引着他走去。

冻了的河流,在雪下完全失去了原形,被雪饰成了一条平坦的大路,两岸做了大路的边界。不过这条大路,却使人放不开大些的步子,每步都要试探着踏下去,不然,便会滑倒了。

月亮已经由天面的斜方移至中点,月亮直射下来,路上更明亮了些。可是吹过的夜风,却暴了,冷了,好像有着钢针,刺入了毛孔;而且,拖着一种嘶叫的声音,在震碎着这般的寂静。被风卷起的积雪,便像细薄的白纱一样,被飘来,被飘去,在遮塞着向远处投开的视线。

小兰一边走着,一边用愤恨的眼色注视着王之民,有时,故意把嘴咬紧些，表示她有着更多的愤恨。王之民拖着沉重的步子，已经喘息了，他却笑着说："姑娘，不要生气吧。"

"那么，我回去吧？"

"再走几步。"

"再走几步送你到莫斯科啦！"

"莫斯科还远着呢。"

在谈话里，仿佛引起了她的兴趣，脸色的气愤神情淡了些。并且她还在问着他："莫斯科有多远呢？"

"西伯利亚铁路你知道不？"

"不知道。"

"那我怎样告诉你呢？……就是很远很远的吧。"

"多远呢？在天边？"

她张望着远方，在夜色中的模糊的天边。王之民给她摇着手，使她的眼睛转向了他，他说："你不知道莫斯科在什么地方，你怎么认识绥芬河、瑚布图河呢？"

"这是我常走的地方啊！"

"常走？"

"是啦，常常送人，像送你一样。"

"为什么要用女人呢？"

"男人如果让中国兵抓去了，就要坐监了，杀头了。"

"女人呢？"

"总比男人好些！"

他们谈着，已经走上河岸，地上的积雪更高起些，几乎高过了他们的膝骨。小兰一步交替着一步，向前走着，仿佛已经忘却了她的归路。王之民没有一刻不是在注视着他的身外，虽然没有任何的响声惊动他。

突然，小兰笑了，她说："这次真快送你到莫斯科啦！"

"不，还远着呢！"

"你是去莫斯科的吗？"

"是啦，这也不是你所要知道的。"

"为什么呢？为什么有许多人私自去莫斯科？"

"这更不是你所要知道的!"

他沿着绥芬河望望自己的去路,又望望她的归路,然后他很严肃地问她说:"很远了,你回去吧!"

"不!"

"我谢谢你这次的辛苦!"

他从衣袋里扯出五元的钞票,送给她;可是被她拒绝了,他问:"为什么?"

"为什么?——我要知道为什么有许多人私自去莫斯科。"

"让我这样告诉你吧……因为莫斯科有工作,有饭吃,有许多好玩的地方,不轻视穷人,还收留穷人,人与人都是一样,一样地工作,一样地吃饭,一样地……"

"人家说莫斯科是穷党的地方。"

"那是人家骗了你!"

他转过头,看着被他们踏破的雪面遗下的脚印,延开着长长的一条,他说:"太远了,你回去吧!"

"不,我也要去!"

可是,她终于被他拒绝了,她哭了,别了他。

三年后,王之民为了九一八事变归国了,指挥着一部义勇军攻入了绥芬河,又攻入了东宁。

在东宁,他趁着仅有的一些机会,探询着东平栈主人与小兰的消息,可是终于没有见着她们,只是听着人家传说东平栈的主人,因为很大的罪名被判了死刑,小兰到莫斯科去了。

《文化食粮》1937年第1卷第1期

舰　上

我做海军学生的时候。

我们四五十名同学被分成十几小批，每批的人数不一样，有的多些，也有的少些。驾驶班有我与马斌元，轮机班还有三人，我们是其中的一批，被学校派往舰上实习。

军舰的名字，叫江清，是欧战以后中国分得的胜利品之一，已经老朽了。它的年岁也许比我多一倍，不过它仍有着日耳曼民族的姿势：雄伟，健壮，它的尾部，仍有德国的文字记载着它诞生的地方和时日。我们常从那些遗迹上追想它所经历的故事，怎样地承受着光荣的下水典礼，又怎样地遭遇了残酷的战争，更怎样地被人俘虏了。这常使我们感受光耀、恐怖、耻辱，常使我们谈尽了整天的时光。也许是因为长久的军训生活苦恼了我们，舰上新鲜的生活迷惑着我们，感到了意外的欢快。可是，不久舰长分给了我们工作，轮机班的三人，穿了蓝色的工作服装，走入了机舱。我与马斌元仍穿着学生的制服，留在舱面，在大厅后面的一间舱房，做了我们两人的寝室，每天听候舰长支配，教我们一些已经熟知了的升旗降旗的敬礼和一些海军方面浅近的常识，久了，我们便厌倦了。

当舰长发出江清沿着松花江巡游的消息以后，我们欢快地跳起脚来。我们用了一天的工夫，告别家人、友人、同学，买了一些应用的东西和两筐水果。

月亮已经退去，太阳还没出来，天上荡着一层朦胧的雾色，模糊了每个人投向远处的视线。江上浮着一种轻气，随着波流，流向远方去。不时地响着雄鸡的鸣叫，很清脆地透入耳孔，使人可以听出是在远处，或是近处。暑天的晨风，也裹着一种清凉，浸入皮肤，使人感受到意外的舒快。在这时候，江清舰已经开动机轮，驶行了。

沿岸新鲜的景色诱着我们，使我们常停止了我们所要实习的工作。在松花江与黑龙江合流的地方，我们站在甲板上，手握住铁栏，垂下头，望着浑黄的松花江，沉浊的黑龙江，仿佛是两条异色的轻纱，在风里飘荡着，拖着舰底。几里以外，两条江水合流的边缘，仍遗着异色的纹痕，好像它们永远不会融成一色，融成一条江水。

江清舰近了三江口的时候，已经是几天以后了。

江水隔成的两岸，有两种景色。属于苏联的一面，绿色的树间，飘动着红色的旗子，房屋镶着精致的玻璃窗，浸满着阳光，草地上散着交叉的小径，散着一些步行者，虽然辨不出他们是年老的，年轻的，但是从他们的衣色上，可以知道是男人，或是女人，从歌声中，可以知道他们是在同样的欢乐中。属于中国的一面，只是一片无边际的荒原，有几处堆集着一些简陋的小房：泥土的墙壁，草茎的房顶，破了窗纸的小窗，任着风吹雨淋；路上异常安静，没有任何的骚动，有时候，也许会听见几句拾柴孩子惯唱的歌谣，或是乞讨者哀求的呼声。江清舰就是靠近这一面投下了铁锚。

不惯航行的人，像我与马斌元在这航行中，也感到了疲倦，虽然在几处的码头有过几次的停留。

在三江口停泊后，我们立刻恢复了健全的精神。

我们因为天气太热，并且看见苏联海军士兵练习跳水，便默默地换了游泳衣。可是苏联的海军士兵在岸旁的一处，有他们细粉一样的沙滩，有他们乘凉的白色布棚。我们呢，只有舰上的甲板，一块小小的地方。从餐厅中，我们每人暴饮了一口酒，叫了一声，便投下水去。

在刚刚投入水中的时候，我觉得有些清凉，过了一刻，便感到了波流的温暖。马斌元只顾摇摆着胳膊，迅速地驰过水面，使我落后有十几步的距离。不过他游泳的成绩，并不比我好些；我最好的纪录，是一千多米。他只有六七百米。可是他为了苏联的海军士兵注视着我们，赞扬着我们，他一直顺着水流游去。在四五百米的地方，我唤了他，才转回了方向；还没有游过一百米的时候，我看他喘息了，他的力量已经抵不住迅速的逆流。我看较近的地方，正停泊着一只苏联的红星舰，我指给他了，意思是让他握住锚链或是伸入水中的铁梯，休息一刻，然后再游向我们自己的舰去。可是，他不听从我，仍逞着英勇，继续游行，终于让波流遮没了他的面孔；他的全身，只余下一块小小的皮肉，留在水面。我惊跳了，叫了一声："呀——呀！"

这时候，红星舰上有一个人影，突然投落水面；于是马斌元才脱了危险，被拖到红星舰上。

我到红星舰上的时候，马斌元已经被放在客厅里，有医生正给他注射药针。四边都围满着士兵、军官，他们的服装与我们几乎是同样的质料、颜色。所异样的，只是他们的帽边比我们多了一个五角的星形。我抻长着脖颈，注视他们，想认出他们谁救了马斌元。可是，好像他们都比我高些，我的视线透不过他们人丛间所遗下的缝隙，所以我问了："我要知道，是谁救了我的朋友。"

"我！"

回答我的人，是一个年轻的士兵，有着深蓝的眼睛，高起的鼻子，他的衣服完全被浸湿了，在滴落着水滴。

我问："你的名字？"

"苏斯洛夫。"

"我感谢你的好意！"

他笑了，然后他为了照顾马斌元，也没有再向我说些什么。可是我又唤了他："你看看！"

"什么？"

"你的衣服太湿啦，换换吧！"

他却为我猛力地拍打了几下胸脯，表示他的身体不怕任何的损伤。

直到马斌元清醒了，苏斯洛夫才换了衣服，划着舢板送我们回了军舰。

我们的舰长为了感谢苏斯洛夫，送了一件并不贵重的赠品。

可是，以后他不允许我们再去探访苏斯洛夫。有一次我们练习舢板，划过红星的舰旁，我们只叫了苏斯洛夫的名字，他便斥责了我们，好像我们违犯了海军最大的禁令。

有一天的早晨，落着暴雨，雨滴像弹粒一般地从高空中射下来，打着舰面的钢铁发出了响声。舰外的四边，完全被沉重的浓雾遮没了。暴风，一阵一阵地激起了江上的波浪，仿佛是海上涨了海潮，军舰就像婴儿的摇篮一样摇着我们，催眠着我们，可是，有人唤醒了我与马斌元，说有人要见我们。

我们还没穿好衣服，便跑出去了，暴雨立刻湿透我们的衣服，使我们不能尽量地张开眼睛；像这般的暴雨，仿佛是我生来第一次遭遇了。

"谁找？"

我们停在甲板上问了一声，没有人，又跑到客厅，也没有人。我们正要向回跑去，有人唤了我们。我勉强张大些眼睛，向四外探视着问："谁？"

"这里！"

是苏斯洛夫，与另一个我们所不相识的士兵，他们握着我们舰旁的铁梯，使他们坐着的舢板，停在我们的舰旁。苏斯洛夫向我们摇着手，好像怕我们从视线中遗掉了他。我们跑近他去，马斌元问他："有事情吗？"

"没有！"

我很奇怪地问他："像这样的大雨，那你来做什么？"

他拢了手，仿佛雨再大些，他也不怕，他说："我是来向你们辞别的。"

"你们的军舰要开走吗？哪天？"

"一点钟以后。"

我们很恋着这位热情的朋友，在雨天里，向我们辞别，而且，他又没有多余的时间，使我们尽情地招待他一次，我们不住摆起头来。他却错会了我们，他问："你们不喜欢我来吗？"

"不是的，不是的！"

"那么，你们怎么总也不去看我呢？"

我们说什么呢？我们只有用坚决的表示让他们了解我们的苦衷。

最后，他站起了，挺直着身体，向我们伸出一只手来，让我们去握，他说："希望你们做我的好友！"

我做海军练习生的时候。

因为中国武力接收中东铁路，中苏开始了战争。因为预防苏联海军侵入松花江，我们全部的军舰开往了三江口附近的地方。因为多数的防地，我们全部的军舰也不敷支配，海军江防舰队司令部又从航务局借了几只货船，四边装置了钢板，舱面上设了迫击炮、平射炮、机关枪，命了舰名，便做了我们的军舰。舰上仍是从前的船员，只是加多了一二百陆战队的士兵，几个海军毕业的学生，由陆战队的中队长负全责指挥。

我、马斌元与另外的两个同学，被派在同一舰上。开走的那天，有很多欢送我们的人，好像在欢送着他们最伟大的英雄，也有青年，从人丛中摇起拳头，破着喉咙，喊着反对我们这种战争的口号；我们的心情，只有我们自己知道。舰还没有驶出二三里地的时候，我们便绕着客厅的方桌，饮起酒来。只看见空了的酒瓶，一个一个地加多了，却很少谈着我们将来要遭遇的战争。是醉了，还是清醒？我们悄悄地唱起了：

> 别了，别了，
> 这里的山河，
> 这里的园林，
> …………

这歌唱的调子，好像是在默语着我们只有去路，很难寻找我们自己的归途，好像在埋伏着我们对于这种战争的疑问，好像……

天黑了，我们这四个醉人，都沉入自己的默想中，不让任何的骚音扰乱了我们醉人所保持的寂静。

舰头留了一个水手，持着一根长长的木棒，不时地垂入水中，立刻又拖出水面在试探着水深："八尺！"

或是："九尺！"

大副听了，便向着通入机舱的铁筒，用着俄国人惯用的言语指挥着："马累（俄语'慢些'的意思）。"

或是："包舍（俄语'快些'的意思）。"

这声音很清晰地透入客厅，透入我们的耳中。

几天以后，我们不知道已经走近了什么地方，只听见轰炸的声音，近了我们。

陆战队的中队长，命令我们配置好了炮位，命令大副使舰向前直进。

我从衣箱里，找出望远镜来，希望看见我们前方的一切景象；可是一切都在遥远的渺茫中。

不久，中队长派了一个士兵，在舵楼上做着旗语；我从望远镜中看见了前方的舰影，漫没江面的炮火。不久，中队长喊了发炮的命令。

第一炮是马斌元指挥放出的，他那勇敢的姿态，表示着他最大的复仇的决心。

我叫了他，问他："你了解我们这次的战争吗？"

他只顾前方，没有睬我。我又问："小心些，那里也许有我们的朋友呢。"

"朋友——谁？"

"忘记了吗？——苏斯洛夫。"

"打的就是他！"

"为什么？"

"他正是我们的敌人。"

这战争经过两个月的时候，我们陆军防守满洲里失守了。苏联的海军、陆军，沿着松花江占领了富锦——我们的海军，已经败走了，每只军舰的钢板，都遭了炮轰，遗下一些破碎的洞孔，而且有一只是江防舰队最大的江亨军舰，因为苏联海军的威胁，自动地沉入江中，还有几只被扣留了——因此我们有些人便做了俘虏。

俘虏的生活，在人的想象中，是多么可怕的悲惨的待遇。绝不会有人相信我们却是如此的安适，有菜汤，有面包，任着我们随意地动作、谈话。而且我们恰好是被留在红星舰上，有我们一个友人苏斯洛夫；在他值班看守我们的时间里，总是提来他的手风琴，为我们奏起歌来。在每节歌停息一刻的时候，他总要说一句："朋友们，快乐些！"

可是，马斌元仍是垂着头，耸着肩，从眼角边敌视着苏斯洛夫，仿佛永远认为苏斯洛夫是他的敌人。

"老友，你也要快乐些！"

苏斯洛夫这样劝慰他，却更激起了他的反感，狠狠地指问着："既然做了俘虏，能有快乐吗？"

"俘虏？——不是！"

"不是？"

"是的，我们把你们看作友人一样。"

"友人？"

"是的！"

"……永远是敌人！"

苏斯洛夫没话说了，默然地笑了几声。马斌元跳向他的身边去，警告他："你不要以你的胜利来向俘虏骄傲，听见没有？"

苏斯洛夫转向了我，抽动了一下嘴角，好像要我来批评他们俩间究竟是谁错。

马斌元也许便误会了苏斯洛夫，气愤了："你离我远些，看看，认识吗？"

他伸出两只拳头，送近苏斯洛夫的眼边。苏斯洛夫把头更加倾近他些，仿佛准备接受他的拳头。

"你是要这样吗？"

"嗯，差不多！"

"你还要怎样？告诉我！"

"告诉你，表示我不屈服你！"

"我没有要你屈服！"

"告诉你表示中国不屈服苏联！"

"苏联也没有要中国屈服！"

他们常常这样吵嘴，使我感到十分不安，甚至在夜里失眠。

可是以后中苏停战了。苏联占有我们的土地又归还了我们。

我们被释放的那天，苏斯洛夫先把这消息传给了我们，这种兴奋，使我们失了常态。在吃早饭的时候，苏斯洛夫为我们送来一瓶酒，满了几杯，分放在桌边；他自己先举起一杯，举过他的头顶，高呼着："朋友们，祝福你们安好！"

马斌元握起一杯，投在地上，清脆地响了一声，杯碎了，酒流开了。

可是苏斯洛夫送行我们，还说："希望你们做我们的好友！"

我做海军候补副长的时候。

九一八事变了。

日本由沈阳展开了战争，抢占我们东北的土地。在绝大的威胁下，我们的陆军，有的投降，有的退走，有的反抗；我们的海军完全被日本的暴力屈服了，松花江的江防舰队，已经接受了日本指挥的命令。

不久，日本做了一面新的旗子，红、蓝、白、黑，占了全面的四分之一，其余的，完全是黄色，不久，便悬遍了东北的土地，悬在我们的舰上。

不过，有许多地方，仍集中着我们的义勇军在抗战着，在夺取着已经失去的城市。并且松花江依兰以外的地方，仍由我们原有驻防的陆军固守着。因此，我们海军接到了进攻依兰的命令。

依兰的驻军，是为了保卫我们的祖国，宁肯牺牲自己的父母、弟兄、姊妹……以及自己的生命。我们不是疯人，我们的思想非常清醒，我们既不能援助他们取着同一的战略反抗我们的敌人，我们又怎能忍心援助敌人去杀他们？

可是，我们终于向依兰出发了，终于向依兰开放了炮弹。

舰上新配的两只迫击炮，由我与马斌元负责指挥。我连续地发出了两炮，他却同木人一样地停着，炮旁的几个士兵都在等待他的命令。于是，我叫他："发炮啊！"

他仍是不动，我又叫他："指挥官要你发炮呢！"

这时候，我们舰上所有的炮，同时开放了一次，最后一炮是马斌元指挥放出的，炮弹飞向江中去。我怕他受指挥官的惩罚，向他说："瞄准！"

他从衣袋中拖出了一块手帕，遮住了眼睛，我问他："你哭了吗？"

他哭出声来，我制止他，还在喊："瞄准！"

"是的，瞄准。"

于是，他指挥的第二炮发出了，燃起了依兰一角的火焰，散着浓烟。

可是，我也哭了。

在几天内，依兰的驻军，沿着松花江、佳木斯、桦川、富锦退走着，我们的舰队，直追到三江口，仍是不住地轰击着，退走的军队，被迫退入了苏联的领土。

为了预防退走的军队再次反攻，我们的舰队暂时留守三江口。可是我与马斌元经过几次的计议，另有了秘密的决定。

在我们发现红星舰以后的一天深夜，没有星星，也没有月亮，江上只是流动着的灯光。我们约会了两个值班的岗兵，偷偷地落下一只舢板，立刻划向红星舰去了。在我们划近红星舰的时候，不知道我们舰队中的哪只舰的岗兵发觉了我们，向我们放出了几粒枪弹，同时，红星舰上的岗兵也拖着步枪，瞄向着我们，我们说了些话，又缴去了我们的枪与弹，才允许我们登上了甲板。然后，便见了红星的舰长，说明我们是追随退入苏联境内的军队去的。于是，他派了几个水兵，护送我们登岸。可是苏斯洛夫从睡中被人唤醒了，他看见我们，便拖住了我与马斌元："我正担心着你们呢！"

他为了友情的留恋，自动请求舰长护送我们。舰长允许了他，他便与另外的几个水兵，领我们走上舢板。

我们这次坐在舢板上，心里很平静。虽然仍是我们原有的舢板，但是前面却多了一面苏联的红旗，后面多了一盏红灯。

江水打着舢板，向我们的脸上不住地溅着水星。苏斯洛夫一边划着，一边向我们谈着："我绝没有想到还有见你们的一天，你们呢？"

"我们也是！"

这是我答他的。马斌元始终都在沉默着，好像他已经哑了。

苏斯洛夫唤着他说："船快近岸了，我们没有多久的时间了，朋友，我们谈谈吧！"

马斌元没说什么，只是长长地叹了一口气息。我知道他是在留恋着已经失去的土地、受难的同胞……而且，在他的默默中，不知道还埋藏着多少逃亡的痛苦。

登岸以后，苏斯洛夫把舰长写的字据交给了当地的驻军，收容我们；然后再转送我们到退入苏联境内的军队去。

在临别的一刻，我们向苏斯洛夫和另外的几个水兵行了谢礼。

苏斯洛夫走近马斌元的身边问："朋友，你还仇恨我吗？"

"不！"

他伸出一只手来，让苏斯洛夫去握："我要做你的好友！"

《希望（上海1937）》1937年第1卷第2期

秘密的故事

几年前。

我热恋着的青子姑娘，她很勇敢，很聪明，很热情，有着健壮的身体，有着比宝石更动人的眼睛。可是，我不爱；我爱的是她那纯洁的灵魂，从来没有对我说过一句欺骗的话。

那时候，我们都是中学的学生，在放假的日子，总是有着我们的密约：看电影，逛公园……主要的还是在松花江边，谈着我们将来想象中的生活——幸福的，仿佛在构思美好的梦境。

中学毕业了，我们因为家庭贫困——我考入了免费的警官学校，她失学了。

她为了留恋我，不肯离开我，她说她要在街头过着乞讨的生活。可是她家里来人了，不许我们互相交换一句别前的赠言，逼迫她走上火车，去了——我们便这样地别了。

从此，我们断绝了一切的消息。

日本人抢占了我们这个城市以后，日夜都在加紧防御的工事：重要的街头，设了武装的岗兵；僻静的地方，用沙袋做成了堡垒。而且，派出无数的便衣侦察与宪兵；不仅是潜伏的义勇军受逮捕，就是谁家有一条军用的皮带，或是一条军用的裹腿，也许遭了死刑；所以天天传着杀人的消息，恐怖威胁着每个人。

于是，有许多人从军去了，逃亡去了。

然而，我这警官学校毕业的学生，正在做着侦缉队的分队队长。这种职务，使我如何地苦恼着，只有我自己知道。我既不能听从日军的命令，去杀热血的同胞；我更不能等待，让日军杀我。所以，我也做了这样的决定：不是从军，便是逃亡。

我只有一个母亲,很少家族亲戚,在她以外,我走,我没有什么留恋的。同时,我也知道,在我以外,她更没有什么留恋的。我知道她不会允许我离开她,让自己在晚年做一个孤独者。为了避免她知道,几天来,我都是偷偷地忙着整理我所要带走的东西,预定在月底,走上我的旅途。不过,为了寻找一件小东西,却迟误了。虽然它并不是什么高贵的物品;可是,我保留它有五年了。经过几次的变动,经过遥远的旅程,我都没有丢失它,更没有损伤它,不是随伴我的身旁,便是留在我的皮包里,没有一次忘记它所在的地方。为什么这次却不见了?我翻尽了我的每个衣袋,甚至拆断了皮包的缝线,也没有寻到它。就是我肯忍着失去了它,不让它再迟误我的行期,可是,我该知道它究竟是怎样在我身边失去了的。就是我寻不到它,我也要找出寻不到它的原因来,不然,我绝不肯做了最后的结束。

"你找什么?"

母亲问我。她的声调,很不自然,仿佛有些惭愧,有些虚伪,有些愤恨,在她的神情中。当我说出我所寻找的小东西的时候,她垂下头,在沉思中向我说:"不会丢的,放心吧!"

"你怎么知道不会丢呢?"

"家里只有我们两个人,怎么会丢呢?"

"那么,你拿去了吗?"

我逼问母亲,她默然了,笑了。可是,她的眼里有泪水滴落下来。她说:"是我拿来了!"

于是,她害怕地从衣袋里掏出一个小包裹,给了我。我的心,跳了,有着死人复活以后的欢快一样,立刻脱去了一层黄纱,让被包裹的小东西,赤裸地露在我的眼前。它是一页相片,一面是一个年轻姑娘的面影:短短的黑发,分梳两条短辫,辫尾垂在她的肩上,垂下两条辫绳,大的眼睛,遥望着,好像在遥望着她遥远的希望。深色的衣服,很朴素,没有一丝异色的花纹,只是她的胸前,两乳凸起的地方,淡了些原有的衣色;另一面是几行秀丽的字句:

袁倪,赠送你这张相片的人,永远是属于你的人,你不要忘记她,她永远记着你。

青 子

这时候，神秘的记忆，神秘的景色，擒住了我，忘记了日军的刺刀，临近了我，我的头很昏沉，眼睛好像被遮了一层黑纱，被我视取的一切景象，渐渐地都在模糊了，死亡与生存，在我已经失去了区别。

"袁倪！"

袁倪是我的名字。母亲唤着我，使我惊跳了一下，仿佛被她从梦中惊醒了。我没说话，悄悄地走开了。她仍在我身后唤着："袁倪！"

我从这两个字的声调上，深深地感受了母亲的慈爱。于是，我又退回来，我问她："你为什么偷去了青子的相片呢？"

"我看出你要丢掉我，你一个人要走了，我能拖住你吗？我能让你走吗？我想想，只有偷来青子的相片，让你在家，在我的面前多留恋几天。袁倪，你是真要走了吗？"

"不是的！"

"那么，你收拾两个小包做什么呢？你要送我乡下去做什么呢？唉！一个人如果骗了他的母亲，也不是什么英雄！"

我还说什么呢？只有告诉她："是的，我真的要走了！"

于是，她的眼里，突然落了几滴泪珠，继续地落成了珠链，仿佛我的话，伤害了她。

她经过一刻的沉思，向我说："我让你走吧！"

我的心刚欢快些；可是她又说："你要答应我一件事情！"

"好的！"

"你肯吗？"

"肯的，你说吧！"

"你要同苓子结婚！"

苓子是一个护士，是母亲在我童年时给我订婚的姑娘。我从没同她有过长时间的谈话，也可以说我爱女人的感情，没有一丝是属于她的；虽然她常常穿了美丽的衣服，修饰了美丽的脸面，买来些美丽的东西来看我，好像倾吐着她所有的热情爱着我。我几次和母亲商议解除我们的婚约，她总是不肯允许我，一直迟到现在。

我扑到她的身边，我问："结婚吗？"

"是，结婚。"

"我不能，我不能同苓子结婚，我还要等待我的青子呢！我不是早就说给你听了吗？那么，你还说起苓子做什么？"

"袁倪，你的岁数不小了，总还是年轻，总还是我的孩子，你只知道等待青子，你不知道姑娘的心像天上的云彩一样，一会儿一样啊！再说，你不见青子有好几年了，你知道她在什么地方？她知道你在什么地方？再说，这几年的工夫，你怎么能知道她没有结婚，还等着你呢？"

"就是她忘了我，她结婚了；我也要在她结婚以后，我再同苓子结婚。"

"你是铁的心，母亲的话，你一句都不肯听。"

她痛哭了。

我问她："你逼迫我结婚，是什么意思？"

"我的意思，只是你要走了，即使不是为了你，也是为了我，在你走后，我也多一个人照顾照顾我啊！"

于是，我听从她，结婚了。

苓子待我很好，仿佛她情愿做我的一个仆人，任我随意地使用她，支配她，甚至不是她的错误，而我苛待了她，指责了她，她也要用笑脸在我面前赔罪。冬季最冷的天气，燃起的壁炉，已经温暖不了我们的房间，她总是在我睡前，脱去了自己的衣服，赤裸地投入冰冷的被里，过了些时，她会向我说："袁倪，你来睡吧，被子已经暖了！"

在早晨，我还睡着，她已经起来了，燃起了壁炉，烘暖了我的衬衣，她唤着我："起来吧，袁倪！"

如果我贪恋早晨的睡眠，我斥责了她，她便像乞丐一样，倚在我的耳边，哀求着我，要我起来。

渐渐地她感动了我，有些爱她了，所以在我预定的行期，又延长了三天。

于是母亲常常向人家说："一个人娶了媳妇，就扯住了他的腿！"

我听了她的话，有些愤恨了，我想向她说："你对你的儿子，用了阴谋！"

为了报复她，我又提前了我的行期。

不过，在我辞职的前一天，在队部值日的时候，收到了一封匿名信，意思是说：在中央大街五号院内第十八户，每天都有许多的青年来往，甚至夜深，还没有散尽，好像在密议着什么，好像有义勇军活动的嫌疑；这位告密者是院内住户之一，恐怕被日军破获后，自己受了连累，特先告发了。

我怎样决定呢？把这匿名信转给总队长吗？如果中央大街五号院内第十八户，确是义勇军的一分子，那么，他们是热血的青年，是伟大的英雄，我怎么能看他们遭到逮捕，受着死刑？而且，我将用什么赎我终生不可宽恕的罪恶？把匿名信撕毁吗？如果，被总队长调查出来，我便不必逃亡，或是从军，随处都有留我的墓地。最后，在我决定办法前，我要先去调查一次。我整理一下身上的警官服装，又配好了一把短刀与一支手枪。

五号的院门，是在中央大街骚乱的尾边，有大的商店，小的铺子，提篮的小贩，卖唱的乞者……集中了杂色的人群。院内共有三十多家住户，每家都是同样小的门扇；宽大的窗子，同样地染着深黄色。所有的住户，都很杂乱，有的是商店的主人，有的是小职员，有的是白俄……我沿着院路徘徊着，注视着第十八号房间，门扇紧紧地关着，窗上遮了一半窗幔，另一半透出了屋内的一个桌角。我没有看见有人走出来，或是有人走进去，只是有眼睛，常常从窗边窥视我。这时候，我悔不该穿着警官的服装，惹人注意，于是，我要走去了。

可是，在我临去的时候，我看见窗边一副女人的脸面，她见了我，立刻避开了，在她闪过的那一刻，我认出了她。这好像神话中、传说中的故事，谁会相信是事实呢？

我自己也好像在梦中，走去敲响了门，有一个陌生的男人走出来了，问我："找谁？"

我不想回答他，只想走进去。可是他的胳膊横在门边，隔着我，仍在问我："找谁？"

"青子，青子！"

我忍不住了，喊了，几乎喊破了我的喉咙，他装作不知道的神情，凝视着我。

我拍响了门边，又喊："我已经从窗外看见了青子！"

于是，青子来了，她穿的是黑色的棉袍，黑色的皮鞋，黑色的发丝，遮了一半前额，一半衣领。她仍是从前的神情——笑的时候，露出白的牙齿，两颊陷入一对小涡；只是她的皮肤粗糙了些，不是从前的柔嫩。她没有说话，也没有唤我进屋，只是让身体靠近了我，偷看我的警装的每一细小部分。我呢？昏了，火一般的血流，燃着我的全身。我不知道为什么，我不敢看她，偷偷地让眼睛转向了侧面。

这时候，忧郁的天色，加多的阴云——灰白的云块，集满了天面，渐渐地低沉下来，几乎落遍了地面。如飞棉一般的雪花，弥漫在四处，染白了屋脊，枯了的树枝，而且染白了她的发丝，她的衣肩。

一只失群的小鸟，被严寒驱逐着，迅速地从我们的头上飞过了。她的眼睛，直直地注视我，终于问了我："你怎么不说话呢？"

"我要说的话太多，我不知道怎样说好……我们进屋去谈谈吧！"

"我们就在这不好吗？"

她为什么这样冷淡了我？意外的会见抑制了我一切的想象。我摸摸她的衣袖，我问："你不冷吗？"

"不！"

"我们还是进屋吧。"

"不，不方便。"

"你不住在这里吗？"

"住在这里。"

"那有什么不方便的呢？有你的母亲吗？"

"没有。"

"那又有什么不方便的呢？你结婚了吗？"

她的眼睛避开了我，顺手为我打扫一下肩上的积雪，默示着否认我的问话，而且在爱着我。

"这是谁的家呢？"

"朋友！"

我想她仍是从前的脾气，不喜欢任谁知道我们的关系。我怕难为她，便把我的住址告诉了她。约她在下午五点钟来我的住处。

我与青子的会见，使我记起了我们的往事，像在年前，像在昨天，就像才经过短短的一刻；使我厌倦苓子，不该让她占有了我；使我愤恨起母亲，我想向她说："你对你的儿子，用了阴谋！"

同时，我也在咒骂着自己，为了一时感情的动荡，答应了母亲的要求；如果我仍是坚决地拒绝了母亲，那么，我可以向青子表白我等待她的好心；可是，现在，我所有的好心，完全被苓子夺取了，践踏了。就是青子肯原谅苓子,她也不肯宽恕我吧?现在,难于解决的问题,等待着我解决。为了我与青子的约言,为了我们的幸福,要使我与苓子结婚的证书变作废纸,好像满了一杯苦酒,要苓子饮尽;满酒的人,不是我,更不是青子,而且,也不能确定是母亲。总之,在事情决定前,我不敢预定事情的终局。不过,我相信是一幕悲剧,我不知道究竟是谁担任剧中的主角?——是苓子?或是我与青子?至于演期,也很难指定,我想必要经过长久时日的排演吧?所以辞职的呈文被我撕碎了。

可是,那匿名信,却被我私自保留了。如果我因此被判了任何的极刑,我也安心。我不管青子是被人告发,或是被人陷害,我相信她会向我剖白,不掩藏任何的秘密。

我下班的时候,苓子正依在窗边等待着我——每天都是这样等待着我。看见我的时候,立刻给我开了门,好像别了几年那样热诚地把我拥进屋去。每天她下班的时间比我早些,恰好与母亲同吃晚饭;她却要饿着肚子,一直等到我回来。有时候,我因为友人的邀请,下班以后,不回家,便随着友人去了,回来的时候,也许是深夜了;然后她才独自去吃了些已经冰冷了的饭菜,如果,我没有吃饭,她会重新热了饭菜,而且她不惯用老厨夫,总要亲自把饭菜送到桌上,问我:"你喜欢不喜欢这样的菜呢?"

我随便答应她几声,或是谈些另外的什么事情。

可是这次我没说一句话,默默地吃完了饭。她奇怪了,问我:"今天的菜,你不喜欢吃吗?"

"不!"

"饭冷了吗?"

"不!"

"那你怎么吃这么少呢?"

"我的胃有些痛。"

"你病了吧?你的脸色那样难看呢!"

她惊了,仿佛是她自己的生命遭遇了危难,匆忙地披起大衣要为我去找医生;我制止了她,她不肯,几乎要和我吵叫起来!母亲听见了,立刻把我送上床去,她说因为天冷,我穿得太少伤风了,叫老厨夫给我泡了一杯红糖水,她要我一气喝尽,最好使身体流出汗来。

"伤风症是很厉害的病！……"

苓子代替我向母亲劝阻着红糖水，她用医学的知识向母亲解说着伤风症的病理。她动摇了母亲的主意以后，她自己也没有更好的办法，张开着两手，要哭了。

我看看表，快五点钟了。于是，我向母亲说："你去请刘医生来吧！"

苓子却说："刘医生在船坞，太远了，来去一次，要一两点钟，我看还不如我回医院去请一位医生来。"

母亲也同意她的话；我却激愤了："我不信任别的医生！"

于是，母亲去了。

然后，我又叫苓子去于家包铺给我买包子；可是她说："多远啊！半点钟也买不回来，还是在附近买吧！好吗？"

"不好，我只喜欢吃于家包铺的包子！"

于是，她又坚持叫老厨夫去买。我看表只差十分钟五点了，我激愤地说："不用你去买，不求你；我自己去买好啦！"

"老厨夫不是一样吗？"

"我信着他，还叫你去做什么？"

她的手，拍打着我的胸脯，做了笑脸，好像在哄着一个孩子："睡吧，不要生气，我不是不愿意去买，我是担心家里没人照顾你，我走了，不放心呢。睡吧，不要生气，我去给你买，睡吧！"

她刚刚走出，时间已经是五点钟了。

我从床上起来，整理着房间，老厨夫知道了，劝我躺下，他要我指示他，他去工作，我没听从他，要他去了。最后，我从墙上摘落了我与苓子结婚的相片，把友人赠送我结婚的银盾，移换了位置，放在使人看不见的地方去。

一刻钟过去了，青子还没有来。这时候，我才知道一秒钟也是长久的时间。

直到苓子买了包子回来，我仍没有看见青子的影子。

苓子把包子给了我，勉强地吃了一个。她的脸色，被寒风吹得惨白，而且，还在喘息着。

"你跑啦？"我问。

她点着头，默认着。然后她伸出左腿来，给我看，她的丝袜碎了一条；膝骨破了，流出了血丝。她自己在默语着："跑着，跑着，就跌倒了。"

"你跑什么！"

"你一个人在家，我不放心嘛！"

一个人为了自己的幸福而使别人遭受了不幸，这不是罪恶吗？这时，我却没有这么想。看着她独自躲在一边，用手掌揉搓着伤痕，为着忍痛，她让眉间积起了一束皱纹。

我问她："痛吗？"

她却否认："不！"

"你不怨我吗？"

"不！"

"我不信！"

"一个人应当坦白，难道我要欺骗我所爱的人吗？"

她的话有些感动了我。我说："为了我，苦了你！"

"只要为了你，怎样苦了我，我都愿受。"

她的话，使我有些怨着青子——不守自己的约言。

可是第二天早晨，青子来了。那时候，我还在熟睡中，被敲窗的声响唤醒了；我披起衣服，走下床去，苓子也没有醒来。在门边我问了几声，也没听见回答。以后，我才知道她正倚着窗子，一面向屋窥视着，一面在等待着开门的声响。

她走进客厅来，我抑制不住自己的感情，拥抱了她，随着我又退缩回来，因为我与苓子的房间，母亲的房间，厨房的房间，每间的门扇，都贯通着客厅，从每间出入，也都要经过客厅。如果是苓子起来了，我所隐藏着的秘密，要全部被她揭开了，并且几年来她已经知道我另有着爱人——青子。虽然，她没有见过青子，但是我所保留的青子的相片，她早已熟识了。母亲起床很晚，就是她看见了青子，我也有话向她解说。苓子起床很早，我怎样让青子避见她？或是怎样让她避见青子？我既不能有更好的方法使青子随我走去，又不能使她长时间地睡眠，我只有等待着让意外的事情在想象中发生。不过，我向青子说话声音却是很低，几乎使客厅外的人听不见。可是青子总在说："你大些声，我听不清楚！"

我这是在受刑罚了；刑罚；也许不会这样的痛苦——我回答青子说："我

的喉咙很痛。"

开始她述说着我们别后她的生活，以及最近日军怎样轰炸她的故乡，使她怎样地逃出来。

我一面听着她的谈话，一面还在听着每间房间所发出的声响，甚至老厨夫的咳嗽声，也使我受了虚惊。我找不出什么适当的话，说给青子，只是感慨地说："我们别了五年多了！"

"还差四个月十三天，才五年呢！"

"你记得真清楚，这么长的时期，你都没有忘记！"

"你已经忘记了，怕是你已经忘记了我吧？"

她连续地说了些谴责我的话。我说："青子，这不怨我，是怨你；我不知道你的通信处，你知道我那时候在警官学校，你怎么不给我一封信呢？"

"你不知道，我离开你以后，就随着母亲到很远的乡下耕地去了。那里不通信，你想想我怎么给你写信呢？半年以后……"

她的话，自动地中断了。我逼着她说下去，她却拒绝了我，在不安地探视着我。

我的神经被多方分割着，却忘记了招待青子。于是给她指了椅子，让她坐下。可是她仍在站着，不知她在想着什么，一只手撑着桌边，一只手揉着一条白色的手帕。

我特意又给她满了一杯茶，她说："谢谢你！"

我看她那种突变的神情，我不能不说："你怎么这样客气了呢？青子，你变了！"

"我没变，是你变了！"

我张开了两手，让她尽量地注视着我，我说："有什么变的呢？"

"你做官了。"

"这是为了生活！"

好像她不肯原谅我似的问："你做的什么官呢？"

"侦缉队的分队队长。"

她听了我的话，她的眼睛睁大了些，身体抖动了一下，在她失神中，她手里的茶杯落地了，响了一声清脆的响声，碎了。随着，我便听见了我的房间也有了响声，不是床板受了震动，就是有什么东西触了墙壁。我的心跳着，走近青子，她却推着我，我问她："青子，你怕我吗？"

"不！不！"

可是，她的神情，不是表示她还在怀疑我吗？我为了避免她的疑心，我特意向她说明了我会见她的原因，并且，把那匿名信给她读了。她说："这不是告密，这是陷害！"

"陷害？"

"你不相信我吗？"

"我不相信你，相信谁呢？"

这时候，我确是听见了苓子抖搂衣服的声音，我不得不向青子说我有重要的事情，要她先走了，虽然我们一段的谈话，还没有终结。为了陪送她，我在街上绕了一个圈儿。回来的时候，苓子已经走了。

事情总是不如意，我的精神已经失常了，总队长却要我去侦查一件盗匪案件。我想趁着这次机会，去找青子，只是她许我找她的日期是在两天后。为什么在两天后呢？她也没有说明正当的理由。不过，我为了尊重她的意思，走了一段中央大街又转向了归路。并且我受总队长的命令，也要准备些报告的材料。

下班以后，我一直走回家去。苓子并没有在窗前候着给我开门，是老厨夫代替了她。

客厅里没有一个人，无意中使人感受了几分清冷：虽然壁炉的木柴正在燃烧着。我没有停留，便走进母亲的房间去，她在默默地冥想中愁苦着。我唤了她，她怒视我一下，我问她："你生气了吗？"

"我没生气，可是有人生气了！"

"谁？"

"你的人，苓子。"

"为什么？"

"我不知道！"

她的每句话，都有些抱怨我的口气，好像因为我增加了她的愁苦。其实她正应当抱怨她自己——结婚是她的主张。

随后我走回了自己的房间。苓子在床上，一只手掩着前额，一只手握着我保留着的青子相片，注视着，好像侦探在检视着一张逃犯的相片。她脸上遗着几粒未净的泪水，身边的白色手帕，却已经湿了。她看见我，立刻从床上跳下来，因为短短的时间，不容许她藏起避我的秘密——青子的相片仍留在她的手上；不过，她有些难为了自己，脸红了。

"今天忘记等着你给你开门了！"

她从苦脸上勉强地透出几缕笑丝，仿佛要我宽恕她的过失。我随便地问她："今天你怎的了？"

"头有些痛！"

"今天你起来得太早了。"

她看我笑了，她故意抑制着自己真实的激愤，做出虚伪的怨恨的神情说："如果今天我起来不早，我怎么能看见那个女人？"

我心跳了，已经不必再问她气愤的原因，完全明白了。不过，我仍是装作不知道的姿态，探询她："哪个女人呢？"

"你说'哪个女人'呢？"

她学着我的声调，有些在讽刺我。我仰起头来，一面在地下徘徊着，一面在自语着："哪个女人呢？"

她指着青子的相片说："就是她！"

"奇怪吗？怎么就是她？那么，以后再有女人来，你都想是她了？"

"我只差一步没有遇着她；可是你陪她刚刚走出门去，我从窗子看见她了，她的眼睛，同这张相片的眼睛一样，很大，也很黑呢！"

"你敢说是青子吗？"

"不是她，是谁？"

"同事的女人！"

那我怎么看见你们握着手呢？"

"不是握着手，是我给了她一元钱。你知道她很早地跑来做什么？是因为同她的男人吵架了。我给了她车钱，又劝她回去了。"我突然转换了暴躁的声调说，"现在，我才知道，你也是一个好疑心的女人！"

渐渐地，她相信了我的话，感到自己理屈了。扑到我的胸前用多样的表情，多样的动作，企望激动我欢快些，原谅了她。可是我为了更加强些自己的理由，不能不向她施用更大的苛责。于是，我握着她的手腕，猛力地从我身边推开，使她跌倒地上，哭了。

窗外已经黑了，玻璃窗上好像披起了黑纱，或是黑色的布幕。邻家的灯火，染黄了白色的窗幔。从窗边经过的脚步声，很清楚地透进来。屋里的黑暗，渐渐地由稀薄转为浓厚了，一切的形象都失去了边廓。在死静中，只有钟声摆动的节奏，伴着苓子的哭泣。她两手环裹着我的腰，脸面藏在我的颈下，她在我面前忏悔。

不知为什么，我的愤怒由虚伪变成真实，向苓子提出了离婚的问题。于是，使她从我身边松软下来，像是一个失去了母亲的孤女。要求我收容她，怜爱她。而且跪下了，用手拍打着我的腿骨，在换取我的同情。

"你不能这样狠心！"

她哭诉着，嘶叫着。我说："你少说些吧，请你立刻离开我！"

"不，不离开你，永远不离开你！"

"一定要你离开。"

"那我就自杀！"

"你不是很可以独立生活吗？"

"我不，我不！"

她的喊声很高，母亲听见了。

母亲长叹着，走进来，给我们开了灯。她问清了事情的起因，她袒护她的儿子，又严责了苓子。不过，苓子向她说了我提出离婚的问题的时候，她却骂了我。她说："你说离婚，你说得不是时候！"

"要在什么时候呢？"

"要在我死后！"

于是苓子取得了有力的保证。她一面安慰着母亲回去了，一面劝说我："吃晚饭吧！"

我没吃，她也没吃。可是她睡了的时候，我还清醒，想着母亲给我留下的一句可怕的话："要在我死后！"

夜深了，因为日军的岗兵限制行人的自由，街上早已冷清了。不过，手风琴的乞讨者，还倚在街旁，奏着熟练的调子，哀怨地在苦诉着人类的不平，一声声地透入窗子，透入我的耳里，占有了我的灵魂。

"要在我死后！"

这句话引起了我一种幻想：——想象那琴声是母亲的葬曲了。

在夜里，我曾失眠了。像疯人一样，穿着衬衣冲向外边去了一次，受风吹了，肚子痛了。苓子醒来，给我揉搓着，陪了我一夜。

早晨起来，就去看青子，虽然她约我的会见还有一天，但是，我的确忍受不了那比一年、一世纪更长久的一天了。

路上，很冷清，清道夫刚刚开始他们的工作。阴暗的角落，还迷藏着一层模糊的夜色。我走到中央大街五号门前的时候，看见十八户的门开着，窗前停了一辆载重的马车，已经有人向车上搬运东西。

这也许是侦探的习惯养成了我，没有进去找青子，退开了，停在另一条街边等候着。

经过半点钟的工夫。那辆载重的马车，满载着零乱的家具被一匹老马拖出了院门。有一个陌生的男人随靠车边走着，向四处张望。我让车辆去远了些，向我拖开了一条长些的距离，然后，我才随着车尾走了，转过几条街道，转入了一处的院内。我留在门外后来走了。

在当天的晚间，我也在同一院内租妥了一间房间，恰是第一户的家里，从我的窗里可以清楚地望见院内的几条小路，也可以清楚地望见院内走过的行人。

我为了不在家里留宿的缘故，向母亲、苓子说侦缉队的事情太忙，总队长给我加多了夜班。苓子怕冻了我，为我选了两床厚的被子和一个鹅毛的枕头。

不过，空闲的房间，太冷了，玻璃窗上，已经结满了霜花。我用气息的温暖，让玻璃窗化开了一个吻印，从窗里透视着窗外；可是，一刻的工夫，又冻了，模糊了。于是，我加多了房钱，要房子的主人，给我燃起了壁炉。两点钟以后，窗上的霜花，完全化开了，流成了一条一条的小河，流下窗沿去。

天黑了，我向外窥视着，只看见走过的人影，却辨识不出任是谁的脸面，所能区分的，只是孩子，或是大人，男人，或是女人。

屋里，高悬着一盏孤灯，却明亮地照着四壁，明亮地照着壁上的花纹。房间是很漂亮的，不过用具很简单，只有几把椅子，一张桌子和一张铁床，在窗边另有古典式样的画框镶着一幅油画和我被灯光剪了的一幅剪影，这一切都在死静中，我的剪影也很少移动。

炉火烧红了炉门，好像是红色灯笼的一面，地板上加强了一处更明亮的地方。

我仍在窥视着窗外。落雪了，一个人走过了，又两个人走过了。

这时候，我已经失去了疲倦的感觉，只知道恨这雪夜；不然，在月下，我不是可以看清了走过的人的脸面吗？

一夜尽了，我也没有看见青子。

为了必要探知青子房间的号数，我向总队长请了一天病假，在窗边守候她，终于看见了她走入第十六户的门去。我这才安心了，在清醒中，想象着一些梦景。

可是窗外的孩子成群了，吵叫着，打破了我的安静。他们戏弄夜里的积雪，在我的窗前做着肥胖的雪人。

我很喜欢孩子，也很喜欢他们的动作，所以，又把我诱到窗边去。

不久，又跑来一个女孩，穿着一身整齐的棉衣，梳了一对短短的发辫，红色的辫绳，在风里不住地飘打着她的脸颊，她向其他的孩子喊叫着，她要做他们的伙伴。可是他们拒绝她："谁认识你！"

她向每个孩子都投着同样的陌生的眼光。她突然挤入了孩子群中，随着人家的动作给雪人做着头部。可是，有一个男孩推出她，打她一掌，同时她也还他一掌。

我看他们要打起架来，便敲响了玻璃窗，让他们的眼光集中到我摇摆的手指，做着制止他们吵架的表示。他们两人不听，仍取着斗争的姿势。我跑出门外的时候，女孩已经失败了，倒了，脸上还有了一块小小的伤痕，流血了，她哭跳着，不肯完结。我哄着她，把她抱进我的屋来。她仍向屋外挣脱着，我说："天太冷了，你不怕吗？"

"不，不怕！"

"你听我的话，不去吧，等我去打他，好吗？"

"好！"

我给她拭净了脸上凝集的几滴血迹，剪了一块小小的纸块遮贴了她的伤痕，我一面温暖着她冻冷了的手，一面问着她："你几岁啦？"

"五岁。"

"姓什么？"

"姓王。"

"叫什么名字？"

"小青。"

"你常同他们玩吗？"

"不，妈妈昨天才搬来。"

"昨天才搬来，妈妈不放心，要找你啦，快回去吧！"

可是窗外的那个男孩，伸出一只拳头，横着她的去路。我立刻叫着她说："小青，小青，我送你去。"

我抱起她来，那个男孩才让开我们的去路。

我问她："你家在哪里？"

她指给我窗前斜面的一页门。我抱着她走向第十七户去，她却又校正我走错了去向。她说："是那家。"

她指的是第十六户。

过道上，很黑，走进去，便眯了眼睛。我不知道第十六户内哪个门是属于她家的；我问她，她却任着喉咙叫起来了："妈妈！"

我知道青子也住在这里，我担心着小青的喊声骚动她看见我，我低声地说："你指给我你住的屋子。"

她寻遍了沿着过道所有的几个门，都没有确定地指给我，仿佛她已经记不起她的屋子，使她又叫起来："妈妈，妈妈！"

在我背后有一页门开了，因为我抱着小青的缘故，她的视线正向着我的背后；门里的人她看见了，我没看见。我听见了她扑出两手叫着："妈妈！"

我转过身的时候，看见有一页门开着，门缝间透出的光线，使我清楚地看见了她所扑着叫着的那个人，是青子，是她的母亲。

我是痴了？是气愤了？我不知道我该说什么，该怎样地动作；我只是把小青送近青子，等候她伸出手来。她呢，像要接受，又像要拒绝，我看出确是难为了她。

我们身边走过的人，都给我们留下了一种好奇的眼色；或是被我们引诱着停留了一下。

结果，我把小青放在地上，没作一声，便走了。

"青子，我才认识了你！"

我骂着青子。

不过，我又怀疑青子，她为什么从我理想中逃脱了？我有什么负疚于她的事情使她从我理想中逃脱了？我重检了我们中间所有的事迹——没有一样，我负疚于她；同时她也没负疚于我——除了我们这次会见以外。

我不管她对我是怎样的态度——即使她嫁人了，丢弃了我，我也要知道她嫁人了，丢弃了我的原因。其实，如果她有她的苦衷，她嫁人了，丢弃了我，向我说明，不是很平常的事情吗？为什么欺骗我？如果她确是义勇军的一分子，她也该相信我们几年的爱情是她生命最大的保证——虽然，我是侦缉队的分队队长。为什么欺骗我？

我要知道她欺骗我的原因，特意给她备妥了一支手枪和一粒子弹，她也许还记得我发枪是怎样地准确吧？

晚饭的时候，我回家了。

母亲与苓子都说夜班太辛苦人了，一夜的工夫，我已经瘦了。而且苓子向我说："侦缉队如果一定要你加夜班，你可以立刻辞职！"

"这不是人干的职业，我早就够了！为了生活，还说什么！"

"我们宁肯遭罪，也不愿看你这样受苦。再说，我们节省些，你的薪金已经够用了。"

这一天的夜里，我在家里留宿了。

第二天，是星期日，从前整天地留在家里，因为街上每处都有日军的狰狞面孔，常常使用胜利者的暴力，威胁着我们这些被征服了的同胞，就是我们这些公务员，不因为任何的缘故，也常常受了欺辱；所以我宁肯牺牲自己的一切自由，避在家里，读些自己喜欢的小说，或是朗诵几首诗句，或是整理犯人的口供；小说、诗句固然可以感动我，送走了整天的时间，可是犯人的口供却常使我读不完一页，直到九一八事变以后，我甚至不能读完一段、一句。比方，义勇军和一些其他政治活动分子，他们被捕了，便是做了犯人，使用人类最残酷的刑具逼迫他们的口供，这在几世纪前，早已应当灭绝的野蛮的暴力，却仍被最无理性的暴徒遗留着，使用到现在，好像犯人永远不是人类的子孙，如同牲畜一样。而且，现在把这种暴力使用在同胞的身上，就是忍受不了刑逼，承认了自己的口供。他们的犯罪事实是什么呢？也不过是为了他们的祖国——好像在祖国的生命的危亡中，做了祖国的医生。这是他们的罪名吗？那么，如果不是母亲逼我与苓子结婚，或是不会见到青子，我也许承认了同样的罪名。这个星期日，不仅是没有整理犯人的口供，就是小说、诗也隔离了我。吃过早饭，我便走向我的另一住所去了。

房子的主人特意问我昨夜为什么没有回来，我说："怎的？"

"有人找过你了。"

"留字了吗？"

"没有。"

"怎样的人？"

"先是一个女孩子来了，后来，她又领来一个女人。"

她说着，还在比画着她所说的女孩和女人的身量，怎样的脸面，怎样的衣服。

"说什么了？"我问。

"什么也没说。"

我已经完全知道了找我的人是谁。我要走进我的屋里的时候，她又补充了一句话："她告诉我她们住在十六号。"

她也许怕我不知道第十六户的门扇，特意引我到门外，指给我了。

我不想再离去我的房间，要直守到青子再次到来。

一点钟过去了，两点钟过去了，她仍没有来。每次我听见有人走进来的脚步声，都引动我，推开门，探视一下。

我耐不住这无尽的等候，我去找了她。她的门锁着，不过我从窗边看见她的东西并没有移动。

时间磨难着我，已经疲倦了。我沿着房间的角落踱着，踱着，我企图踏落一条地板，让我陷入地下的底层。同时我用拳头击打着墙壁，让细碎的粉面落满了我的衣袖。

已经是夜了，青子来了，她仍是扯着小青，苦恼的情绪，使她不敢抬高眼睛看我。

我只是做着苦脸，没有说话。她先说了："你恨我？"

"不！"

这是我勉强说的——她也许感到了，她用眼角斜视着我的动作，走近我的身边来，又问："你恨我？"

"不！"我更勉强些。

"那么，你躲我做什么？"

"我怕你了，青子。"

"你肯原谅我吗？"

她问着我，随着两手环裹了我的脖颈，候我给她答复。她看我做了原谅她的表示，她笑了，小青也笑了。

然后青子肯定地向我说："我已经结婚了！"

这句话，仿佛是说我所想念的希望，已经完全绝望了。可是，我很镇静，让我的表的摆动声，从我耳边一声声地响过。为了不使沉默包围着我们，我随便拣了一句话问："姓什么？"

"谁？"

我不愿意说是她的丈夫，便指了小青的头顶说："她的父亲。"

"姓张。"

这两个字的字音，刚刚冲出她的喉咙，小青便校正她向我说："姓王，姓王！"

她仿佛被小青揭开了秘密，脸红了。我看她那般受窘的神情，我便继续地说："随便姓张姓王都好！"

可是小青仍施展着她那童年的记忆力："是姓王！"

然后，她看小青离去她的腿边，躲在墙角，在观望着我放置的一束鲜花，她说："是姓张，小孩子就会胡说。"

"张先生在这吗？"

"不，他在外埠。"

"职业？"

"经商。"

"那么，你们怎么分居呢？"

"我们的感情很不好。"

这句话，仿佛在我的绝望中，又闪开了一丝的希望，我的心从冰冷中温暖起来。

她有些疲倦了，经过一刻的休息后，她又兴奋了，她说："你知道我为什么又来到这里？"

我沉默着。

"我是为了你！——"

我仍沉默着。

"哼，几年来，你哪知道我所受的痛苦，怨谁呢？都怨我的母亲不好。其实也怨自己年轻，答应母亲，结婚了。"她更兴奋地张开了两手说，"袁倪你来，我要求你离我近些，最好是让我握住你的手，你听着：我结婚以后，没有一天忘记你。唉，我这好心有谁知道呢？甚至，我每天都打听你的消息，想知道你的住址，逃来时找你。可是那时候，你在警官学校已经毕业了。直到现在，我不顾一切逃来了，我并没敢预想可以找到你。谁想到竟有意外的事情使我们会见了呢？如果我是一个基督教的信徒，我要说那是上帝的力量！"

我听着，受她感动了。我问："我们的会见，在你也是快乐的吗？"

"是的！"

"那么你这次来，是为了我？"

"是的！"

"可是，你见了我，为什么又躲避我搬家呢？"

她想了想说："谁的事情，也都是一样有后悔的吧？不然为什么我见了你，又想不见了呢？"

"那么，你也后悔了吗？"

"不，也不能说是后悔！"

"怎样呢？"

"我总感觉你会有一天知道我结婚的消息。我还有了孩子。我怕你伤心，也怕自己伤心！"

"你早些告诉我，我也不偷偷地随着你，搬到这里。你明白吗？"

她走的时候，小青还在留恋我，我也很爱小青那最高贵的纯真，我说："小宝宝，我愿意常常看见你。"

小青扑着我，我要留她在我的屋里，青子不肯，终于让小青哭着随她去了。

这次青子走后，我悔我没有拖住她，要她听见我要说的这句话："我比从前更爱你了！"

她遗下的欢快，在我也许是生来第一次感受。

可是，我与苓子却常常吵架了。

有一天，我回家去吃早饭，知道母亲在夜里复犯老病，在她的床边坐了许久，被苓子唤去了我。

苓子低着声音问我："昨夜你在哪住的？"

"在队部呗！"

于是她哭了。

早晨的阳光，占有了全窗，屋里十分明亮，墙边仅有的一些污痕，很容易触入人的眼里。老厨夫在做早饭，是一天中最忙的时候，又加为母亲煎药，不住地从客厅走来走去，每次都隔不了三两分钟；所以，苓子特意地抑制着自己的哭声，怕被老厨夫听见，或是看见。

我很奇怪，这是什么事情发生了呢？我只有默默地等待着她说明。

"告诉我，你昨夜究竟在哪住的？"

"队部呗！"

"不是的！"

"谁说不是的？"

"我说不是的！昨夜我为了母亲的病去找了你，我几乎问遍了队部里所有的人，都说你从来也没有在那住过一夜，也更没有加什么夜班！袁倪，你告诉我，你不在家住，你都是为了些什么事情？"

她很温柔地说了许久，我却没有一句话来答复她；仿佛她已经耐不住我那般的沉默，她又问："袁倪，是怕我知道的吗？"

"我的事情从来没有怕过谁！"

"那么，你告诉我！"

我没有什么适当的方法，使我们的谈话做了结束，我只有用气愤的脸色，威胁她，让她随着我的沉默而沉默下去。然后她哭着，悄悄地向自己说："哼，袁倪有了外事。"

"我住了妓女！"

"如果，你真是住了妓女，那你不对！"

她并没有生气，也没暴躁，只是表示要我尊重些她的意见。可是我看事情已经破碎下去，我便任它再多些破碎："离婚好啦！"

"离婚？为什么你总要说离婚？"

"不为什么，就要离婚！"

"那你不如说要我自杀，你不知道我有孕了吗？"

我记得她从前向我说过一次，我并没有在意。这次我看她的肚子确是有些大了，——大腿与胸脯间，好像由直线变作了弧线。

她独自地默语着，仿佛是在说："你不爱我，还不爱你的胎儿吗？"

我总是坚持着两个字——离婚，我这可是给她做了一切的答复。

不过，此后我不在家里留宿，她不再问我过夜的地方，她也并没有把这种事情转告母亲，好像她自己该忍受着更大的悲哀，不拖累她以外的任何人。并且待我，仍是如从前一样，没有引起她一丝的反感。好像她要做一个最忠实的宗教家，用宗教的慈爱感化我，相信我总有一天在她面前做祈祷式的忏悔，要求她宽恕我的罪恶。

有时候，她看我欢快着，她便随着我的欢快更欢快地问着我："你有什么秘密？"

或是："告诉我吧，你的秘密！"

如果我因此转变了脸色，她便急快地收回了她的问话；所以我们感情的线段，是完全由她一个缠系着，不使它中断，分作两段。

都是因为事情太多，几天没有见着青子了，也许因此更想念着小青。

在我窗前集拢着的孩子，一天一天地玩着，他们永远不厌烦雪人的工作，几次地都在检视着他们的脸面，却没有一次见过小青。

我的意思是要叫小青找来她的母亲。我不愿意常常跑到青子的友人家去找她；并且有时候，她也不在家。

那天，在下午，我从队部回来，在孩子群里，我发现了小青。我从很远的地方就叫着她："小青，小青！"

她却躲避我，好像躲避童话中最可怕的怪物。

我看她垂下头，走向她去了；用手托高了她的下颚。她推着我，拒绝我的手触动她。

"你不喜欢我吗？"我问她。

她怕我，不敢正视我。我又问她："你怎么不找我玩呢？"

"妈妈不许我找你。"

"为什么？"

"她说你是白眼狼。"

小青的话，不使我有一丝的猜疑，因为她有着人类最珍贵的纯真。我仍在问她："你怕我吗？"

"怕！"

"那么你怎么敢在我的窗前玩呢？"

"你不在家。"

"妈妈不管你吗？"

"妈妈也不在家。"

"噢，没人管你了！"

"不，还有爸爸呢！"

她的小手，为我指着她住的那页窗子，仿佛说她的父亲就在里边，正是这时候，窗子开了，从窗里探出一个男人的头来，是年轻人，留着长发，下颚边，垂着一条淡色的领带。不认识他的人，也可以知道他不是商人。并且以我侦探的经验，很难误认了人。他探视着我，向小青摇着手。

于是小青像一只脱笼的小鸟飞向他去了，并且，不住地喊叫着："爸爸，爸爸！"

不知为什么小青的喊声，透入我的耳孔，比刺入一把尖刀还痛，使我气愤了那么久。进屋的时候，甚至，我的动作也失了常态，把一个墨水瓶误作了茶杯，浇了茶水。

在窗边，我看见了青子回来，又看见被小青称作父亲的那个男人走去了；他去后，我从他整幅的身影上记起了他就是第十六户所有的人中，是我最熟识的一人。

我张大了嘴，伸开了两膊，让胸间的闷气，尽量地吐出几口；然后，离去了自己的房间。

在青子的门前，我轻轻地敲响着，在我听见她的回声以后，才走进去。

也是同我住的一样的房间，有着很完全的设备，在床边的小桌上，还有两盆结着花苞的鲜花。不过，一切东西都没有经过整理，也没有放在适当的位置。例如：两床被子都没叠好，散在床上，有一床的被角，已经触到地上，墙角边，堆集着麻绳、小碗，和一些被撕了细碎的纸屑。这种杂乱安置的习惯，有如下流旅店的景象。

青子对我站着，小青从我们身边绕着圈子。我不看青子，讽刺她说："聪明的青子，我更认识了你！"

她把小青推开去，高扬着头，抖着嘴唇，仿佛容忍不了我那样的讽刺，她说："你不要说这些话吧！"

"我为什么要说这些话，你也许明白吧？"

"我有我的苦衷，请你原谅我！"

"事情永远都可以原谅的吗？"

我握起结实的拳头，击响桌面。她立刻制止着我说："你要担心些我的小英！"

"谁？小英？"

小青给我指着床上的一边，在模糊的色彩中从被边露出的小小的脸面：半合拢着眼睛，惨白的脸色。

"小英，我的弟弟！"小青告诉我。

小英像才生下不满几个月的孩子，我为什么从他的脸上也感到了憎恶呢？故意又把桌面击了两拳。

青子跳着，敲打着自己的胸脯向我说："袁倪，你安静些吧。"

"怎么？"

"小英病了，病得很沉重呢！"

"死了，与我有什么关系！"

"你不该这样，即使你仇恨我，你也不应当在孩子身上寻找报复！"

"我才知道你这样爱护你的孩子！"

"谁家母亲不爱她的孩子呢？"

我似乎是再没有什么适当的话说给青子，因为她已经不肯容忍我，好像她宁肯使我们的爱情决裂，她也并没有一丝的留恋。同时我也希望自己用些严厉的表示，换取些她无情的言语，使我更愤懑些，使我忘去想念她的好心，让我们几年来，一丝一丝积蓄起来的爱情，在这次做最后的结束。而且有着比我们爱情的痛苦更大的痛苦——日军的刺刀，弹粒，天天准备着屠杀我们，我哪有更多的力量被缠绊在爱情的痛苦中？

青子在床边拍着小英的胸脯，用着一种最流行的调子哼着催眠歌；每句的尾音，都很冗长，而且低沉，会使一个人从兴奋中疲倦下来，合拢着眼睛，渐渐地走向梦境。可是等了许久，小英还没有睡去。因为我已经没有更多的耐性等待，便用严肃的神气扯了一下青子的衣袖，她给我的表示，却是任何事情也要在小英睡去以后。——母子的感情也许超过了一切！

"我现在有话说。"

我逼迫她立刻从小英身旁移开，激起了她的反感，终于气愤了，她说："你如果这样不讲理，我没有一句话向你说，现在我就要走了！"

"走，太慢，你跑吧！你也许还记得我从前用匣枪打飞雀吧？"

我从大衣里抽出了匣枪。于是她更暴力地向我的匣枪伸近头来："给你打，给你打，你不打死我，我不答应你！"

可是我却把匣枪从她头边移开些，躲避着她，垂向地下去。我告诉她："我要去了，等些时间再来！"

"你要知道一个独身女人的住所，没有经过允许，男人是不可以随便来的！"

她说着，她的身体都气抖了。

小英在床上哭叫着，悲惨充塞了这房间。

我说："好吧，我永远不来！"

可是小青还扯住我的衣襟，不喜欢我离开她。在我拖开我的衣襟的时候，小青被我拖倒了。

在同一天的黄昏，被小青称作父亲的那个男人，手提着一个小皮包回来了，又走出了。虽然他不像一个旅途上的旅人；但是，青子携着小青却充满了别离的神情，在他身后送行，给他打扫着肩上的尘灰，给他皮帽垂下的帽绳打了结，好像怕冷风吹冻了他的下颚与脸颊，并且在默默地低语着，仿佛嘱咐着旅人，为旅人祝福着平安。这种别离，绝不同平常的分散，使双方都怀着恋别的心绪。

天黑以后，我在青子的窗前，徘徊了几周，终于没有走进去。因为我看见的窗幔上集拢着一些错乱的头影——侧面的嘴唇，不住地动着，不过说的话，我没有听见一句。

自与青子会见以后，我便被她丢在一只小船上，在梦想中，在茫茫的海洋中，她握着舵，使我失去了自主的去向。现在，舵，不知是她交还了我，或是我从她手中夺来了。总之，是被我握在手里了，我要驶向我自主的去向。

我决定辞去自己的职业——不是从军，便是逃亡。

母亲病了，苓子的肚子一天比一天大。我并不担心母亲，因为她要求我与苓子结婚，而且不许我与苓子离婚，我已经使她满意了，在我心里，对她没有一丝的遗憾。苓子呢，她有她的职业，她可以维持她的生活，并且她有豪富的家庭。虽然她深深地爱着我；但是，我对她总是路上相识的路人一样；就是有时我抚慰她，或是留恋她，也是被她感动了而可怜了她——仅是短短的一刻。如果，我们别后，我丢弃了她，我也很安心，因为伤害她的人，不是我而是她自己——她始终不同意我离婚的意见。如果让我们的别期延迟在她生产以后，我也许因为新生的婴孩激动了感情，留住了，那么我将永远做了她的丈夫；永远在失去的土地做着奴隶，任人鞭打，屠杀，直到死后，才有终结，而且给自己的子女也造定了奴隶的命运，就是我仍有离去的决心，那在我的感情上，将受了更大的打击，更苦的连累。

我在家连续住了两天，日夜都被那种错乱的心绪纷扰着，虽然有苓子安慰，但是她的话，已经很难打动我的心。我在家多住几夜的原因，是要她给我理好我所带去的东西。因此她近两天在上班工作的时间以外，也没有一刻休息的工夫，为我洗着衬衣，缝了两条棉绒的短裤。她说："路上风冷，我怕你肚痛！"

在床边，堆集着的一些东西，都是经过了她的手，费去了她长久的时间。

"你想想，还有什么东西没有？"

苓子停止了她的工作，笑着问我。我检视了一下，所要准备的东西，仿佛已经齐全了。我说："你再替我想想吧！"

她在地上踱着，拖着很慢的步子，一面沉思着，一面随手拾着东西，有的丢开了，有的又堆在床边。她的脸色随着天色暗淡，渐渐地布满了忧郁，天已经完全黑了。她从床下拖出我的小皮包的时候，特意地开了灯，灯亮了，她忧郁地揭开了小皮包，她问我："你看看，你要带去不？"

"什么？"

"你的宝贝！"

是青子的小相片，在她的手中举着给我看。我说："不要了！"

"你应当要！"

她的忧郁神情中透出了几分嫉恨，虽然她勉强笑着，让笑遮掩着她的脸。

"为什么我应当要？"

我故意逼问她，她立刻反问我说："为什么你保留几年却不要了？"

"让我保留着吧！"

我接过青子的小相片后，她已经抑制不住她那极大的嫉恨；虽然她表示了同意我的话。

我望望青子的小相片和片后的字句，突然被我撕成了碎片。于是苓子的嫉恨淡了；可是她表示着好像她自己毁坏了一件珍贵的东西，仍在惋惜着："你看看青子的脸破了。"

她一边说着，一边从地上拾着被我撕开的青子小相片的碎片，在她每次拾起一片的时候，都要检视一下，是青子的某一部分，是眼睛，还是鼻子。

"你看看她的嘴给你撕了两半！"

她拾起两块碎片，向一处配合着给我看；我过来，又抛开了，表示我已经看厌了。她好像替我忧愁了，长叹了一声。

不过，在夜里，她却欢快地睡去了，在睡脸上，还遗着欢快的笑容。可是，我失眠了。

夜深的时候，我听见有人打门，那响亮的声音，仿佛已经说明了事情的严重性。我刚想从床上起来，老厨夫已经比我先出去了，他回来，给我送来一个纸条：

袁倪，请你立刻来你的住所，我有要事商谈。如果你还留恋我们从前的感情，你当允许我这次的约请。

——青子留

这简短的几句，已经占用纸条的一面，另一面还写了几个大字：

切勿迟延。

我去了。可是我去并不是为了她的邀请；而是怀着很大的愤恨，要趁着这次机会寻找报复。

路上很黑，而且密布着日军的检查网，甚至每一步我都要受他们一次检查；幸而我有侦缉队的记章和证书。不然，我也许遭遇了奴隶所要遭遇的侮辱：被解开每个衣扣，在冬夜里，赤露着前胸，经过长久的搜查和诘问，如果不经意说错了话，也许被打了几掌，被踢了几脚，也许指定地点被迫着跪下，跪到他们高兴的时候。

我没有先走回我住的房间；我看青子的窗子亮着，我便去了，可是她不在家，只留小英一人在床上，孤零地守着一盏灯光。他的脸色在灯下更加惨白了，而且不住地嘶叫着，不知他是忍受不了疾病的痛苦，还是需要他母亲的照看。我担心着，他嘶叫着破了喉咙，我给他抖动了几下枕头，仍是没有止住他的嘶叫，并且摇起自己的小拳头，触着脸颊，这好像是他完结生命前，仅有的一刻挣扎了。不知为什么我被他感动，几乎流了眼泪，虽然他不是我的儿子。

睡吧，安静些吧！

睡吧，安静些吧！

我给他哼着，希望他能被我的哼声催眠了。这时候，有一个老太婆抱着小青走过来。她说她是房子主人的仆人，青子出去前嘱咐她暂时照顾一下小青、小英，她用尽了所有的方法，也没能把小英哄睡，又怕惹着小青不安，才抱小青离开房间；然后她又叙述她所知道的小英的病状。她说："先生，你看看他究竟是什么病？"

我奇怪她，凝视着她。她也在奇怪我，问我："先生，你不是医生吗？"

我否认了。

她有些不好意思，又向我说："小英的妈妈说去找医生，怎么医生没有来呢？"

"小英的母亲还没回来呢！"

她有些失措了，问我："那么，先生你是谁？"

"我是小英母亲的朋友。"

于是她有些悔着自己说太多不必要的话。过了些时，她又向我谈起一些更不必要的话：关于我的家庭，我的业务……甚至我是否结婚，有无子女。我很讨厌这好说话的老太婆，便回到自己的房间，候着青子。

在一点钟的时间内，我又去找青子两次，她仍没有回来。我想她也许又在排演一幕戏剧，让我担任了剧中的主角？

因为我有了决心要见她一次，又因为长时间的候等，苦恼着我，我便给附近的一个饭馆打了电话，要来两种菜和半斤白酒，我一口几乎饮尽了一半。

炉火刚刚被我燃着，室内仍是侵满了冷气。幸而我在饮酒，身体没有觉到寒冷。不过我的头，渐渐地有些晕沉了，我身边的一切景象，好像都在旋转着，甚至我自己也在旋转中。

门响了，我以为青子来了；在我面前的人，却是那个老太婆，她抱着小青在默语："小青的记性真好，她还记得先生你住的这个门。"

我问她做什么来了，她说小青打着她，要她去找母亲。我看小青的脸上还有泪水，我便留下小青，要老太婆自己回去了。

"你找妈妈吗？"

我问小青，她随着我的问话又要哭了。我立刻制止她说："不要哭！不要哭！"

她凝视着我，不说话。

"你看我都不哭。"

"我也不哭！"

我用手指在她的脸上揩下一滴泪，给她自己看，我问："你才哭了吧？"

"哭啦。"

"不怕羞？这么大的姑娘哭了。"

"妈妈也哭呢！"

"什么时候？"

"今天，她哭了一天！"

我想青子是为了小英的疾病吧？

屋里温暖了，我身上只留了一件衬衣。菜快尽了，白酒还没饮完；这时候青子来了。她的眼睛转动着，不住地搜索着我，好像她有许多话，要向我说出。可是我第一句话说的是："你要知道一个独身男人的住所，没有经过允许，女人是不可以随便来的！"

她哭了，夺去我一杯酒饮了。她说："你杀了我吧，不必谴责我！"

我随便拣了些前次她骗我的事实做证据，我无情地责骂了她。她容忍了，她说："你喝醉了。"

"你才喝醉了。"

"你看看你自己的脸色吧！"

我对着镜面，才知道自己的脸色红了。不过我相信我的神经，还是清醒的。

小青睡了，睡在青子的怀里。青子准备了与我长时间地谈话，她把小青移到我的床上去。然后，她抱我，不允许我再饮酒，余下的酒，完全被她饮尽了。可是她不知道我又偷偷地给饭馆打了电话；役者又送来半斤白酒的时候，她要退还，役者说已经睡了，又被我的电话唤醒了。她想了想，也只有留下了。不过她抱在怀里，不给我饮。我抢夺着，她问我："你怎么这样爱酒了呢？"

"那，你让我爱什么？"

于是她把酒分开饮，她一杯，我一杯，一边饮酒，一边开始了我们的谈话。我问："今天，你很忧郁吗？"

"不，我从来不忧郁。"

"你也看看你自己的脸色吧！"

"我常常这样。"

"那么，你是常常忧郁？"

"我有什么忧郁呢？"

"你的小英，不是病得很危险吗？"

于是，她特意又跑回家去一次，给小英吃了药。她自己向灯光自语着："一个女人生了孩子，就像犯人被判了徒刑一样！"

"你不是很爱你的孩子吗？"

"我生了他，能不爱他吗？"

我说的话，几乎没有一句不是讽刺她。她突然又饮尽了一杯酒，讽刺了我："哼，男人总不肯原谅女人；而要女人永远原谅男人！"

我不作声，静听着她的话："你不知道，我离开你以后，就随着母亲到很远的乡下耕地去了。那里不通信，你想想我怎么给你写信呢？半年以后——我就有了丈夫。他叫王长英，那时候，他是中学的学生，他待我很好——"

"所以你忘记了我！"同时我饮尽了一杯酒。

"如果说我承认我忘记了你，那是我欺骗了自己。"

我摔碎了一个酒杯，小青醒了，一刻，又睡熟了。

"你不要生气！"她继续说着，"可是我也不能说我不爱王长英。'九一八'，他是义勇军的重要分子,没有一天不是冒着死亡的危险,这次来到此地,如果不是你收到了那封匿名信,他也早就死了——"

"那么,你感激我吗?"

"感激你!"

"那,为什么你欺骗我?"

"你忘记了你自己是什么职务吗?我为了保全他的生命……"

"为什么保全他的生命,欺骗我,不相信我?"

第二个酒杯,又从我手中碎了。她咬紧牙齿,狠狠地说:"你不要生气吧,现在他已经死了!"

于是她从衣袋里掏出本日的一份报纸,指给我看国内版的特号字标题:

谋刺黑省警备司令暴露,主犯王长英被捕枪决……

这新闻,我已经在早晨读过了;不过,我没有十分注意。这次读后,却感到些恐怖、悲愤,同时仍有欢快充塞着我的胸中。我对青子却更讽刺地骄傲地问了:"现在,你又向我剖白做什么?"

"现在我需要向你剖白!"

"你忘记了我是什么职务吗?"

她勇敢地挺起肢体,勇敢地问我:"你身边有枪吗?"

"有的。"

"好的!"

她说着,随着向我挺出了她的胸脯,那做了母亲的两乳,更大地凸出在我的面前。我问她:"做什么?"

她默默地指着她的胸脯——指给我要中我的弹粒的地方。我推开她;她却又靠近我。我故意又问她:"为什么这样靠近我呢?"

"怕你打不准!"

"你不知道我的枪是指哪打哪吗?"

"知道,我要为你更方便些!"

"为什么?"

"因为我们是从前的爱人。"

"那么，为什么你要我打死你？"

"因为，现在我没忘记你是什么职务！"她叫起来了，"因为你要尽你做走狗的责任！"

"如果，我要尽我做走狗的责任，你的死期不是在今天，是在我会见你的那天，你明白吗？"

她听了我的话，安静了些。

窗外，渐渐地有了鸡啼声，随着暴风从远处送来，一声一声地可以清晰地听见，明亮的玻璃窗，从窗里可以看见一条月痕，在遥远的空中。

这房间在夜色的围裹中，无形中充塞着苦难的象征，小青孤零地睡在床上，如同一只死了的小狗，被人丢在荒凉的原野上，没人看守，也没人探望，有时候，因为我们高声的谈话，激动她翻转一下身体，或是任意地甩动一下手腕，立刻又安静下来，恢复了她熟睡的姿态。

青子从桌边移开些，避开我。我叫她，要继续我们的谈话。她转向我的时候，她的眼角，流下了两条小河；突然又垂下头去，让泪滴汩汩地落在她的衣襟上，在灯光中，好像落下了晶亮的珠粒。我没有什么话向她说，只有让她默默地哭泣，让自己在静默中，望着窗外月边的几粒小星闪动着，牵动了我渺茫的幻想。

门响了，我们都受了一下小小的惊动，那个老太婆又来了，她用惊人的声调说着，唤着青子回去。仿佛要青子去看看小英，母子二人做最后的一次会面。青子打了一下桌子，默示着她与小英永别前的决心：拒绝这一次多余的探望。我劝慰她，她尽量表露着不满意的神情向我说："这是加害我一样！"

然后她疯狂地笑了，笑声中杂着极大的悲哀："我的刑期要满了！"

小青醒来，张着小手，用哭声填补她断续的泣声中遗下的空隙，仿佛是有节奏的合音，使我从沉默中转向了兴奋。

那个老太婆却更阴沉着脸色，等待青子伴随她走出我的房间。

炉中的柴火，旺盛地燃烧着，壁炉的小铁门红了，有几处跳动着火星。我坐的地方，离炉比较远些。可是，我的脸面感到涨红了，血流几乎达到了沸点。青子恰是靠近炉边。在她不经意中，她的衣角会触了炉门，好像她却没感受炉火的热力，常常移动椅子，更近些靠近炉边。我要她离远些，那个老太婆高兴了，误认我催促青子走去。

"你自己先去吧!"

青子说了,那个老太婆失意地去了;临去的时候,她默语着小英的苦命,咒骂着青子,好像青子遗下了最大的罪恶,任谁也不可宽恕的。

不知青子怎样地把小青哄睡了,不过她没有离开小青,担心着她离后小青会立刻醒来。

我劝慰她止住哭声,应当想到自己的生活,怎样预计。虽然她不是一个孤独者;但是也许比一个孤独者更加痛苦,因为她有小青、小英,也许更累了她。我说:"不管什么事情,我都情愿帮助你!"

"是诚意吗?"

"可以做我的誓言!"

"不是被什么欲望引诱的吗?"

"不是的,绝不是的!"

这句话我欺骗了青子,也欺骗了我自己。我不是企图占有青子吗?这不是青子所说的欲望吗?

可是她听了我的这句话,却突然跳到我的身旁,用两手接成了圈套,裹住了我的脖颈,问我:"你肯原谅我的以往吗?"

我用神情默示着,我接受了她的话。她又说:"如果你允许我,此后,我便属于你了!"

于是,我更坚决地重说一次我已经说了的话:"不管什么事情,我都情愿帮助你!"

于是,她给我送来了许多东西:花绸的棉袍,中国式的大氅,绅士惯穿的棉鞋,另外还有黑色的眼镜。我全部收留了,因为她很忙碌,没有时间容许我问她。

我猜想青子送来那些东西,是王长英生前所有的,青子担心他的东西会引起被侦查的线索,特意让我保留着吗?可是青子熟知我的习惯,不爱穿中国式的衣服,她怎么会故意使我厌烦呢?既是作为给我的赠品,也要先取得我的同意,所以我又否认了自己的猜想。

我为了要知道我所猜想不出的原因和探望小英的病状,去找了青子。可是,她不在家,仍是那个老太婆看守着小青与小英。我问过青子回来的时间,她没有确定答复我。然后我便不再问她什么,我怕惹起她不断的谈话缠住了我，不过我停留着，注视着小英，从他的脸色上看来，我绝不相信那个老太婆所形容的那般危险，就是他必定死，他的死期，也要在遥远的时日里。我敢这样确定的缘故，是因为他的身体都在温暖着。他的呼吸，有着匀称的节奏，我的手指可以引着他的眼睛缓慢地转动着；所以我想："小英有复活的希望。"

然后，我把小青抱起来了，吻了她的脸颊，她也许认作我比那个老太婆是她更近的人，亲热地握住我的手，这像永远不让我从她身边离去。

"你不走吧！"

她更紧些握着我的手，不许我从怀抱中放下她！使我不得不装作童话中的人物，给她讲了一个童话中的故事。结果，我把她放在地上，我却失败了，她张着两手，跳着脚，要我给她找来她的母亲。

我哄着她，我说："你听，一个没有母亲的人！"

"'母亲'？"

这两个字在她起了疑问，我立刻又重说："你听，一个没有妈妈的人，很好，很好，可以自由，可以随便玩玩，不是吗？"

"不，我怕他！"

她指着小英，我说："你不要怕他，他是你的小弟弟。"

"不，我怕他！"

"你怕他什么呢？"

"怕他哭！"

"不怕。他哭的时候，你告诉我！"

我不知道为什么这句话在童心中发生了这样大的效果，她允许我走了。我临走的时候，又加重我的声音，向她重说一次："不怕，他哭的时候，你告诉我！"

"记住了！"

这是她在自信力中说出的。

在我回来不久，小青便跑来了。她比画着，述说着小英的哭态，我用种种的方法，让她先去，她跳着，在我面前哭了。我为了她止住哭声，只有陪她去一次。然而，我见了小英的时候，他不哭了；我指给小青说："你看看，哭吗？"

她默然了，那个老太婆却替她承认小英哭过了；因为方才是小英吃药的时间，老太婆给他吃过药了，叫了几声。

我相信小英如果不遭受意外的骚动和逼迫，他会安静地处于昏沉中；因为他那沉重的疾病，已经使他没有余力发出哭声；所以我嘱咐那个老太婆慎重地看守着小英，不要使他被任何的声响惊动。

"不怕，他哭的时候，你告诉我！"

我向小青说着，去了。

因为整夜失眠；时间又是午后，我也没有过一刻的休息，身体感到了极度的疲倦，好像我曾被人雇去，做了一天劳苦的短工。

有多少问题，摆在我的面前，需要我解决，比如怎样与青子结合，又怎样与苓子离婚……可是我更需要休息。

我刚刚在床上躺下；然而小青又跑来了，她见了我，还没有说话，便哭了。不知她受了怎样的惊吓，使她的面部潜伏着极大的恐怖。我用各样的声调，像母亲责问儿子，像法官审问犯人，像长官发出命令，像乞丐向人乞讨……探询她。她几次地张开嘴，要有话向我说；可是她的喉咙被哭声堵塞着，她所有的话完全被堵塞了。

过些时候。虽然，她并没止住哭泣；但是她已经哭尽了力量，哭尽了泪水，只抽动着胸脯，颤抖着肢体。我把她抱在怀里，仍在探询她，她只是用手指引着我的眼睛，指着窗外，好像她哭的原因，都在她所指的地方。

"你去！"

她扯着我的衣领，要扯着我去。我站起了，可是我没有放开步子，我说："你告诉我，做什么去？"

她抖着，又落下一滴泪水，她说："小英哭了。"

"他吃药了吧？"

"没！他挨打了！"

"是那个老太婆打了她吗？"

"不，妈妈！"

"妈妈？妈妈回来了吗？"

"回来啦！"

我固然相信童年纯真的心，纯真的话，可是小青这次却动摇了我这种信念。因为我知道任谁的母亲，绝不会在她儿子的病中施用暴力；更是青子，她曾在我面前那样爱护着小英，并且，曾在深夜中为小英邀请医生，购买药品；所以我向小青说："你撒谎啦！"

我的话，仿佛冤屈了她，在她童年的脸色上，也透出了严肃的神情，向我分辩着："谁？谁撒谎啦？"

"你，我说的就是你！"

她打了我；我怕再惹起她的哭声，装作我有了过失，而且错怪了她，使她快些走开，我要继续休息。

结果，还是我伴随她，走回她家去。我从窗外便听见了小英暴叫的声音，我进屋后，他的声音震抖了我的耳孔。屋里只有青子一人，我只看见了她的背影，两手握着两条绳头，尽力地向外扯着，好像她打了绳结，担心绳结不太结实，要在最后，做一次紧缩。我唤了她，她没有转向我，只顾自己的工作。我走到她面前的时候，她的眼睛正在仰望着棚顶的一角，并没有因为我而有一丝的转移。而且咬紧牙齿，完全是一个疯人的表情。我只顾注视着她，唤着她的名字，没有被其他任何东西引动我一下。我拍着她的肩，她不动，似乎失去了感觉；然后我沿着她握着的绳子望去，我惊了，那条绳子绕着两圈，勒住了小英的脖颈。

这时候，小英好像在凝视着他母亲的发丝，四肢安然地放在固定的位置上，呼吸渐渐地缩短了，低微了。这时候，已经没有时间容我探询明白我所有的疑问，突然从青子手中夺下了绳子。青子叫了一声，随着我的手倒了。我从小英的脖颈上解下全部的绳子，让他的皮肉间，空空留下两条深陷的绳痕。我看他不平地摇动一下手，然而，我已经没有任何的方法挽救他的希望，只有看他安静地合拢了眼睛，结束了他那短短的一生。

小青任着稚气支配着她，在小英的身边转着，探视着。我推她，是要她离开小英远些，因为我不愿意使她在童年的记忆中，留下了死的印象，她却推着我，她说："你去吧！"

我停着。于是她又指着小英向我说："他不哭了！"

"他永远不哭了！"

她没有明白我的话，她说："他睡了！"

我默认着她的话，她又说："妈妈，也睡了！"

青子仿佛是睡了，不动地躺在小英的身旁。不过她的胸脯，不住地被呼吸激动着。我用了极大的声音，才唤醒她。我用两手支撑着她的身体，让她坐起来。她好像没有睡醒，仍在疲倦，仍要继续睡呢。

"青子，你告诉我，你疯了吗？"我问。

她却狂笑了，那种笑脸使我感到恐怖。然后她拍打着手掌，叫着："我的刑期满了！"

我摇摆着她的身体，是要她更清醒些听我的话。

"你自由了吗？"

"自由了！至少有了男人同样的自由！"

"可是，青子，你忘记了罪恶！"

"罪恶？谁的罪恶？"

"你的！"

于是她张大眼睛，似狼一样无情，扑着我，好像要立刻吞食了我。她问："谁的？"

"不是你的吗？"

她在我的左颊上狠狠地击了一掌，代替给我的回答。我为了她变态的心境，同时我也不敢再问她杀小英的主因。虽然她又向我狂笑了。她的确是快乐了吗？即使快乐在反面，也正有着她更大的悲哀；因此，才引起她自杀的动机，或是意外的悲惨的念头。

我因为在这时候另有约会，要青子休息一下，等我些时候。然后，我又把小青叫到门外，我嘱咐她，要她注意她母亲的动作。同时我更担心着青子任着变态的心境，怕给小青也辟了一条同小英一样的去路——我说："你的妈妈，打你的时候，你就找我来。"

"妈妈关了门，扯住我，打我，怎么找你呢？"

"那你就大声叫我！"

"叫你什么？"

"袁先生。"

"你再教我一次。"

"袁先生，袁先生。"

"袁先生……"

她仿佛担心自己记不住，特意在我面前读了几次，并且要我听着她是否说错了字音。

在屋里，我一方面等候着约定的友人，一方面我的心，不安地跳着，想着青子为什么失去了她的热情，更失去了她那纯洁的灵魂？所余的只是勇敢，聪明，又加多了暴徒一样的残酷。也许因为她遭遇不幸，改变了性情？

在我与友人约定的时间前，我就听见小青叫起来："袁先生，袁先生！"

可是又发生了什么不幸呢？这时候，我所想象的、记忆的影子，完全消散了。在我全部知觉中，只能感到小青的呼声："袁先生，袁先生！"

也许我经过了一刻的清醒呢？才辨出小青的呼声是在我的窗外，在院场中。我跑出门去的时候，更知道是邻家的孩子，举起拳头，隔断着她的去路。

"做什么？"我问她。

她没说话，只是用手唤着我。我又问："妈妈做什么呢？"

"躺着呢！"

"打你啦吗？"

"没有。"

"那你叫'袁先生，袁先生'做什么？"

她指着邻家的孩子，意思是说她也有着苦衷。然后我说："你要上哪去呢？"

"找你！"

"找我做什么？"

"妈妈找你！"

我去了。

青子屋里的全部东西，好像都经过她翻动了，乱了。不过，在墙角边放着两个整齐的皮包和一个小的手篮，好像为一个旅人所准备的。

青子从床上下来了，她尽量地镇定着自己的精神，勉强恢复了她的常态。她合拢着眼睛，深深地吻了小英的脸颊；然后，她用被子裹起他，裹成了一个长的包裹。并且在床上换了一块白色的被单，给小英做了墓地。

"你忘记没有你的誓言？"

她突然地问了我，使我感到了几分的迷惘，我问："你这是什么意思呢？"

"我问你，你没有忘记你的誓言?"

"我不会忘记，青子，我永远不会忘记!"

"你再重说一次给我听。"

她好像在考试一个投考的小学生；我也只有以小学生的身份回答她说："不管什么事情，我都情愿帮助你!"

她把头转向另一个方向，嘴角故意向上抽动一下，有些责怨地说："哼!你的誓言，说过了几天？你记得吗?"

"记得，是在昨夜!"

"是的，昨夜。在明天，你也许失去你的誓言了吧?"

"为什么你要这样说呢？青子。"

"因为我才听你的话，已经有些不坚决了！不是的吗？也许你自己听不出来吧?"

于是我用严肃而坚决的声调说："不管什么事情，我都情愿帮助你!"

"你听我的话吗?"

"听的!"

"那么，今晚你随我上火车吧!"

这突来的话，使我更加有些迷惘了。我抑制自己不安的情绪，安静地问她："去什么地方?"

"黑龙江。"

"在黑龙江什么地方?"

"自然有地方!"

"我不可以知道是什么地方吗?"

"买票的时候，你就可以知道了。"

我没有追问她，更没有探询她究竟是什么原因。现在我只有听她的话，任她怎样支配我。如果她是神经失常，也不妨让她施展一下她所有的想念，也许会因此渐渐地恢复了常态；不然，我逆着她的想念，我也许会使她变作疯人。如果她确是有理性的动机，我为了她，也要忍受一切的苦衷，因为她是我的爱人。

我们约定了登车的时间以后，我走了。

我向房子的主人，辞退了我住的房间；把我的东西，又送回家去。

在马车上，我怕迟误登车的时间，要车夫鞭打着马。但是到家的时候，我把送回的东西交给了老厨夫，我却悄悄地留在客厅里。因为我听见了老厨夫告诉我；母亲独自看戏去了；又听见了苓子在母亲的屋里哭泣着，低语着，那哭声和语声混合在一起，恰是哀祷的调子。我用眼色告诉了老厨夫放轻脚步，不让他骚乱了一丝的安静。我悄悄地移近母亲的门旁，从锁孔中投入了视线。我只看见她的一半脸面，她的不完整的胸脯；此外，被锁孔的周边完全隔断了。她没有一丝的转动，停在窗边，仰着脸，好像在痴望着谁家的房脊，紧皱着眉，闭紧了嘴唇，连续的泪水，已经湿透了她胸前的一块小小的衣布，她那愁苦的神情，会把一个快乐的人引入悲哀的深渊；所以我也不敢直视她，终于让耳孔代替了眼睛占有的位置。我安静着，静听着她的话声："……我的话，可以向谁说？哼，只有袁倪，他又是那样地好闹脾气，我从来所不能忍受的，在他面前我都忍受了。可是，他总不原谅我，真痛苦呢！哼，为什么我只是爱他，别人都是我所不爱的呢？他不也是人类中的一个人吗？我自己也不知道，究竟为什么。不管他怎样待我，我都不肯离开他。不怪朋友说：她要永远爱他一个人了！是的，我要永远爱他一个人了。我相信我的热诚会征服他。他会有一天悔恨他自己。不过，他要走了，祝福他平安——平安地去，平安地回来。即使我们别后的会期，是在老年，我也要为他等到老年……"

时间不容我再多迟延一刻，我便推开母亲的门进去了。她受了一下惊动，然后她扑住我，笑了。我要她为我整理好了的东西，拿给我。她慌了，好像没有她停脚的地方，不住地踱起来。我催促她，她才把我要的东西拿给我，问我："你要走了吗？"

"是的。"

"今晚吗？"

"是的。"

"你没有告诉母亲呢！"

"你替我告诉吧！"

"我怎样告诉呢？……说你从军去吗？"

"是的。你再告诉她放心好了！"

"你也放心吧，我会很好地待她，也许比待你更好！"

然后我又说许多话安慰她。她吻了我，她说："你去吧，因为你是从军去的，你是为祖国去的，这种离别，我很坦然，你不信吗？你还看不出来我的脸色吗？真的！我很坦然，你去吧，只要你去后不忘记我！"

"是的，我永远不忘记你！"

她从衣袋里掏出一束钞票，强迫我的手握住。我看她那更加凸出的大肚子，预想她不久将有一次灾难到临，我不忍接受她赠送的钞票。于是我又伸出手，伸入她的衣袋里，她激愤地推托我的手。突然，她衣袋的一边，被撕开了一条长长的裂缝。我也许是怕这种无意的纠缠吧？把钞票放入自己的衣袋里。

最后她问了我登车的时间，她另换了一件不常穿的新鲜的衣服，脸上涂了些胭脂，她要为我送行。这时候，我也有些慌了。不得不劝阻她的好意。但是，她仍坚持着自己的主张："我一定要去送你，我才安心！"

然而终于被我阻止了。

我在匆忙中，在友人的家里，解决两件必要解决的事情：写了两封信，一信给侦缉队总队长，请了短期假日，一信给苓子，说明我必定离婚的意见。

在车站的时候，我把两封信投入了信筒。

终年没有休息的车站，终年在骚扰中，孩子的哭声，车夫的叫喊，小贩的叫卖声，甚至奔走中的脚步声……天天是一样，天天没有停过一刻。尤其是哈尔滨的车站，集中着哈满、哈绥、哈长三条支线的路轨，也许更加疲倦了。车头的笛声，已经使人听厌了；铁轨没有一时不在铁轮的轮转下发出更厌人的声响。候车室内，除去头等、二等还可经常保持着洁净外，三等、四等已经失去了清爽的空间，烟气飞腾，烟蒂满地。任着车站的役者怎样地重视自己的职责，也只能在清早有过一刻的洁净。然而，自从日军侵入我们的土地以后，贫苦的难民，都在这意外的动乱中逃难，整天拥塞在候车室，争购车票；整天有许多人们，没有购得车票，在候车室留宿。一方面，也因为自己没有在旅店的宿资，所以每个角落都做了他们的宿地，人与人混杂着，蹲缩着，蜷曲着，有的已经失去了人形。青子就是领着小青在他们那些人丛间踱着，沉思着。

虽然离卖票的时间还有好久，但是在三等卖票处前，已经拥满了买票的人们，被维持秩序的路警排成很长一列，仿佛是一条被绞成的钢绳，没有一丝的余处，让后来者挤入，只有在尾巴的地方，继续地排列起来。然而我与青子都散在那排列的外面，因为我们知道所有的票数，最多不过是那排列中的人数的半数。

"明天早些来吧，你的意思呢？"

我问青子。她想了想，坚决地说："一定要今天走！"

于是，我们便发生了困难的问题，而且我们谁也没有解决的力量，除非与售票员有特殊的关系，才有办法。然而，我们与车站的任何路员，也没有一人是我们的相识者；所以我仍是商议她说："明天吧！"

她更坚决地回答我说："今天，今天！"

我看她那坚决的神情，是有重大的事件迫着她；我却不知道那件事的内容。

"坐二等车吧？"

我知道二等车的乘客，是比较少些，也许容易买车票，她却说："那太费钱了！"

"青子，你告诉我，我们究竟要去什么地方？"

"昂昂溪。"

从哈尔滨到昂昂溪的一段旅途，所需的时间与旅费，我很熟知；所以我说："还是坐二等车吧！"

"钱不够，而且我们也不是什么贵族！"

"青子，少说些吧；我有钱呢。"

她终于不肯接受我的意见。突然我记起了一样很好的办法——从前为了侦缉犯人，在必要的时候，常常随着犯人走出很远的旅途。于是，我给一个路警的警官掏出了我的侦缉队的记章和证书，意思是说我不是平常的旅人，而是有公事的责任者，应当享受铁路优待的权利。并且侦缉队的人员，不知为什么常常被人卑视，被人厌烦，甚至被人遗弃，不愿意相识，也不愿意发生平常的友情，好像是垃圾箱里的垃圾物，早已被人丢弃。所以，那个警官平淡地给我介绍一个路警，买了两张昂昂溪的三等车票。

一列长长的车辆，在夜色中，已经燃起了灯火。乘客的影子，错乱地堵塞着车门。我与青子、小青，在那样拥挤中，挤入车里，幸而我们还占有了两个座位，小青留在青子的怀中。

乘客的喊叫与紧张的情绪，每个人都像在逃脱着死亡的境地。只有我与青子安静，默默地相望，没有说一句话。小青呢，依着车窗，用手指融化着车窗的霜花，描绘不成形象的景物，诱着我们，注意地鉴赏着。

站台的铃声响了，在说明已经是开车的时间了。然而，因为日本宪兵检查旅客没有终止，又强迫站长延长了时间。

有许多乘客被宪兵推下车去，被捕了；有的，他们也许不知道他们被捕的原因，茫然地遭了留难。

乘客在被检查前，都惊惶了，仿佛在等待着一次临头的大难。有的母亲怕听自己孩子的哭声，怕惹起了宪兵的愤怒，特意用手帕给孩子堵塞了嘴。同时，我也不安了，并不是担心着自己，而是怕青子因为王长英的案件受了连累。可是青子却镇静，没有一丝的惊色。不过我为了她的安全，要她与我移换座位，因为我的座位在车角边，灯色模糊，不容易分辨脸色。她却拒绝了，而且在斥责我："我没见过像你这样胆小的人！"

这种口气，是卑视我，抬高她自己，表示着一个勇敢者所应有的勇敢。

"人家如果问我们是什么关系呢？"我又低声地问她。

她思索着——好像我问的话在她也认为是有着相当的理由。

日本的宪兵，已经走入我们坐的车内，开始搜索着乘客的行囊和每个衣袋，诘问着每人的职业、去处和一些不必要的话；渐渐地走近我们。我为青子的镇静，却使自己更加不安了，急促地问她："兄妹？"

她注视一下小青，然后说："不，夫妇！"

"我们做什么去呢？"

"我回娘家。"

"我呢？"

她把手摔在自己的腿上，默示着我最后问她的话，没有一丝的必要性。不过我仍追问她："你叫我说什么呢？"

"你就说，你送我去！这不是很自然的吗？"

检查刚刚临着我们的时候，所有的宪兵，已经被他们的长官命令下车了；然后车轮便开始了转动。

车上的乘客，都自动地揭开了车窗，集拢在窗边，不怕冷风吹打，探出头去，仿佛在留恋着自己的故乡和送别的亲友，有的默然地流了眼泪，有的疯狂地摇着手。青子抱着小青在呆呆地沉思着什么。因为窗边没有给我留下一条缝隙，让我投出视线；我便离开自己的座位，走向车门去了。虽然，我知道站台上所有的人，没有一人是为送我来的；但是我要看看灯下的人影，房屋，日军刺刀反映着的光亮和天上的星，孤零的月，飞向远方去了的白雪；并且我要尝尝夜风是怎样的寒冷，送别的哭声是怎样的响亮，日军怎样地唱着胜利的歌子，怎样虐待着被他们征服了的奴隶……我要集中这一切在我的记忆中永远不灭的画图。谁曾想到呢？我的眼睛突然触着一个人的脸面：披着长发，流着眼泪，拖着临产前的大肚子，沿着站台的边缘，追逐火车，一边检视着每个乘客的面影，一边在狂叫着："袁倪，我有话说……袁倪……"

这是苓子，是我已婚的女人，我看清她，她却没认出我来，因为她在明亮的灯光下，我却在车门里边，一层模糊的夜色围裹了我。

车远了，也留她在远处，放着缓慢的步子，拍打着自己的胸脯，仿佛在咒骂着这万恶的黑暗的夜色。

昂昂溪距离齐齐哈尔中间还有一段旅途，铺了轻便的铁轨，通过着小型的火车，好像普通的电车一样，狭小的车轮，狭小的门窗；最狭小的是乘客的座位，在车壁的四边，绕着一周木板，使乘客在拥挤中只坐下一半臀部，上边有几处悬起木条，让乘客安放东西的地方，仅有的两盏小煤油灯，暗淡的灯光，仿佛是在遥远天边的两粒星星，仿佛是庙宇所有的阴森，使人在神秘与恐怖的色调中，记起、羡慕那古老的明亮的火把。仅有的小火炉，任是怎样地加多煤块，怎样地燃红炉铁，也抵不住从车缝间冲入的冷风；所以，小青藏在她母亲的大衣里不敢扬起头来，我的两脚，已经冻僵了，失去了知觉，好像不是属于我的肢体，已经从我膝骨下离去，甚至我全部的血流，已经凝结了冰流，只是冰冷，痒痛。这般的痛苦，在冰冷的土地上还是我第一次尝试，使我不能不承认我所在的地方是寒带。假如是北冰洋，我想也不过如此的寒冷，这次使我不敢否认寒冷的暴力和冻掉了耳朵、胳膊，冻死了行人的消息。

列车进行的速度，已经足够迟缓，像我童年坐在牛车里一样；然而渐渐地更加迟缓下来，终于停住了，汽笛不住地鸣叫起来，那细微的声音，如同儿童在野地上游戏，吹着小小的铁笛。每个车门都开了，然后乘客才知道路轨上被暴风卷来的积雪阻隔了，积成了一条白色的雪岭，几乎高过了车头。

有一个提灯的人来了，他穿着破旧的衣服，长长的毡靴，如同岔道夫一样，只有从他那红黑色的制帽上的一条金线，可以被人认出他是这列车的车队长。他要求乘客集中些人力援助车头，推送车辆，冲过那处难关。不然，用任何的方法，都要迟误更多的时间。有许多乘客抱怨着，反对他的主张。虽然也有许多乘客同意他的主张，但是，仍都留在车内观望着别人。这时候，青子把小青从怀里推开，自己跳起来："我同意车队长的主张！还有谁同意？随我来！"

她并没有同我商议，便独自跳下车去。小青在阴森的灯色中孤独了，惊恐了，哭了。

一般男人卑视女人的心理，竟被她动摇了，感动了，随她取了一致的行动；所以，不久列车又继续着未尽的旅途驶行了。在她刚刚走上车的时候，她吸取着所有乘客的视线，仿佛她整幅的身影，没有一处不蕴藏着诱惑力，被人做了谈话的资料。而且有两个年轻的姑娘为了靠近她，一方面又好像借着她的光荣，向男人逞着骄傲。

青子很冷待她们，在她们问话之外，不愿意多说一句。不过，她们两人只有一人好守着沉默，另外一人却是那样多嘴的姑娘，她赞扬了青子之后，又问起青子一些不必要的琐事来，她很兴趣地指着我在问青子："他是谁呢？"

青子装作看护小青，没有回答她。可是她又指着小青问："这是你的孩子吗？"

"是的。"

"只有这一个吗？"

"是的。"

"他是谁呢？"

她的手指，又转向我了。青子有些不耐烦地说："我的丈夫！"

"啊……"

她掩着嘴唇，笑了一声，然后，偷偷地注视着我，好像要从我脸上查清美好和丑恶。因为我扬起头来，她有些不好意思了，随手抱去了小青问："你的妈妈呢？"

小青指了指青子。

"你的爸爸呢？"

小青仰着头：在记忆中搜索着回答。

"那呢!"

她故意在小青面前逗着聪明,指了我一下。然而小青却摇摆着自己的头,否认她的话说:

"不,不——"

"那呢,你的爸爸!"

"不,他是袁先生!"

我感受了一阵极度的不快,感受了血流加高了热度。不过,青子却安然地说:"我的丈夫在外面几年的工夫,孩子也不认识他了,孩子听人家叫他袁先生,她也常常叫他袁先生,真是有趣!小青你再叫他袁先生,袁先生!"

"袁先生,袁先生!"

小青放高声音叫着我,扑着我。我立刻把她抱过来,担心她任着童年的纯真,揭开了我与青子中间的破绽。

然而那个多嘴的姑娘,为了讨青子的欢心,却使用种种的方法,引诱着小青。

"你来吧,和我玩!"

小青不怕陌生人是她的个性,任谁都可以打动她的童心,像在她的母亲面前一样。同时她要施展着个性,任谁也不能制止她;所以我又把她交给了那个多嘴的姑娘。

"你叫小青吗?"

那个多嘴的姑娘听我叫过小青的名字,她也故意无聊地问了小青,小青承认,点着头说:"是,是!"

"不是啊!真不是啊!"

"是,谁说不是?"

"我说不是;该叫你袁小姐。"

小青不明白她的话,迷茫地问:"什么袁小姐?"

"就是袁小青,你明白吗?"

"不,王小青!"

"你姓袁,为什么叫王小青呢?"

"我姓王,我姓王!"

幸是青子立刻改正地说:"我姓王,她随我姓!"

然后她又说:"小青要睡了,来吧!"

在无意中认识的那个多嘴的姑娘,使我与青子都感到了极度的不便,甚至给了我与青子很好的教训,应当向那个多嘴的姑娘表示最大的谢意。

齐齐哈尔是大的城市,曾是"九一八"不抵抗主义声中抵抗过日军的根据地。虽然,当地的驻军,终于失败了,退出了;但是,给中国却留下了一页光荣的历史,给我却留下了永远不灭的记忆。

当我与青子、小青走下小型火车的时候,我被齐齐哈尔的灯火燃起了那些记忆。并且在马车上,青子给我讲了许多中国抗战的故事。我不时地从马车里探出头去,企图探望一下这齐齐哈尔在抗战中所遭的伤痕与残缺,可惜被沉黑的夜色完全遮没,如同无人凭吊的古老的墓场,只是一片凄凉。我在默默中感受着那凄凉的滋味。

幸而旅馆的主人笑着脸,殷勤地招待我们,使我的心,由凄凉有些转向了温暖。虽然,我知道他完全是一个拜金者的变态所有的神情。他没等我们说话,便指定一个役者领我们去看房间,他问我们:"你们二位是什么关系?"他好像是负疚似的又说,"我的意思是说你们二位是夫妻呢,还是朋友,亲戚?如果是朋友、亲戚,是要找两个房间的;如果是夫妻呢,自然一个房间就够了。"

"夫妻。"

我与青子几乎同时回答了他同样的话。

然后,我们在许多房间中,择出一间,宿资低价的,而且方便,屋门恰好靠近楼梯。屋内有椅子,有桌子……还有宽大的铁床,没有一处,不使我们满意。

然而我们写好店簿临睡的时候,我却感到了些碍难。除去小青之外,我们还有两个人:我与青子,仅有的一张床铺,究竟属于谁呢?青子让我睡在床上,她伴着小青睡在地上;可是,我不同意。我们踌躇着,徘徊着。我们为什么不可以同睡一张床铺呢?我们不是已经结合的一对爱人吗?即使我没有任何的表示,她也不应当处于无言语、无动作的静默中。我为了激动她的心,给她做了种种的暗示。她愤恨了,潜伏着骂意地说:"我最讨厌的,是男人的无耻的欲望——认识一个女人,便想占有一个女人。可是,袁倪,我不希望你也是那样的男人!"

于是,我要她伴着小青睡在床上,我睡在地上。第二夜,我们仍是这样分配着睡眠的地位。在临睡前，青子让小青坐着，望着我，她问："他是谁？"

"袁先生！"

"不是！"

"是嘛，他是袁先生！"

"我叫他袁先生！"

"我也叫他袁先生！"

"不，你叫他爸爸！"

"爸爸？"

"是，爸爸。"

"不是；爸爸走了，在哈尔滨就走了。"

"那是你的爸爸，这也是你的爸爸！"

小青信任她母亲的话，随着向我叫了几声："爸爸，爸爸！"

这时候，我感受了一种难言的欢快，也许正是王长英一种难言的悲哀吧？

然而我与青子睡眠的地方，仍是分开，她在床上，我在地上，总是隔着一段不可突破的距离，隔绝着我一种最大的欲望。我翻转着身子，失去了睡意。

"为什么她要小青叫我爸爸呢？"

我在猜想着这原因。

因为旅途中的疲劳，终于睡了。可是，因为役者打门的声音又把我唤醒，我在蒙眬中，没有听清楚他告诉我的话，我们在躺着，问着青子究竟是什么缘故。她只是匆忙地说："快起来，快起来！"

然后她又匆忙地跳下床来，把我的被褥，完全移向床上去，让地上不留我一丝睡眠的痕迹。

究竟有什么意外发生了呢？她上床后，又叫我也上床去。我急促地问她："这是什么事情呢？"

"小声些！"

她命令我，而且握住了我一只手腕，她用力地把我扯上床去；熟睡的小青被她的动作惊醒了，哭了，她一边用方法制止着小青的哭声，一边指着我在问小青："你看看，他是谁？"

"袁先生！"小青立刻继续地说，"是爸爸！"

"对啦，是爸爸！"

她说着，好像在赞美着小青的聪明和记忆。不过，我却向她投着奇异的视线。

"你为什么这样看我？"

她问我；我气愤了："你告诉我，这是什么事情呢？"

她把嘴唇尽量地送近我的脸旁，仿佛是要吻我的耳边，低声地说："检查！"

被日本宪兵检查以后，我完全明白了青子为什么要我移到床上，为什么要小青叫我父亲；所以，我又自动地把我的被褥送下床去。她却制止着我，要我睡在床上，然后，她让小青在我们中间，仍断开一条距离。

灯光明亮着，屋内的每个角落，也如同白昼一样，墙上的花纹，我可以看清楚那精细的图案，是古典的画壁。

小青睡了，我们还在醒着；任我怎样使用催眠的方法，我也没有一丝的睡意——青子也是一样吧？我们相距不过一尺远，两人的视线常常接触着，合拢了一条立刻又各自分开，各自随便投向什么地方：白色的窗幔，门边的铁锁……我们谁也没有话说，从我们门前走过的人们会想起我们是睡了，他们不会知道我们可以听清他们的脚步声和高声的谈话。旅店里的一切骚扰的声音，在我耳边，几乎完全没有遗漏。我失眠了，我悔我没有备好安眠药片，如果我有，我要尽量地多吃，即使我因为多吃死了，也绝不愿意再维持着只是名义的夫妻关系，因为我忍受不了这骚扰和痛苦。

因此，我向青子表示有离去她的意思。她在话里，有着斥责的意味说："你到底忘记了自己的誓言！"

我受不了她这无辜的斥责，从床上坐起来，握紧着两个拳头互击着问她："是谁忘记了自己的誓言？"

"是你，是你！"

我否认她的话，立刻坚决地说："不管什么事情，我都情愿帮助你！"

"你听我的话吗？"

"听的！"

"那么，你睡吧！"

这种不舒快的睡眠，一直经过了两夜。白天里，没有一些精神支撑着疲倦已久的肢体，而且青子常常走出旅店，留我看守着小青，她好像故意难为我，使我更加疲倦。有时候，我探询她外出的原因，她不肯向我说明，仿佛她的事情都有着一种秘密性。最后，我也不愿意用话换取她的沉默。不过，我注意她的神情，以及她从外面带来的一切东西。有一次又在她外出的时候，突然，我从一个小包裹里捡出了两支手枪和几十粒子弹，我并没有问她枪支与弹粒的用处，可是她发觉了。当时，我很奇怪，她怎么知道我解过她的小包裹呢？后来我才知道，她在那小包裹打的结扣，是有特殊的样式的。我为了不安的情绪，立刻问她手枪与弹粒的来处与用处。她说："我总要告诉你，可是现在你不要问。"

于是，我更加不安了。

为了追求青子的欲望和尊重自己从前的誓言，不敢有一丝的悔意，我要在她面前忍受着一切。

那天，是我在齐齐哈尔的第五天了吧？

青子从怀里放下小青，握住我的手腕。她默然着，她的眼里流动着一层浅浅的泪水，她那勇敢、聪明、热情，她那纯洁的灵魂，完全浸在泪水里，别了我几年的神情，又出现我的眼前。然而，她却比从前多了一种狡猾，使用种种的方法测验我是否遵守誓言。

"不管什么事情，我都情愿帮助你！"

我连续地说了几次，表示让她相信我。可是她像孩子一样地戏弄我："你再说一次给我听！"

"不管什么事情，我都情愿帮助你！"

"你听我的话吗？"

"听的！"

"那么你帮助我杀一个人！"

这突来的话，使我迷茫了，我的手脚失去了适当停放的位置。

她拖起我的一只手，放在自己的肩上；然后又握住我的另一只手，她问："袁倪，你为什么发抖呢？"

我不相信自己胆小，我曾有过一些勇敢的故事，便是保证，而且我相信自己的勇敢——肯用生命去做任何冒险的举动。我发抖，是为了恨她。她好像是一个导演，不仅不给我剧本，而且不给我说明剧情，只是在临演出前，派定我一个悲剧中的角色，让我演最后的一幕；不管任何的演员，谁能担任我这样的一个角色呢？所以，我用严厉的言语拒绝了她。

然而，她转换了一种无情的脸色，怒张着眼睛，咬紧着牙齿，缩短些眉间的距离，加多了几条短短的皱纹，如同一头凶狠的野兽，要施展所有的暴力威胁我，征服我。

小青为了她那可怕的脸色哭了，张着两手扑着她，要她抱起来。她被小青骚扰而厌烦了，突然打了小青一掌，把小青从床边打落地上。小青被惊得哑了喉咙，仅有些哼声，表示她还有着气息，我把她抱起来又送到床上，唤着她。她好像从梦中醒来了，又放开更大的声音哭了。青子举着手掌，威吓她闭起嘴来。

"我看你再哭——"

小青为了要我掩护她，不住地向我叫着："爸爸，爸爸！"

她被我哄着，终于渐渐地安静了。

可是，青子却暴躁地表示了与我绝交的决心。她说："你走开！"

她要把我从房间里驱逐出去，然后她又说："不然，就是我走开！"

她没有走，我也没有走，我们两人默然地相望。我想走近她的身边，握握她的手，说一句我们永别的赠言："青子，现在你真是一个暴徒了，我走了，青子！"

然而，我想想她的不幸——王长英与小英的死亡，也分享了她的一些悲哀；所以，我尽量地抑制着自己的感情，很和气地向她说："你不该这样待我，青子。"

她仿佛要在我面前示威，不住地用手掌在桌上打着响声，怀着很大的仇恨说："我不该这样待你？我该怎样待你呢？哼，一个忘记了誓言的人，是应当死在我手里的。"

"那么，你杀我吧！"

"我不如杀一个小鸡！"

我的确容忍不了她那无情的讽刺，故意给她提出反证，不过，我仍是和平地说："你忘记了吗？你曾对我说过'此后，我便属于你了'的话吗？"

"我没忘记！"

"那么，你现在叫我走开？"

"如果你不忘记你的誓言；此后，我自然是属于你了！"

为了追求青子的欲望和尊重自己从前的誓言，不敢有一丝的悔意，我允许了她的要求。

于是她狂笑了；在笑中，有着她意外的欢快。然后她吻住了我一面的脸颊，许久，不肯放开我，好像要从我脸上吻下一块肉，才是终了。这种爱情究竟给我一些什么感觉？是欢快呢？是痛苦呢？我自己也不知道，只是垂直着两手，任她吻着我；因为我的思想充满了杀人的情景。

"我并不是不告诉。如果我早告诉你，只是怕你心慌，你现在该明白了吧？"

然后她又说出要杀的人是黑龙江省的警备司令。杀他之后，可以引起当地的动乱，可以由一部分的兵士占领已经失去的齐齐哈尔，可以集中四处的义勇军，做我们收复失地的先锋。

我知道了这是暗杀，不过她没有给我讲暗杀的方式，只是指定了暗杀的时间："在明天晚上，八点二十五分钟。"

随着她给我一支手枪，让我检视了它的每一细小部分。并且要我找出来她留给我的眼镜，中国式的大衣……完全配置在我的身上，化装成一个绅士。她从我身边转着，在看我是否有绅士的风度，她说："你走两步给我看看！"

我走起来的时候，小青都笑了。青子却冷静地注视着我。有时候，给我整理一下不称身的衣袖，有时候她在校正我的姿势，她说："你的步子轻些落地！"

或是："把头再仰起些，望着我；手的动作要更自然些，噢，对啦，是这样，是这样，对啦，还是我的袁倪，不是别人所能比的！"

最后，我又换了自己的衣服，随她去认识认识警备司令的住宅附近的地方。

我没有多余的心情探望风景；虽然这是我陌生的地方，诱我注视。我只是随伴青子走过繁华的僻静的街道，领我在一所红色的砖房的四边绕了几周，给我讲着附近的几条街道：转向什么地方，贯通什么地方；某条是安静的，某条是骚乱的，某条是有着最多戒备的岗位。她低声地向我说："你要选择一条路，在必要时，好做你的逃路！"

因为我不熟识的关系，还是她给我选了通至西首兵营的一条街路，她说："这是最好最方便的一条路！"她指了指那兵营的远影又说，"那就是我们反正的兵士举事的地方，你从这一直往那跑就可以，你要记着！"

她又领我到西首的兵营，把兵营所有的门口都指给我了，并且告诉我一句进门的口号，证实是我，而不是另外的任何人。

"你记住！"

她指着沿路的一些特征：几株老树，两列低小的泥房和一片宽大的旷场。

她的意思，是要领我重走一次。不过，小青累着她，不住地向她喊着："妈妈，我饿了！"

于是，青子不得不随着小青走回旅店。在她给小青吃饭的时候，她自语着："幸是小英死了，不然也会被他累死我。"

我听着，故意向她开着玩笑："那么，你还为什么留着小青呢？"

"因为有小孩，我们走路，可以方便些。不然，我也要她随着小英一路去了。"

"可是，明天晚上谁照顾她呢？"

"把她送到友人家去！"

不久，她便吻着小青，抱着小青走了。回来的时候，只有她一人了。

夜来了。

夜又来了——八点二十五分钟前一小时的时候。天庭下开始飞起了雪花，一片一片地落下来，在暗淡的月光中，仿佛是白色的花瓣，仿佛是落满着秋霜残败的老叶，被暴风摘取着，给大地送来，经过短短的一刻，大地便被饰成了银白的世界。

青子出去了，几乎是整天没有回来；同时，我也几乎整天没有离过旅店，只是沿着房间的四壁踱着，感到了生来从不曾感受的心情，不仅记忆着过去，而且在幻想着将来，这一切都在激动我的热情，使我更加留意。最怕的是壁钟，我不时地注视它，我的心随着它在摆动，它很有节奏，移向八点二十五分去；我却心绪烦乱，好像渐渐地走近了死亡的境地，最大的恐怖包围了我。不久，青子回来了，她身后随来一个青年军官。

"袁倪，你镇静些！"

她望着我说了，随着把我介绍给那个青年军官，握了手。他赞扬着我说："勇敢的朋友，听说你放枪最准，我们这次全靠你了！"

他说完便走了；他来是为认识我的脸面，准备在我的逃路上迎接我。我与青子又谈了许多必要的话，最必要的是她说明了暗杀的方式："八点半钟是警备司令赴约的时间，我们可以在他的门前堵住他，不容他说话，我们就开枪。"

"那么，你不必去了！"

"不，有女人走路方便些！"

并且，她交给我几页冒名的名片，防备街上日军的检查。不过，我们雇乘的汽车，在街上并没有被日军留难，还余几分空闲的时间，我们要车夫又多绕了几条街道。我们近了警备司令住的那红色的砖房的时候，恰好是八点二十五分的时间。

院内有一辆汽车开出了，刚刚开出红色砖房的院门，便与我们的汽车相遇了，我第一枪先打中了那汽车的车夫，车立刻停了，可是我们乘的汽车却没有停住，青子用枪威胁着车夫。车停住的时候，已经多走了一丈多远的地方。我看见有两个卫兵从那车里拖出一个高贵的老年人，一面逃脱着，一面还击着，只是一刻的工夫他们都中了我的枪弹，可是我的左腿也受了他们的弹伤，距离我所乘的汽车只有十几步远，我便没有了走上汽车的力量。

这时候，西首兵营反正的兵士，已经发动了，响了密连的枪声，同时日军也出动了，一边防堵着他们，一边搜捕着我们，渐渐地有弹粒近了我的身边。

"青子。你自己快逃吧！"我喊着。

然而，她却逼迫车夫把我拖上了汽车。在我们汽车冲进那旷场的时候，证明我们的汽车难于逃脱了，前后都有日军截断了我们的去路。

青子命令车夫停住了车轮，她跳下车去，拍了我胸脯一下："袁倪，我逃了！"

我听了她的话，立刻握住了她的衣襟："我呢？"

她没等我说完，也没踌躇，便向我的头部放了一弹；然后她踏着雪路，冲着雪花，在雪天下去了。

她去后，我对她没有一丝的仇恨，所抱怨她的是她赠送我的一粒弹，没有打中我致命的地方，只是在我左耳上留下一个小小的弹孔；所以我终于被捕了。

几天后。

每处都在传说着我所造成的一个故事：袁倪是一个凶犯，他的母亲病了，苓子被他提出的离婚意见逼迫着，在临产前自杀了，青子随着反正的兵士，已经逃入了山林。

从此，我们又断绝了一切的消息。

《文学（上海1933）》1937年第8卷第5期

贼

  他们父子两人的脸面，几乎完全相似，而且，有着同等的身量；所差的，只是年岁的距离，所以他们被他们认识的人这样地区分着：老张与小张。

  听说老张是一个工人，三十年前他三十岁的时候，结婚了。他的独身的伙伴们都赞颂着他是一个幸运者。然而，在他却开始了不幸的悲剧——他的女人生了一个婴儿，便死去了。那时候，婴儿叫着、哭着、摇着小拳头，需要保姆；他没有钱雇一位保姆，同时，他自己也没有能力代替保姆。因此，有人劝他把婴儿抛弃，可是，他拒绝了。他宁肯牺牲自己的工作，让婴儿累着他，在穷困中，甚至乞讨中，过了许多的年月；终于养大了婴儿，随他也做了工人，并且他给他的儿子娶了女人。不过，不幸的悲剧，却没有结束。老张因为长久的劳苦，已经失去了工作的能力，又加他近了死亡的年岁，他的生活也只有移给他的儿子负担。但是，小张因为在童年失去了营养，他的身体常常有病，不是头昏，便是腰痛，总之，他是一个很不健壮的人，不仅因为缺少出卖劳力的地方，即使有广大的劳力市场，他也要自动地退却下来。他们陷入最恐慌的生活中，已经有一个月多了。小张整天出外，寻找生活的门路，他的女人整天缝补着破旧的衣服，换取些米粮，勉强地维持着全家的生命，老张整天守着土炕的一边，长声地叹息着、默语着。

  "他到哪儿去啦？"

  老张望着小张的女人问她；她不耐烦地摇了一下头，没有回答，仿佛他的话扰乱了她的工作。不过，她被他追问着，不得不说明小张的去处："到赵林家去啦！"

  于是老张默然了，他的眼睛，注视着天棚的一角，呆了，好像是一个痴子，好像是脱了筋络、失了知觉的骷髅，头在窗下任凭从破裂的窗纸透入的冷风吹打着，他并没有用手阻塞一下冷风的去路，或是遮蔽他最怕冷风吹打的脸面，也没有躲开些，移换些位置。

地下的小桌、缺了椅腿的椅子……都安静地守着自己的原位，只是那一条破碎的门帘被风吹动着，飘来飘去，扫尽了门槛的灰尘，甚至不让灰尘在它近边有一刻的停留。

突然，老张从炕上坐起来了，摇着拳头，挺直了腰肢，仿佛他恢复了他的年轻，他的健康，他的勇敢，充饱着他的神情。

"你不是人，你不是人！"

一面墙壁被他看作仇人，被他指着、骂着，他在发泄着已经不可抑止的愤怒。

小张的女人被这意外的惊扰停下了她的针线，注视着他，问他："爸爸，这是为什么？"

"为什么？为什么他到赵林家去？"

"他去想办法，他不是天天出去想办法吗？为什么他不可到赵林家去？……"

"谁家都可以去，就不许他到赵林家去！"

"为什么？"

"赵林，他是贼！"

他故意把"贼"字加高了重音，然后，他又躺下了，尽量地从胸中嘘送着自己愤怒的气息，投入空气中，仿佛投入了一缕一缕的浓烟；被冲动的白色的胡须，不住地搔着自己的唇边；老年已经凹下了的胸脯，也增高起来，有时，张大着嘴，贪吸着空气的时候，会触了他低垂的下巴颏，然后又随着一声叹息突落下来；这种不安终没有停止一刻，并且在自语着："你不是人，你不是人！"

"爸爸，你歇歇吧，他快回来了，有什么话你不是都可以向他说吗？"

"他肯听他爸爸的话吗？我不要他到赵林家，他到底去啦，不是人，完全不是人！"

"那么……"

她把自己要说的话，又留在喉咙内，让神情表示她久蓄的痛苦，默默地退下炕去，拖着布鞋，由屋内转入厨房。她把米袋里所有的米，投入一个小小的泥盆，随着，又燃起了火。然后，她便绕着锅台转着走，没有离去一刻。

太阳每日的遥远的旅途，又快走尽了，已经近了西山的山顶。山坡的一面，仍披着一片强烈的阳光，如同早晨东山的一面一样；山上有几条艳丽的彩霞，从天空划开了一条异色的天线，裹着一些异色的天花，以一种诱惑性在诱惑人们的眼睛，还有几只黑色的老鸦，飞奔着，追逐着美丽的景色，有的，转了另一方向，在寻觅着自己的宿巢。冷风残暴地吹过，不知道那样匆忙地吹向什么地方去，只看见拖走了些败落的枯叶和房脊上的草茎，却永远也吹不尽这属于雪的世界的地上的积雪，永远还在院里，房上，其他的每处，永远是一片银白的色彩。

小张回来的时候，天色已经沉入夜色中，四面都充塞着一种昏沉的气氛，使他住的小房，在旷大的院中，仅遗下模糊的孤影，纸窗上透出的灯火，还没有雪地上反映的月光明亮。他走进去，看见桌上已经放好了碗筷在等待着他。他的女人没问他什么，也没说什么，只是匆匆地从厨房里把饭送来，放满了三碗，饭盆便空了。

"爸爸，吃饭啦！"

小张唤着老张；可是老张没有回答，也没有一丝的反响，仍是躺着，用手遮着自己的脸。他走过去，扯动了一下老张的衣襟，问着："爸爸，睡了吗？"

他又用这话问了他的女人；他的女人，用着一种不敢确定的口气说："也许睡了吧……"

这时候，老张稍把头扬起些，低声地说："我不吃啦，你们吃吧！"

小张已经从这话的声调中，辨出了愤怒的成分，他把眼睛向上翻动一下，一只手在拍打着另一只手，从想象中搜取着那愤怒的原因。最后他拖着他女人的衣袖，悄悄地走出来，用最低的声音问他的女人："你说什么啦？"

"没说什么。"

"什么也没说？"

"只说一句——"

"说我去赵林家了，是吧？"

"是。"

于是，小张用手掌把他的女人打倒在地上，狠狠地踢了两脚，他问："我不是告诉你不让你说吗？"

他的女人，从喉咙中透出了尖锐的哭声，使老张在屋中向他叫起来："我还告诉你不让你去赵林家呢！你怎么去了？"

"我不去，我们都等着饿死吗？"

"宁肯饿死，我不让你去做贼！"

他们坚持着自己的理由，争吵起来，谁也不肯有一丝的退让。最后小张说了："谁愿意饿死，谁就饿死；我绝不肯饿死，在世界上有多少人哪，人家都活着，还是那样舒服地活着；我为什么饿死呢？我不也是一样的人吗？"

在这夜里，老张失眠了。小张也没有睡，在地下磨亮了一把旧的尖刀——他将来寻找生活的用具。他的女人，在他身旁哭着，几乎流尽了她所有的泪水。

因为小张的主张，终于把家人从饥饿中挣扎出来，每日的饭菜，没有断过一次，而且在屋内的一角，永远积留着饱饱的面袋和米袋。不过，家里却没有安静过一天，不是吵嘴，便是互相气愤。开始是因为老张自动地绝食了；他的意思——偷盗是最大的罪恶，他绝不愿意从罪恶中寻找食粮。他在三天以内，没有吃过一口饭，所以他病了。虽然经过小张和他的女人几次的劝慰，却没有摇动他的信念。最后他失去了知觉，已经近了死前的一刻；小张和他的女人，用米汤又把他救过来；可是在他发现汤碗的时候，他哭了——仿佛是一个教徒违犯了自己的戒条。于是他吃饭了，不再拒绝给他送来的饭菜。小张特意为他买来些药品和鸡蛋，他在几天后，便恢复了他以前的健康。以后，他因此却常常忏悔，有时，甚至自己偷偷地哭起来，每日躺在炕上不走出门外一步，并且常常骂着小张："你不是人，你不是人！"

然而在吃饭的时候，却又常常因为骂了小张而使自己更加忏悔起来，感到了更大的罪恶。

虽然，久了；但是他却没有一天不劝小张改悔那种生活方法。他说："另去找一条生活的门路吧……"

"我没处去找！"

"那你就留在家里——"

"饿死吗？"

"宁肯饿死，我也不让你再去做贼！"

小张记着自己在恐怖中、苦难中寻找生活，而且常常遭受老张的责骂，他终于严厉地说了："你宁肯饿死，你走吧！"

老张走了；在路上经过小张的女人的劝慰，又被拖送回来，仍继续着小张的主张生活着。

不过，他们父子的感情，却渐渐地淡了。吵嘴的时候，几乎是两个对立的敌人。

有一天的深夜，老张睡了。小张从外面回来，衣襟上有着血滴，脸色苍白，显出可怕的神情。他的女人，惊恐着立刻掩闭了每个门扇，问他："你杀了人吗？"

"没有！"

然而在他的女人看见他的尖刀的时候，却证实了他杀人了，不然便是伤人了；因为刀上仍有新鲜的血迹。于是他垂着头默认了。

"呀——"

他的女人被惊得叫了起来；他怕惊醒老张，立刻堵住了她的嘴；可是老张已经醒了，在询问着他。他从衣袋里掏出三个金的戒指，指着他的女人说："她看见了，她大声地笑起来了。"

老张无意中笑了，握着戒指，好像在抱着婴儿时候的小张——在想象中充满着幸福与希望，许久不肯放下，让戒指贴近自己的胸脯，温暖着血流。

突然他看见了尖刀上的血迹，又听见了小张的女人渐渐加高起来的哭声，他明白了，把戒指完全抛在地上，仿佛是随便抛出的垃圾物。他的声音随着他的手哆嗦出来，他一个字一个字地问着小张："你——杀——了——谁？"

"我偷了谁，就杀了谁！"

他的声音，表示了厌烦老张的问话。随着老张也被他的话激起了愤怒："你知道吗？你不应当杀人！"

"那么我让他捉住我杀我吗？"

老张默然了，没有适当的话反驳小张。经过一刻，他却又愤怒地说："你知道，你要知道，你不应当杀人；因为你偷窃已经犯了罪，你再杀人，不是更犯了罪吗？"

"谁犯罪啦？我没犯罪，是有戒指的人犯罪了，不然，我能偷他吗？我既不能偷他，我能杀他吗？"

"你说这话，你要拍拍你自己的良心！"

"谁有良心？谁有良心不救救我，为什么让我去偷？"

老张被他的话逼迫着，无话可说了；最后他无情地骂了他一些话，结束了。

然而小张却故意地讲起他这次偷窃的故事，在气着老张。他的女人，一面拭着尖刀上的鲜血，一面给他暗示着眼色，意思是让他中止。他却问："你怕听吗？"

她在胸前摇摇手，然后指了老张的背影。他随着她的手指望望，又说："谁怕听，谁走啊！"

他又继续讲下去，他讲得最详细的，是故事最惊人的几段：第一段是掘洞，第二段是开箱，第三段是杀人。每一段他都赞颂那把尖刀，一直到最后，他还在赞颂着："真是万能的刀子，有它，我不怕一切！"

老张听着，好像那把尖刀撞入了他的胸脯；可是他忍耐着，到了天明。

小张与他的女人，刚刚睡去；因为在夜里，他仿佛几次地做了噩梦，被惊醒来，脸红着，额边满了汗水，她陪伴着他，看守着他，直到他睡去以后。这时候，老张悄悄地起来了，偷了那把尖刀，有两种原因：一是为了使小张失去了偷窃的用具，也许改悔了，即使他仍继续偷窃，买了新的刀，也许不如原有的尖刀惯用；二是准备着自杀。

太阳起来了。早晨有着比黄昏更美丽的景色；杂色的云，白色的雪野……没有一处不是在诱惑着人们，给人们一种不是金钱所能购买的幸福；更幸福的，是鸟；因为它们比人们更能接近那种美丽的景色；它们张着翅，可以随意飞向它们所愿去的地方；然而它们却忙迫着，经过遥远的飞行，去觅粮粒，去找草茎，给自己造宿巢。

街上的人声，渐渐地响起了，老张一个人走出了自己的家门。

老张在街边的破庙里伴着许多乞丐睡了一夜之后，他把他离家的原因，说给他们听了。有人因为他已经年老，怜悯他，劝他回家；他却没有接受，他说他情愿随他们做一个乞丐。他很得意地说："做一个乞丐总比做一个贼好！"

然而，不久他便知道了好多乞丐都是贼。因为讨不着饭，在饥饿的时候，只要有机会，就去偷窃食物，甚至没有机会的时候，都去抢夺食物。他既不能偷窃，更不能抢夺，便不得不饿着肚子了。即使有同情他的乞丐，分给他一些食物，那不是偷窃的或是抢夺的吗？也许比吃着小张的食物更加痛苦吧？于是他悔了。随着他便起了自杀的念头，可是被一个乞丐看破了，救了他，劝他仍是回家去，他听了，走了。

然而，在他走近家门前，遇见了小张，听见小张说的第一句话便是："还是得回来吧！爸爸，这次你也许赞成了我以前的主张。"

老张感受了意外的羞辱，脸红了，白色的胡须，仿佛更白了些，他抑制着自己的气愤，终于是不可抑制了："你不应当这样说，一个儿子不应当这样对他父亲说——你要知道！"

"一个父亲也不应当不原谅他的儿子，骂他的儿子——像以前你待我那样！"

老张知道了他们父子的感情已经破裂，任谁也无法弥补了，他更任着暴性，痛骂了小张："你不是人——"

"那你就走吧！"

"如果我早知道你是这样的东西，在你小的时候就把你活埋了……"

他没有骂完，小张已经走远了，他终于又走回了破庙。乞丐都奇怪他为什么又走回来。他不得不把他这次的经过讲给了他们。救过他的那个乞丐听了，最愤恨了，主张用那把尖刀杀死小张。他却没有同意，他说："一个人最好是少造些罪恶！"

然而他在几次饥饿的时候，也做过几次偷窃。不过，被他偷窃的人家，都是他认识的朋友。因为他想如果他偷窃的行为败露了，他的朋友也会宽恕他；如果他偷窃的地方，都是他不相识的人，被人发觉的时候，必然要受到无情的打骂，甚至被捕，做了犯人。

此后，他在生活上，确是遭了很大的打击，已经是一个疯人，在狂乱的思想中，只有生的意志，却很少起着自杀的动机——虽然有一次几乎被他的朋友捕获了，他准备着把身边的尖刀撞入自己的胸脯。

小张在幸运中，没有被捕过一次，并且渐渐有了一些积蓄，裹成了一个小小的纸包，放在一处最秘密的地方——这也许正是一个贼人担心着另外的贼人。

那天他吃了酒，很早地睡了，在夜深醒来的时候，已经没有一丝的睡意。

窗外死静着，月光偷偷地透入了他的房间，所有的东西：桌子、椅子……都从模糊的色中，露出了清晰的轮廓。他在预想着他所要偷窃的时候，他发觉了房门边一些轻微的响声。于是他走出去了，看见门槛下已经被人掘了一个洞穴，而且有一个人正恐慌地向外爬行着。他立刻拖住了那人的两腿，从身边拖过几根木柴，填塞在两腿下，使那人既不能爬出，也不能退入，只是让整个的身体，一半留在门外，一半留在门内，腰部恰好被压在门槛下。

"起来！"

他唤醒了他的女人，她因为害怕，特意燃起灯火，她看见那人在那种留难中，便斥责了他："他如果是你的时候，你该怎样想呢？"

"我不想捉住他，我要放走他。"他把头送到那人的近边说，"我这是告诉你下次不要再来了。"

然后，他把填塞在那人腿下的木柴移开了；可是，那人没有立刻脱逃着爬出。他又用脚触动那人说："留给你活命，快些跑吧！"

他的女人奇怪了，把灯放下，她轻轻地拍着那人的腿，低声地说："我们放了你，怎么还不快跑呢？"

那人仍留守着原位，没有移动一些。

"这是为什么？你说，你说！"

她又向那人说了，仍是没有回答。

他惊了，握住菜刀，把门开了。门外没有一个人，他便放下了菜刀，又移过灯火来，他看见了那人手里握着一把尖刀，已经割断了自己的喉咙。虽然是在夜里，仅有微弱的灯光；但是他与他的女人都认出了那人是一个年老人，是老张。

《青年界》1937年第11卷第5期

初　识

　　哈尔滨的消息，渐渐地险恶了，恐怖了。侦缉队每天都逮捕着可疑人；甚至，搜查高等、中等的学校——所以今日是学生明日也许是犯人。

　　虽然，我不是可疑人，也不是学生；但是为了避免意外的不幸，我也常常搬家。最后搬至的地方，是在白俄的家中。仅是一间小的房间，只有一面窗子，靠临一条僻静的街边；从窗里，可以看见两处高起的房脊：白俄的教学和中国的女子中学。

　　太阳落下以后，天色很快地便转入黄昏，几片稀薄的白云，已经停止了转动，好像各自占有了一处留宿的地方，让睡眠舒展着整天的疲倦。店铺的窗门，渐渐地闭了，只是在窗缝、门孔遗下几缕明亮的灯火。扰人的脚步声、谈话声，在不知觉中，停息了。于是，这僻静的街，在秋天里，更寂寞了。

　　我，以及这街上所有的居民，要开始祝福着第二日的平安了吧？——因为今日在平安中，已经快要结束了。所以我安然地开了灯，坐在椅上，安然地等候着那个白俄的老太婆为我预备晚餐。

　　然后，正是在这时候，我的窗前，响了警车的笛声，继着又是连续的枪声。

　　窗外，骚动了。在黄昏的模糊色调中，使我辨不清奔跑着的人影。我要探知究竟发生了如何的变故，可是我不敢外出，而且摘落了窗幔。

　　那个白俄的老太婆，刚刚从街上给我买面包回来，据她说是：侦缉队包围了女子中学，要捕大批的学生，不幸的是学生中有人开枪拒捕，以致引起很大的冲突，惊了附近的居民……她讲完以后，立刻在自己的胸前画了十字架，闭了过道上的电灯和属于她家的所有的门；只余下我的门与房门一样地开闪着一条缝隙，让透出的一缕灯火，把过道上的黑暗分隔了两半，好像一片阴云中，停着一条电火。于是,我寻找着铁轮,要锁起我的门。

然而,突然冲入了一个年青的姑娘,抱住了我,仿佛失落海中,抱住了一条长木。她的手环裹着我的腰,她的脸面,垂埋在我的胸前,粗燥地喘息着。

她第一句话向我说的是:"请你救救我吧!"

我惊奇了,用手托着她的下颚,托起她的脸面——辨认她。她的发丝,散乱着,她的脸色,苍白着,她的眼睛,充饱着完全失去了人性的神情;她不仅不是我的友人,而且未在任何场所与她见过一面。

"你告诉——"

我的话,被她的手掩住了。我气愤了;她哀求着我说:"请你不要说话!"

"我不认识你是谁,也不知道你是谁;为什么?为什么不要我说话?"

她听了我的话,更惊慌了些,可是她的身体更靠紧了我,用眼睛注视着我,仿佛是在难中逃脱的一只小猫,逃至它主人的怀里,寻找着爱护。她的嘴唇,送近我的耳边,用一种低沉颤抖的声音,向我说:"我是这中学的学生……我是这中学的学生……请你救救我吧!……"

我完全明白了,便感受了那可怕的残酷、悲惨、恐怖,那一切不幸的预兆都临近了我。于是我严厉地向她说:"你立刻走开,走出我的房间!"

"你不援助我,你肯看着你的一个爱国同胞去受死刑吗?如果我是你,你是我,你有什么感想呢?"

我默然着,内心起了惭悔。

"只要你是一个中国人,而不是一个汉奸,那你就该收留我,援助我!"

她的话强硬了,可是我已经被她感动了,有一种同情心使我收留了她——虽然我也知道在我有着极大的危险。

她脱去黑色的夹袍上的蓝色长衫,丢到我的床底。然后她倚近窗边,一面听取着窗外的情形,一面在沉思着。

我的房间,安静着,所有的房间都安静着。

窗外的枪声停止了,只有呼唤的喊声还在继续着。我听见有人好像向长官报告——高声地喊了:"捕住了四十一个,打死了十三个,逃跑了四个!"

随后,另有人一边拖着奔跑的步声,一边叫着:"逃跑的四个,又捕回来两个!"

"在哪捕回来的?"

"在一家姓李的人家里；这一家人也捕来了！"

有孩子的哭声，女人的叫声，……近了，——是李家的人吧？在哀求着："我家不认识她们两个人，她们是自己跑到我们家来的……我们冤啊！"

于是，我的四肢颤抖了，好像我为了她，也要受着同样的不幸。这时候，我的自私的意念，强迫着我向她说："你立刻走开，走出我的房间！"

"不许你说话！"

她以严厉的态度，——仿佛是一个母亲在教训她的孩子。

我愤怒了，用拳头打响着桌面；因为我只知道顾全自己的生命，在我以外的任何人都可牺牲——甚至正义。我以全力推着她叫她离开，她比我更愤怒地指问着我："你有什么理由？"

"这是我们的房间——"

"你无耻！"

"再说，我也不认识你。"

"真不认我？"

"当然，不认识你！"

"好，你认识这个吧？"

——她冷笑了，从衣袋里取出一支手枪；她在我身外一两步远的地方，对准了我的胸脯："你要死吗？"

"不……"

"那你为什么要我离开你的房间——要我死呢？"

我是忏悔呢？是愤恨呢？是惭愧呢？是惊恐呢？——默然着，让头顶流落的汗水，在我的脸颊上、鼻旁、眼角，自由地流行，去向所顾去的地方。

最后她完全变作了一个最暴虐的女王，要我屈服在她的暴力下，任她支配的一个奴隶。她说："你记着你的生命是在我的手里，你要听我说！"

于是她开始支配我了："关上门！"

我怕怕地把门闭了。

"你别想夺我的枪，你离我远些！"

我怕怕地躲近了墙边。

"你要装一个哑子，听见了吗？"

我没有说话，只是点着头，表示我接受了她的命令，同时，也是表示我已经哑了喉咙。

她满意了；可是她仍然告诫我一句："你如果说话，我就开枪！"

她向我所说的话，都是很低的声音，不易被人听见。不过，我的窗前，多了走过的行人，而且有人常常停留。然后，便有人敲门了。她开了门，是侦探走进来，问："你这屋里有人来过吗？"

"没有；这里只住我们夫妇两人。"

"我们看见有人走进来了！"

"因为我刚才在朋友家里，也许有人来过，我问问我的丈夫好啦。"她继续问着我说："才有人来过吗？"

并不是为了爱护她，而是为了保全自己，我仍然听从她的话，装作一个哑子，因为我猜想她插入衣袋的右手是在握着手枪——虽然，我不知道枪口是对准着我，还是那个侦探。

她用左手在我的脸颊打了两掌。

"你怎么不说话？这使人家不会疑我们有什么秘密吗？哼，才有人来过吗？"

这时候，我才知道她又要我说话，可是在我刚要说话的时候，那个侦探好像替我羞似的走了。在门外我听见他说一句讽刺我的话："怕老婆的家伙！"

《好文章（上海1936）》1937年第11期

再 会

"再会!"

他所喜欢的人，倚着自己占有了的舱位，轻轻地扬了手势，眼睛好像在看守着自己的衣袖；怎么不肯望望他呢？他正在为了留恋这次的别离，在眼角边加多了几条皱纹，他不也是她所喜欢的人吗？

既是互相所喜欢的人，怎么又勉强地离别呢？他们不是仍保持着完好的感情吗？

他们是在一月前来到这陌生的地方。在一条僻静的街旁租了一间房子，窗子靠近着草场，有小树，有菜畦，在草丛间的高大的院墙里，有希特勒与墨索里尼的两面旗子，常常在那里飘起；附近，几乎全是贵人们的住所。从此也可以知道他们的房间如何的华丽，他们生活在如何的幸运中。并且在墙角下备好了面袋与米袋；所以他们欢快着，忙着探望这地方的新的景物，有时候，直到夜深，才回来。

不久，她到一个歌唱团学唱歌去了，他一个人留在家里看书，或是去访旧日的朋友。于是，在几天里他所有的朋友都知道他回来了，并且也都知道他领来一个新识的姑娘。不知为什么朋友都来看看那个姑娘；每个朋友来了的时候，都是随着他们吃饭。有时候，他们吃过饭，他特意又给朋友从外边买饭来，或是自己另做了一次。在朋友走后她常常这样问他："那个朋友是做什么的？"

他的回答，总是不出这几句话："写稿子的。"

或是："作家。"

她听了他的话，她常常自语着："作家，作家！"

在她纯洁的心上，只知道赞扬着这"作家"的高贵的名词。

半月以后，他所认识的朋友，几乎都来过了。如果有一两个朋友，来的时候，恰好她不在家，在他告诉她的时候，她便问："也是作家吗？"

"是的，是的！"

有一次，她突然反问他一句："他们怎么都饿着肚子呢？"

他默默地没有回答她。她以为他没有听见，又另说一句："他们都饿着肚子吗？"

"是的，是的！"

她有些奇怪，因为她生长在富人的家庭，她很少知道在她以外的人的生活。这次是在偶遇的机会里，任着自己的感情，从家里偷了些钱随他逃脱出来，所以她又问："他们怎么都饿着肚子呢？"

他仍没有回答她。同时她看他那种神情，也不再问他什么。

从此她看见他的朋友，先问："你饿吗？"

渐渐地她好像成了一句习惯语："你饿吗？"

这已经问到他的身上来了，同时，她也应当同样地问她自己了。

"我们怎么也都饿着肚子呢？"

她也不回答他，仿佛已经明白了饥饿者所有的原因。

最后，他们不得不在饥饿中别离了，他送她走上那向她故乡驶去的海轮。

他们握手说，离开了。他在岸上，她在船上，岸与船间的一条海水隔着他们互相说一句："再会！"

然而他们谁也没有说出某年某日是他们再会的时日。

《好文章（上海1936）》1937年第7期

死　亡

"又是一个，你看！"

"昨天的那个吗？"

"昨天的那个，早到狗肚子里了。你没看见这是今天早晨才拖下来的吗？"

楼下两个看守的熟识语声，是那样清脆地沿着石地，送入我的铁门里；让这阴森的地方，没有鞭打与号叫的骚扰，也不像死一般的寂静，的确是太意外的一刻。

于是，我感受了意外的幸福。因为我是被优待的犯人的缘故，每天我的铁门，可以任着我的意思多开一次。因为我怕这幸福的时间，悄悄地走过了，我便披起了大衣，叫楼上的看守给我开了铁门。在像穴洞一般的过道上，我注视一下，我身边的两列铁门，看见许多拥挤的眼睛，从每个铁门仅有的小小的洞孔里，向我闪动着，仿佛都在留恋着，希望跟在我的身后，随我出去，看看蓝色的天，白色的雪地，希望从死的世界逃出，走上活的世界；而且，有一个人伸出一只手来，向我打了招呼，为了避免看守看见，我立刻缩回去。我认识他，他是王海，我们是在同一天被捕来而相识的友人，可是，我没向他说话，慢慢地拖着疲倦的步子，走了。他用眼睛送着我，我几次地回头探视着他，在天窗透入一束阳光的地方，被楼梯的转角隔绝了我们。

楼下那两个看守的语声，仍在继续着："死一个少一个，不死也是活遭罪！"

"死，总不如活着！"

他们俩，一个是老年人，使人看见他的时候，便感到可怕，虽然几年前他在煤烟里，是被烧伤了的残缺人，脸上满着疤结，头后仍包裹着药布，不过，他残余的那一只眼睛和那一只手，仍有着人类所有的狠毒，可以使每个犯人听从他，给他永远露着笑脸；一个是年轻人，爱笑的脸面，爱说话的嘴，仍保持着童年的纯真。他们俩，一个是我最厌烦的，一个是我最喜欢的；所以我的眼睛丢开了那个老年的看守，注视着那个年轻的看守打了招呼。我问他："你方才在讲什么？"

"没讲什么，王先生！"

"我才听见——又是一个——是什么呢？"

他没说什么，只是把右手举高些，引着我的视线，走过了几个铁门，走到最后的一个铁门前，他站下了，指给我看，好像给我了我所问他的回答，是被锁在这铁门里。我便望着，搜索着有什么奇特的地方；望了许久，这铁门和另外的铁门，是同样的铁质，同样的色调，门环上，也是垂着同样的铁锁，门的一边，也是悬着同样的满了灰土的门牌，写着养病室的字样。

"这是什么意思呢？"我问了。

他仍旧没有说什么；不过他那挺直的身体和手指，渐渐地松软下来。然而老年的看守走近我的身边，却无感觉地向我说："往里看，王先生！"

我为了表示厌烦他，更厌烦他的话，故意离他远些。

年轻的看守，做着同意的神情，推着我的肩，让我靠近些那个铁门。他说："是的，王先生，往里看！"

于是，我匆匆地把头贴近门前，让一个眼睛的视线，由门上的小孔透入；立刻好像有许多的芒刺在伸长着，刺伤了我的眼睛，我的毛孔都在一阵地突张，又一阵地紧缩。

其实那屋内也和另外的屋内是同样阴湿的墙壁，同样破碎的地板；可是，我更加感受了意外的恐怖、残酷，那里横躺着一个尸身：惨白着脸色，直挺着的四肢，戴着手铐与脚镣。

"他死了吗？"我问青年的看守。

"他昨夜就死了。"

"在他生前，给他医治了吗？"

"天天医治，他也不好；像他这样的短命鬼，是没有一点办法的！"

这是老年的看守在回答着我。不过青年的看守缩紧着眉毛，哼了一声，表示对他的话的不信任同对医治的不信任是一样的——使他对于自己的话，也感觉着有了缺陷，便自语着："好好的人，偏偏要犯罪，父母白白地生了他，国家也白白地养了他——"

"你少说些吧！"

青年的看守打断了他的话，他却仍在继续地说着："再说这些犯人，哪个有好身体？怎么能不死呢？像王海那样的小伙子再也不会死！"

我忍受不了静默地听着他说话，我让他看看所有的每处，我说："即使有好身体，他的好身体能够保持几天？"

"几天？哼，十年八年都是一样！"

"那也许只有你！"

年轻的看守担心我与他吵起嘴来，便拍打着我的肩，劝慰着我，而且要他走开去。

突然，我听见在粗重的喘息中，发出一些轻微的哆嗦的呼声："老爷，费心吧！我不能忘记老爷待我的好……只这一次，再也不麻烦老爷……我也许会好的，那老爷就是我的救命恩人……救救我吧，老爷，给我一杯水！"

我在痛苦与惊恐中，也有些欢快，我想象那个尸身又复活了，他的血，又重新开始流动起来。结果却不是那个尸身，而是墙角阴影下的另外一个病人。

这时候老年的看守一面拖着散碎的步子，一面在向养病室的犯人说着："你他妈真会享福，还要一杯水伺候你，谁是你的儿女？再有一点钟够你活了，还要一杯水呢！"

我被他激起了不可抑制的气愤，我叫着："为什么不给他一杯水呢？并且水不是可以医治病人的吗？为什么看着他死去，不给他医治呢？"

"他该死了，早就该死了！"老年的看守摆出好像很正大的态度说下去，"他自己寻死，活着也是遭罪，不如叫他快些死去吧，这是实话。"

如果不是青年看守的两手，隔着我们两人的胸脯，我的拳头要在他的肩上猛力地落下几次。即使有法律的条文限制我，我也要伤害他，我不怕接受任何的重大罪名。

最后是青年的看守，向养病室里送了一杯冷水，并且向我说明他们从不预备暖水。

同时，老年的看守看着我激愤的神情，故意用一种微笑换取我的欢心。然而，这使我对他只有更加多了仇恨。

此后，我每次见他，都不睬他，好像他在我的眼中，已经失去存在的影子。因为我知道他那仅有的看守的权威，不敢施用给我；因为他也知道我每天有菜有汤，有米饭与馒头，有吃烟与其他一些的自由，他的长官与我有很好的友情，我是优待的犯人。

不过，我被锁在一个大的房间里，常常感受着孤独、冷清、寂寞、焦躁，我常常放高着喉咙，唱着不熟练的歌。

这几天，我在夜里，常常失眠。有一天，我张着眼睛，直到天亮的时候，听着值班的看守起了匆忙的脚步声、呼唤声："起来，放茅了！"

喊过了，值班看守的木棒，一面摇摆着，一面敲打着每个铁门。

"你们这些王八蛋，能吃、能睡，这是你们养老的地方吗？他妈的，我有权，我都枪毙你们！"

我知道这是老年看守的语声，同时，我也想到他握着的木棒会在几个不幸犯人的头上、肩上，折断几根。立刻，我所想的便被证实了，有木棒接触着皮肉的声音响了。女拘留室的孩子的哭声，被母亲的手掌遮断了，几乎被遮断了气息，留下一片旷野上的寂静。

突然老年的看守又向某个犯人咆哮起来："跪下，我教训教训你！"

"老爷，我早就醒了，因为肚子痛，我起不来啊，老爷，宽恕宽恕我吧！"

"啊，你是病人了！"

"是真病了！"

"我给你治治病，"随着在皮肉上响了几下木棒的声音，"你的病好没好？如果是没好，我再给你治治！"

"好了，好了！"

"他妈的，这成了养病院啦！"他走过来，看见我在怒视着他，故意讨好地向我说："王先生，起来得太早啦！"

我摆摆头。

"怎么这几天，起来得这么早呢？"

我又摆摆头。

"王先生，我告诉你，快有一位大人物来参观啦，所以我不得不管理严厉些！"

他终于无趣地走开了。在我对面的门孔里，王海的拳头向他的背影比量了几下，告诉我说："这小子最不是东西啦！"

"是的!"

铁锁响着,铁门依次开了,犯人拖着慢步,从我眼前走过,有的赤着脚,有的拖着一只鞋子,穿了棉衣的只是很少的几个人,其余多半是穿着单衣,垂着曾经缝补而又破裂下来的布条、布块,而且,有的戴着脚镣与手铐,手推着墙壁,一步一步地向前移动着,给我的耳边留着永远不断的呻吟与叹息。

"都他妈的快死了;你呢,王海,给王先生倒马桶吧!"

王海被老年的看守命令着,走进我的屋里来。他正是在壮年,他那凸出的胸脯,健美的筋肉,散在破碎的布衫的外面。我赞美着他,在他的胸脯拍了几下;他立刻握紧了两个拳头,耸着肩,使他自己的筋肉,更凸出些给我看,仿佛是在表示他的体力,不怕任何的暴力摧残。

然后,他提着我的马桶,轻飘地走去了,又轻飘地走来了,他把马桶放在原位的时候,悄悄地问我:"王先生,你有烟吗?"

"有的,有的!"

我从皮包里丢给他一包纸烟,他向门外瞥了一下,立刻把纸烟藏入他的衣袋里,然后说:"一整盒,太多了。"

"爱吃烟的人,不怕烟多。"

"王先生,我不吃烟。"

"那么,你为什么要烟呢?"

"我那号里,有一个病重的难友,也许快死了,他没有一天不在想烟吃——"

"多久了,还没倒完马桶吗?"

老年的看守来了,用木棒在我的门上敲了几下,注视着王海,他又命令地说:"快滚出去!"

我知道我只是给王海一包纸烟,我还没有给他火柴,所以我向老年看守说:"我还要他给我扫扫地呢!"

王海找来笤帚,在地上扫着,偷视着老年的看守。恰好在楼梯间发生了犯人与犯人的吵声,老年的看守去了,他才伸手接过我给他的几根火柴。不久,老年的看守又来了,站在我的门边监视着他,仿佛已经看破了他的秘密,随着他的动作转移着视线,不肯放松一刻;他也许猜着了老年看守的用意,不肯立刻离去我的房间,扫完地了,又故意为我整理着零乱的物件,把我的被褥、鞋子、书籍、纸张……都找了适当的位置，安放了它们。趁着老年看守离去的一刻，他匆忙地退出我的房间。可是，在他走进自己的房间以前，却被老年看守唤住了："站下，等等我！"

他在王海的衣袋里搜出我送给的一包纸烟和几根火柴，他立刻把纸烟丢在地上，用脚踏成了烟面，余了的仅有的一段，又被他狠狠地踏了两脚，好像看待他的仇敌一样，不肯有一丝的宽恕。并且，用木棒在王海的头上，猛力地打了几下；他说："滚吧！"

王海微笑着，抖动一下肩膀，表示那几棒打在他的头上他并没有在意，轻快地走了。

这时候，我有两种感觉，一是对王海的惭悔，一是对老年看守的愤怒。

第二天，我仍没有平息那两种感觉，虽然我倚着窗边在探望着远方。

为了有高级的长官参观，常常派出一批一批的犯人，刷洗地板，打扫墙上积留着的尘土，整理院内每个角落里的零乱东西；并且允许打开窗流通着新鲜的空气。不过，暴风吹送着的寒冷，使每个犯人都缩成了一团，不敢站起来活动一下血流。虽然我穿着皮大衣，在地上踱着，我终于也哆嗦起来。结果，我还是要值班的看守给我开了门，走向外面去。

银白的雪花，好像银白的蝶翅，从高空中飘落下来，染了一片白色的地面。高起的墙脊上，也披了一条白纱。暴风不住地吹来吹去，常常被高墙隔断着它们的去路，如同犯人一样失去了自由，在院子里不住地打着旋转，有时，突然施展一阵暴力，拖着一片积雪，飘过了高墙，自由地飘向远方。被拘留在院内的犯人，仍在劳苦地工作着，缩着头，躲避着寒冷；只有王海挺直着肢体，向储藏室移送着零碎的铁具。他看见我的时候，把工作停留了一下，问我："王先生，你不怕冷吗？"

因为是那个年轻的看守在院内值班，他便又走近我的身边，向我亲热地打了一下招呼，又说："王先生，你不怕冷吗？"

"不怕。"

我回答着他，在墙角边拣了一块没被雪遮没的地方站下，望着那许多在工作的犯人，喘息着，有的流了汗水，我向他说："他们会伤风吧？"

"哼，伤风呢，死了，也就像死了一条狗！"他皱紧眉毛又继续地说，"王先生，你不知道吧？今天早晨又死了一个犯人，你不记得吗？那个人给你倒过马桶。"

于是他用手比量着那个人的身量、脸面，使我立刻在记忆中记起了那个健康的年轻人。我有些伤感，也有些怀疑地说："他会死了？"

"你不信吗，王先生？"

"不是不信，我没有想到他会死的！"

"我也没有想到！"

"他是什么病呢？"

"没有经过医生一次的诊断，谁知道他是什么病！"

他说着，仿佛感受了死的恐怖在威胁着他，使他在暴风中抖动了两下寒战。他的脸色突然由苍白转为惨白，泪水渐渐地充饱了眼角。

"你不怕，你不怕死？"

"为什么我不怕？死不是可怕的吗？"

"谁敢比你的身体，你自己看看。"我拍拍他的胸脯继续说，"你可以安心吧！"

于是王海笑着，离去我的身边。

暴风拖着一种吼声，从遥远的地方冲进来，使人不敢仰头探望它的来路与去路；从身边冲过的时候，感觉着一片芒刺刺透了每个毛孔，并不怎样寒冷，而是不可忍受的苦痛，仿佛遭了暴力的伤害。我沿着院地的四边奔跑起来，被冰冷了的血流，才渐渐地温暖了些。王海仍在工作着，他只是穿了一件经过新线缝补的单衣，因为完全脱落了衣扣，两面的衣襟开散着，让胸前赤露的皮肉抵抗着暴风。有两个犯人所举不起的一个铁锅，又放在他的肩上，他却很轻快地走了，好像他有老牛一样的力量，拖着重载。

在年轻看守允许他们休息的时候，我分赠他们每人一支纸烟，他们欢喜着，几乎要以跪拜礼感谢我。其中只有王海一人没有吃烟的嗜好，独自在墙边下跳动着，我向他问："你吃支烟吧？"

"不，不，谢谢你，王先生。"

有一个犯人听了我的话，便用手指偷偷地触着王海的腰，意思是要王海接受我的纸烟，然后转送给他。然而，王海却没有听从他，仍向我做着拒受的表示："谢谢你，王先生。"

"你吃支烟也许会暖些。"

"谢谢你，王先生。"

"那么你太受冻了。"

"冻怕什么！"

他立刻停下了，挺直着身体，握着拳头，在胸前击了两拳，表示着健壮者所有的刚强。不过，我看他那不灵活的手腕，已经被冻得僵硬了。我又问他："你没有棉衣吗？"

他垂下头，想了想，回答我说："有的！"

"那你为什么不穿呢？"

"母亲正穿着。"

于是我知道在他身边并没有棉衣。我告诉青年的看守，去我的住处，取我余剩的棉衣赠他。可是他仿佛感受了意外的惊慌，拖住青年的看守，扯回我的身边来。他几乎流出眼泪在表示向我感谢的神情："谢谢你，王先生。"

我坚决地要他放走青年的看守的时候，使他更加紧地握住青年看守的手腕。他的表示：如果接受了我的赠物，好像我给他以极大的侮辱；虽然他是一个窃犯。

从此，我不再赠送他任何的物件。不过，我更关心他，认为他是我的一个很好的友人，默祝他保持他的健康早些脱难。

然而在一天的夜里，他却遭了更大的不幸：老年的看守值班的时候，发觉三个犯人自动地脱掉了脚镣，他用很重的铁棒拷问他们——因为忍受不了皮肉的痛苦，说明了如何地用一条铁丝撞开了脚镣的铁锁。

"谁给你们的铁丝？"

老年看守又很快地向他们每人打了一下，然后仍在摇摆着铁棒，表示他在得到满意的回答之前，他的铁棒绝不肯宽恕他们任何一人。于是他们被迫着，抖着肢体与声音说出一个人的姓名："王海！"

于是王海替他们遭受了更大的苦难，被老年的看守唤出来，不容他分辩一句话，便先向他的脖颈打了两棒："跪下！"

王海没有听从他的话，仍然站着，仿佛是宁肯让他施展着暴力摧残，绝不肯服从他。

"跪下，跪下！"

老年的看守喊了。一切犯人都经不起一丝的惊动，被他惊醒了，不安着，却悄悄地听着，好像在担心着王海的不幸降临给自己。

突然，老年的看守握住王海的衣领，愤激地叫着："跪下，跪下！"

"你有什么权，要我跪下？"

"我没什么权，才叫你跪下；如果我有权，我就枪毙你啦。"

我从门孔间探望着，知道他们两人都已经激愤了。王海既不肯服从老年的看守，老年的看守更不肯被王海屈服，结果怕有更大的不幸属于王海，所以我自动地从中给他们调解一次。然而王海却说："王先生，谢谢你的好意吧！"

这时候，他表示着他没有一丝的恐惧，任着老年的看守怎样地威胁着他。

然而，他终于被迫屈服了，由老年的看守唤来的另外的几个看守，把他打倒在地上。他的头，他的手脚，完全被压住、握住，使他没有一丝转动的力量，安静地让老年的看守的铁棒，任意地打着他的身体。

我为了他那样默然地忍着苦痛，我要爱护他，不容我有一刻的迟疑，应当立刻把他从难中拖救出来，可是，我的铁门关闭着，铁锁紧锁着，我的手被隔绝着，不能伸近他的身边。

渐渐地走近了青年的看守，伸张着两手，舒展着在睡中没有舒展的疲倦。他经过每个铁门前的时候，从每个门孔间都在传送着一种轻微的语声，亲热地呼唤他，呼送他，仿佛认为他是犯人的唯一的保护者，失去了他，犯人便失去了一切的保障，他的存在，等于犯人的生命存在一样。他并没有听从犯人的请求，便自动地冲入包裹王海的重围中，猛力地推了老年的看守的身体与铁棒："你想打死他吗？"

"打死他，也就像死了一个小鸡！"

"告诉你，打死人要偿命呢！"

他的这句话，好像替我说出我所要说的话，使胀饱我胸中的气愤舒散一下。并且，因为看守与看守间的冲突，王海才得以从苦难中解脱出来。不过，他的嘴角，已经流了血，倚扶墙壁抛开步子的时候，完全是一个跛足者了。

几天以后，我都没有看见他，甚至他的眼睛，他的手指，也再不从门孔间给我看见。我只是不时地听见他那般病者的呻吟与叹息，在打动我的感情。我因为关心他近日生活的情况，几次地想向他说话，总是没有一刻的机会。据与他同屋的犯人，在放茅的时候，经过门前给我留下的一些动作——表示他病了，而且，很沉重。

于是我趁着那个青年看守值班的时候，要他开了我门上的铁锁。在王海的门旁，我低低地唤了一声："王海！"

他没回答我。

"王海，我来了。"

然后我的眼睛，便投近门孔，看见他躺着，合拢着眼睛，枕着自己的手腕。我想用大些的声音唤他起来，可是另有一个犯人，却阻止了我，原因是：他几夜来，这次他才刚刚睡去，所以我也不忍心叫醒他——仅仅是为了我探望他。不过，我又不肯放过这次机会，让自己失望地回去。我望着他，自己陷入很大的踌躇中。这时候，我感受了仅仅是探望他，对他并没有什么好处，如果是爱护他，便要设法援助他，所以我以被优待的犯人资格请求拘留所的负责者，允许他搬入我的屋里来。

"我谢谢你，王先生。"

他来了，仍然穿着他仅有的单衣，脚下拖着一双不同样式的鞋子，鞋尖裂开很大的口缝，使脚趾尽量地伸出鞋外。他在我的面前垂下头，仿佛我施与他极大的恩惠，故意在感激我。

我怕他长时间的停立，更加苦了他的病体，我便立刻理好了床位，让他躺下休息。他却问我："王先生的床，我可以躺吗？王先生不嫌弃我吗？不嫌弃我是一个下流的人吗？"

"我们同是一样的难友！"

我只好这样地回答他，只好又满了两杯酒，一杯给了他，一杯举在我的手里："你喝一杯吧，我们同是一样的难友！"

"不是，不是！"

他摇着头，否认我的话；虽然，他一口饮尽了我给他的一杯酒。也许正是因为那一杯酒，红了他的耳、他的脸颊，湿了他的眼角，使他的身肢颤动起来，好像他失去了停立的重心，一刻后，会倾倒地上。

"你不惯喝酒吗？"

我问他，扶住他，让他坐在床边。他说："不，我最爱喝酒，我的酒量很大呢！"

"那你为什么这样地受刺激呢？"

"因为我说不出来我感谢你的话。"

于是，他哭出声来，仿佛只有哭泣，才能传出他的心情。可是我怕听哭声，我怕哭声所给我的感动，所以我劝阻他说："你不要哭，你不要为我哭吧！"

"王先生，我就是不为你哭，我自己能不难过吗？我的家里有老娘，有媳妇，还有两个孩子……"

"总会有你出去的一天……"

"哪年是出去的时候？出去见老娘、媳妇、孩子吗？哼，她们饿也饿死了，出去只有见她们的坟地吧！"

我向他手里的空杯，又满了一杯酒。他的手抖动着，使酒流出杯外，一滴一滴地流落地上。同时，他的泪水也一滴一滴地流落着，有的落在衣边，有的落入杯中，好像在填补着流出的酒滴遗下的缺痕。

黄昏的时候了，窗外的每处，都在凝结着黑暗的色调，渐渐地透入窗内。我们俩相望着，已经望不清了如何的神情。不过，我从他谈话的声调中，知道他仍是在悲痛着。

我们在黑暗中，盼望灯火明亮起来，准备我们的睡眠。我为了要使他早些安息，便摸索着，从床上移下被褥，余下的留给了他。可是他谦让着，不肯睡在我的床上，使我睡在床边的地上。最后是我强迫着他躺下睡了。

他的病体并没有因为几夜安适的睡眠而渐好转起来。我担心着他的身体再日渐加重，为他请来拘留所的医官。诊察他的病状的时候，医生虽然卑视他，敲打着他的胸脯，但是，因为我，医生又不得不给他送来几瓶药水。经过医治，他的病状，也并未减轻。

我敢确定他终于恢复了健康的缘故，是因为我把我被优待的伙食的一部分给了他。不久，他便挺着健壮的胸脯，摇摆着结实的拳头，向我说："我好了，真好了！"

然而，他在侦缉队，经过两次审问以后，又病了，病得更沉重，因为他受了重刑，身上的几处，都满着血迹。

虽然我仍是尽量地看护他，甚至，把我全部的伙食分给他，但是，他却减退了他原有的食量，他每天所必需的，只是几杯开水。这样经过几天，他的病状突然转重了，常常失去知觉，讲述些模糊的话语。因此，拘留所的负责者，拒绝我再收留他，要把他送入养病室。

"……你让我去吧……随便他们把我送到哪里去……你看你为我，苦死你了……你也该安静几天了，王先生。我没有什么说的了，就是说谢谢你吧，王先生……"

他说着，流了眼泪。

拘留所的负责者，叫来了老年的看守，去了。

"起来，走吧！"

老年的看守，用脚尖触着王海的腰部，迫着王海从床上起来，随他走去。当我告诉他王海已经不能自动起来的时候，他却骂着说："他装死了！"

于是他拖着王海的两只手走了，仿佛从我身边拖走了一条死狗。在转下楼梯处的时候，我听见他打着、骂着王海的声音："你他妈真享福了……我真想把你摔下去……"

我想冲出门外，可是我的门，已经被锁住了。

我失眠了一夜。第二天起来很早，为了快些知道王海的情形，寻找着值班的看守。这时候，正是老年看守值班，我悔我不该唤来了他。

"王先生，你问王海吗？他已经完全好啦！"

他说了，便去了。

像王海那样的重病，在一夜里，会好转的吗？我不相信他的话，希望亲自去探望一下王海，骗他我要到院内散步去，让他给我开了门锁。

我走下楼梯的时候，遇见了青年的看守，他告诉我王海死了，刚刚抬往荒地里去。

收入小说集《战地》，北新书局，1938年4月出版

水中生活

玩惯了七月的黄昏的人群，仍然一样地玩着。

歌声，从水面上悠闲地漾来，漾去。桨拨着水，一声一声地响着，同四弦琴一样地有节奏；只是从不响亮的歌喉进出的字句很模糊，街头上天天流行的调子会使人听得太松懈、太疲怠。

集拢着许多杂样的船只：单人的赛船、双桨的游船、大舵的渔船……如果突然看来，会想到是船的赛会。只有载着高贵物品的渔船，极脏的撑船人，撑着长木杆，无休息地，也无疲怠地匆忙驶去；余下的船却都用桨阻碍着水流，尽量让船缓慢地滑行，游览着水的城市。

歌唱者有时故意放高了歌喉，好像在舞台上吸引着观众的掌声。不过撑船人不熟练的手法常常使船头触了墙壁，歌声就立刻中断了。歌唱者戴起防疫的口罩，摇动着有羽毛的扇叶，给自己打着风，一阵一阵的粉香散开着。驶船人转着船头，不是不经意，是因为失去重心的船吞进水来；歌唱者像是受了小小的惊动，又像是好玩，有笑声从唇边进出；不过防疫口罩使笑声喑哑下去了。驶船人仿佛受了什么责难，把船很快地转过来，便向墙壁抛开一瓶汽水，瓶里红色的汽水激溅着白色的泡沫，冲击着瓶盖飞去；飞去的方向歪斜些，失了主人的玻璃窗在一声清脆的响声中破裂了，楼房好像残缺了一面墙壁。

歌声再起来，是几个人的合唱了。船的去处也转了新的方向。

船载着歌声去了的时候，姐姐的影子才远远地飘来。

她撑着一根五尺长的木杖；看来木杖与她有永不相离的关联，似乎与她知觉与共，会告诉她怎样抛开步子，怎样落下步子，以及落在什么地方。有时要很小的步子，有时，却要长长的，长到两腿快要连成一条直线；有时要停下，停留一刻，或是许久许久，尽量地让头下垂与胸脯成九十度角，尽量地把眼睛扩大，仿佛她要从混浊的水面望尽水底，望到她落脚的地方。然后姐姐的头渐沉重，眼睛也渐沉重，不自然地转视着颈下的包裹，包的一角，已经触破了平静的水面；于是起劲地挺直腰背，用脚趾撑起疲倦的身子。这时候她那年轻姑娘的脸上会在眉间与额前叠起一束老年的皱纹。

合唱的歌声在远远的地方缥缈了。许多游动的小船，许多的人，全在注意着姐姐高高举过头顶的一只手，手里紧握的包裹。

同样，姐姐也在注意着，还用视线缠绕着，好像要把手与包裹束紧在一处，不许有一丝的分离。木杖又开始触着地，步子一点点地深下去，水位在腹边一寸、半寸、二寸地涨高。突然地陷落了一个步子，全身都在紧缩，在忙动，击起的水飞到脸上，她立刻把眼睛缩小，只留下一条线的隙缝，让水珠从眼角滴落。

姐姐终于觅着了高起的石阶。但是有几朵鲜花已经从包裹的一边落在水面。姐姐望着，鼻尖抽动着，距离十几步外她还在回转头来。

水，渐渐地低下去，直低落到姐姐的脚底。水尽处，铺散着一层草茎。

湿了的裤子，缠绊着姐姐的步子，吱吱地叫着，起着泡沫，落着水滴。姐姐拖着沉重的步子，从太阳低起的时候已拖到黄昏。

路灯在没有星子和月亮的天色下闪着病弱的光辉。水面上再没有声音传来，只有一片死静的气息留在姐姐的背后。

然而，都市的一角，比当时更嘈杂，更骚乱。

同雀群般的孩子，都各自展开稚弱的翅子；不知在哪天，在什么地方，都飞来了，并且筑好了自己的巢。于是，叫唤与哭喊，从白天到夜里交响着，没有停过一刻。可是小弟弟在弟弟直硬的催眠歌里睡去了，哭得红肿的眼睛合拢起来像两个圆圆的水泡，满脸留着泪与汗的条痕。

弟弟重新整理着几盒耕种牌的纸烟，每摞起两盒纸烟上放有一匣红头的火柴。

"耕种一毛两盒加洋火。"

"两盒一毛，两盒一毛，加洋火。"

弟弟唱歌般地呼着。

随着其他的孩子也叫起来，充塞了近处的几个街头。弟弟撑着稚性的刚强，高壮的音波，从半喑哑的喉咙奔放出来，在腔里还拖着长长的尾音。两唇胀大着，做了个圆形，仿佛要吞食自己的小拳头。

在马路上交织着的汽车，响着哨子，每家的无线电也在播音；这在第二的知觉里、视觉里，全已模糊，他只记得要一只手贴着小弟弟的胸坎，轻打着。不时有几声燥性的咳嗽，使他倾近了楼下的墙根。

楼上一层一层的窗子全展开着，每一个窗子的窗幔——桃色的，绣着图案的花纹的，交替地由屋里飘出窗外。

云团，在楼脊轻轻地爬行，去向遥远的地方。清凉些的晚风从楼的顶角落下，为姐姐在这一刻里解脱一天的疲累。

鲜花——大朵与大朵在一起，小朵裹着几片大叶子，颜色杂乱地配合着，也有全是一色的，捆好了花束，放在有水的铁桶里。姐姐再把包布的皱褶舒展开，静悄悄地放在背后，似乎包布被花累了一天，应当在夜间让它有一刻歇息。

"啊，这里有鲜花。"

"白的贱咧！红的也贱。半毛钱两扎。"

被姐姐的呼声唤来一个男人，拿起一束花，她便摆出一个笑脸问："先生，哪样是你喜欢的？"

虽然是瘦弱的脸颊，显得两唇突出很长；但是她的眼睛却很动人，仿佛是清澈的海边漾着一对光润的小黑石头，睫毛又是那么长，那么黑，同眉毛一样黑。不知什么诱住那个男人在注视着她，用一种调情的调子问着她："这姑娘，你怎么卖得这么贵？"

"远地方采来的，先生！"

"多么远的地方值得这么贵？"他手在搜索着他爱的花，又说，"五分钱三扎吧！"

"早晨去，晚间回来，是一天工夫采来的。不讲吧，先生。先生是不在意这几个零钱的。"

那个买花的男人无情地把花摔下，花桶里飞出的水星打醒了小弟弟，哭着。被摔得零落的花瓣随着晚风跳着爬着去了。

姐姐抱起了小弟弟。

"他妈的，什么东西。"弟弟望着走开的那个男人，对着他的背影指画地说，"再来，非打死你不行。"他转过头来，对姐姐说，"姐姐，你的衣服太湿了，拧拧吧！不生气，啊，姐姐！"

弟弟卖出两盒烟才停止他的骂声。

小弟弟总没歇下哭声，而且责问着姐姐："姐姐！你上山怎么不带我去？"

"明天我带你去。"

"也上山去！"

"啊！"

"也采花。"

"啊！"

小弟弟挺直着脖颈，抱住了姐姐的头："你天天这样说。昨天你不是这样说的吗？"

"今天不是给你买糖了吗？"

"哥哥还吃呢！张油匠给我的，也不是你买的。"

"明天我真买，给你自己吃。下去吧，我浇浇花。"

小弟弟滚在姐姐的怀里不下来。

"买糖啊，小红包包的。"

"忘记了吗？那天哭醒了楼上的人，人家叫我们搬家呢？"

小弟弟望望楼上的窗子，只有一个人头，披着油光光的发，不像那天叫他们搬家的那个强盗。所以他不怕，又把哭声放高些。

"哭吧！来人叫我们搬家了。"

姐姐的话是很轻微的，像在空中浮动的一条柔丝，那样轻微，轻微得二尺以外的地方听不到。

终于还是叫弟弟给他买块糖来。

因此，弟弟的衣袋里减轻了一个铜圆的质量，便恶意地说给姐姐听："你惯着他吧，像待老祖宗。"他的手还在衣袋里，摸着数铜圆的个数，并照他能分辨出来是几个大的。"给他吃块糖，两盒烟白卖了；人家的嗓子都喊破了。"

姐姐听了弟弟在说自己的委屈，她看着自己水湿的裤子，眼睛也湿了，嘴唇颤动了几下，似乎有什么话要说出来，却又隐没在肚里。

小弟弟只是呆着，整个的灵魂已被糖块诱住了。

"姑娘！"

打过了两声口哨，向十五岁的女孩子叫得这么亲热。姐姐望望喊她的人正是才摔碎了花瓣走开的那个男人。

"姑娘，给我送花来。"

"送到哪里？"

"一百二十八号，刘先生。"

"几扎？"

"几扎都行，只要好看的。"

姐姐拿起花，走到旅馆门前，看见红茸茸的地毯铺下阶梯，她又匆忙地走回来。

她从很小的包裹中换了一双新鞋子。虽然是家里做的老旧的样式，但是，质料与颜色还年轻，所以她觉得很高兴。虽然弟弟在阻止她去，仍在咒骂着刘先生。

然而，回来的时候更高兴。有几块咖啡糖，分给两个弟弟，有一元的钞票都没地方安放——放在衣袋里呢？放在铜圆的纸匣里呢？……虽然她看过钞票，也收过钞票，却很少一元的，更很少这样新的——票角新得刺痛了皮肤。

街头的标准时钟短针无声息地滑过九点；旅馆里有工人走出，张油匠走近姐姐的身边，嘱咐她说："小姑娘！好好地看管弟弟们，不要离开他们，夜里什么人都有。"

油匠总是这般关心他们。

自然姐姐比谁更关心。她把所有的东西分作两个包裹，轻些的给弟弟，重些的自己扛起，另外还提着大的花桶。

在住惯了的门洞里，仿佛被他们占有了一样。展开一床脱落着棉花的被子，太阳吸取不尽的湿气，永远藏在被里。姐姐摸过了被的四角，又擦上一件干爽些的单衣，让小弟弟安静地睡去。然后，她用一块包布遮了小弟弟的肚子。

在楼角透下的光线中，可以看见几件破衣服，两个粗瓷的杯子，三个苞米做的大饼，姐姐都一样一样地放在她的身边。

她忘记脱下新的鞋子，不知在什么时候沾了几滴斑点，像油渍，又像泥。姐姐扯起衣角擦了几下，终不是原有的那样洁净；仿佛她是为了气愤和悔恨，几乎流了眼泪。

于是，弟弟向她说："姐姐，你拿那一块钱明天买新的吧。"

姐姐的心上舒畅了些，然而她又冷笑了。

楼上的窗子没次序地一扇一扇地暗下去，夜的黑暗占有了每一处，爬入了每处的空隙，使一切的形色完全失去了存在。

街头只有几个行人，人力车夫还在招揽着他们的主顾。

几次暴风也没有吹破高空中灰色的、黑色的浓云，而使之成了细碎的方块向四处滚转，飞散。

雨点像机关枪弹流一样密集，从空中下射。似乎也是一种灾难；给人人很大的惊慌，所有的门扇与窗子全已关闭，不知从什么时候起行人的影子都散尽了。

只有雀群般的孩子们，谁也没有觅到避难的处所，所有他们的巢，在雨里，被打得透湿而且破碎。

姐姐与两个弟弟被雨困在街头的柏树下，叶上集起雨水，集成更大的雨滴，打着他们。姐姐把小弟弟换在弟弟的怀里，她独自跑开。

楼檐下的雨水，瀑流般地倾下；花瓣落了，只余下青茎，在花桶里。姐姐把所有的东西聚成一堆，盖上仅有的一床被。

"姑娘！"

全楼的窗子，仅是这半扇开放了。风和雨在吹打着刘先生的脸面，使他张不开眼睛探望他所关心的人，只是大声地喊："雨太大了，到我屋里来吧。"

但是在旅馆门前，管门人伸出一只手，阻隔了他们飞快的步子。

"不知道这门前不许避雨吗？"

"你管不着！"

弟弟把头仰高些，在胸前备好一对结实的小拳头。

小弟弟也跟弟弟学话说："你管不着！"

最后，仍是刘先生亲自领他们走进来，走入他的房间。已经是在屋里了，弟弟的小拳头还是很结实地捏着。

在地板上，小弟弟脱去了衣服，赤裸了身体。在他的眼里，刘先生的屋里好像存在着人间的一切奇迹，就是在墙角下丢的纸屑，也在引动他的手。

姐姐微笑着，唇边露着两排匀整的并不十分洁白的牙齿。雨水从她的头顶流下，沿着发丝，流入衣领，又由裤边，流落地上。她与刘先生说着，虽然她感到十分拘束。

"姐姐，花纸，卖钱呢！"

柳条做的小篓倒了，小弟弟搂着一抱花纸跑来送给姐姐看。

这么久，弟弟仿佛是过分地被冷待了。阴云破散了，红色的晚霞堆在西天的边际上，像一座高大的血山。

旅馆门前有汽车停下，都上去了，只是把弟弟关在车门外。

"你去玩吧，我们很快就回来。"刘先生冷着脸面对弟弟说了。

姐姐摆了一下头，便由车窗里伸出来，被一缕风把头发吹成两半，一半在刺打着颈、肩，一半搔着左颊。她看着弟弟拖着缓慢的步子走了，头转向侧方，让眼角视着车轮。她喊："弟弟，等我，我也不去了。"

"不，让哥哥来。"小弟弟却不同意她的话，他仿佛在车中感受了一种神秘。

姐姐的腰被揽住了，她回转头看见那是刘先生的手，并且在对她说："叫他也来吧！"

可是弟弟摆着头去了；气愤充饱了两腮，好像臃肿了一般地红涨。

此后弟弟常常孤独了。有时，也只有小弟弟随伴他，而且更累了他。所以他常常向姐姐发气，骂着姐姐："不要脸，有爸爸怕打不死你呢！"

小弟弟却说："饿啊，姐姐！"

姐姐呢，只好等待刘先生，或是寻找刘先生，诉着苦："天气常不好，也不能去采花，我们没钱买吃的了……"

刘先生每次都不等她说完话，便由衣袋里扯出钞票来给她，然后要求她随他玩去。

有一次，她为了弟弟的责骂和小弟弟的哭叫，她拒绝了他，可是赠送她的钞票又被他收回，所以她不得不听从他的话，允许了他的要求；虽然小弟弟仍在扑着他："刘先生，抱我去。"

弟弟气着，推倒了小弟弟，他说："你那样吧！要人家抱你？"

"那天，他还抱姐姐呢！"

无尽的水波，无尽地流着，低小的屋脊上汇合着一片湖波，高楼夹着的街道组成了连续的小河流。

不过，每条小河流都是一样的太脏、太浊，漾着一片难嗅的气味。

在水转弯的楼角下，时常停留下零碎的家具，死的牲畜。

不知在哪里洗得肥白没有一点伤痕的尸身常常流过去，都是模糊的面孔；可是，从那被衣上可以辨出是男的、女的，或是老的、年轻的。不过有的尸身似乎是太沉重，浮不上水面，只让脊背或肋骨和水面一样地平。谁也不会再辨识出来了。孩子的尸身却常漂起半面的身子，并且极不完整的衣服也常把男女一点小区别的地方留在水面。

孩子们谁也不注意那些尸身，只望着漂来的死了的鸡、鸭、猪……

"我看见的！"

"我捞上来的。"

是一只死狗，在孩子们的手下也值得珍贵。弟弟与他们打起架来，谁也不肯让谁，仿佛都宁可牺牲自己的生命来换取那只死狗。

终于是弟弟的小拳头结实，在另一个孩子的头上击了两下，便胜利了。

然而有小船来的时候，死狗属于小船所有了。船头上飘着红十字的旗子，还有同样的旗子裹在白衣人的左衣袖上。

"你们仗着个子高，欺负人啊！"

弟弟在水中蹦跳着，别的孩子笑起来。

"孩子，这是不能吃的，吃了会死的呢！"

"那么，吃什么呢？那么，吃什么呢？"

小船划开，再不睬弟弟。他自己还说："不吃，还好卖钱呢！"

这一次弟弟没有拾得什么，姐姐带着小弟弟来了。在浅水的地方向他摆手说："回去吧，弟弟！"

"不要脸，谁跟你回去。"

"卖烟去。"

"我随便。"

有两个壮年人拖着尸身从小弟弟的身边走过。他指着给姐姐看："爸爸，你看！"

"爸爸？"姐姐说着，心坎上像有小毛虫在爬行。她看见尸身：是老年人，黑的胡子上有粗壮的鼻子。记起仿佛与爸爸同一的模样，可是她又冷淡地说："还不知爸爸漂到哪里去了呢。"

这天姐姐与弟弟吵架了。姐姐把小弟弟留在他的身边一夜没有回来。

他见到她的时候,是第二天了。

如果不是姐姐唤着弟弟,弟弟几乎不认识她是自己的姐姐。

新的鞋子,新的袍子……全是新的,全在姐姐的身上。

"……要好好地带着小弟弟,这里有五块钱给你吧!"姐姐说。

钞票在弟弟手里变作细碎纸屑的时候,姐姐每个毛孔都浸饱了汗粒,她不动,连一句话也不说。

小弟弟还向姐姐的怀里跳着:"姐姐,好看了!"

"我要去了。"

"往哪儿去?哪天回来?"

弟弟把他扯过来,让他离远了姐姐。

灯光来了。弟弟扛起两个大包裹,墙根下余着好久没有装花的花桶。

"你拿着吧!"弟弟说。

小弟弟并不比花桶高些,他提不起花桶离开地面,只有让它随着他的手、他的步子,在地上划着响声。

恰好,张油匠遇见他们,而且知道了他们遭遇的不幸。为了安慰弟弟,故意给他读了一段晚报上的消息:

> ……人民当各安本分……特派员乘机视察后,当局拟立标本兼治办法,永不致再有水灾之虑……

姐姐永远没有传来任何的消息。

小弟弟同父亲一样地失落在水中了。

有一天,张油匠仍是给弟弟读同样的晚报,同样的消息。

那是另一年七月的黄昏了。

收入小说集《战地》,北新书局,1938年4月出版

无国籍的人们

在我们这些被拘留的犯人中,有两个白俄,一个是穆果夫宁,另一个是他的女人。听说他们犯的不是同一的案件,穆果夫宁是因为偷窃的嫌疑,他的女人是因为做私娼的缘故。不过他们被拘来,先后只隔六七天,在一星期内他的女人已被判决了五十元的罚金,可是她没有钱,也交不出铺保;他呢,还在侦查期内,所以他们仍是同样地被拘留着。

我认识穆果夫宁,那是因为我的房间里只有我一个人,常常感到苦寂,便常常把身体移近门边去,从门孔探视着外面,恰好他的门孔正对着我,中间只隔了一条窄窄的过道;他总是把脸孔塞在门孔间,我很清楚地看见他那哥萨克衣服的花领,他那深陷的眼睛,过长的头发和过长的胡须,遮住了他的脸颊、下巴颏,只让沿着眼边的一圈皮肤赤裸着,蓄藏着尘土。我常常很清楚地听见他唱的歌:

> 花落了,
> 心伤了,
> 在这天涯!

这种悲哀的调子,常常打动我的心,使我记起了一些悲哀的回忆。
有一次我向他说:"你不唱吧,朋友!"
"那要在死后的时候。"
我们这样地认识了;以后,便常常打招呼:"你好,朋友!"
我们这样互相交换了一句话,几乎像是几年前的旧友一样。
他的女人,我不认识,并且,从未见一面。她被锁在女拘留室里,没有一些机会让我们相识。只有每天放茅的时候，尽量地把眼睛从门孔投向侧方去，看见她的一块红色的衣襟，飘下了楼梯，立刻便没尽在转角处。在晚间，我常听她唱歌，向看守换取几段短短的烟尾巴；或是看守故意找了她，调笑着她："我住你一夜，多少钱？"

或是："天生不是人种，谁像那样蓝色的眼睛，黄色的头发？就是一块钱，有谁肯住你？"

然而也许赠送她一支贱价的整烟，使她清脆的笑声充塞了长长的过道，从所有的门孔透入房里。有的犯人偷偷地骂着她，谈着她；穆果夫宁却闭拢了眼睛，默默地叹息了。随着，他又独自地唱起来了：

　　白云下，
　　有我的祖国，
　　有我的家。

　　风雨中，
　　有我的一颗心，
　　有我的一朵花。

　　花落了，
　　心伤了，
　　在这天涯。

"十二号两个小穷毛子！"

看守的喊声，截断了他的歌唱；有两个俄国孩子踏上了楼梯，在过道上徘徊起来了——就像被猎人击败了的雁群遗下的两只小雁一样。然后来了一个看守，用铁钥撑开了我门下的铁锁，向他们说："这就是十二号，进去吧！"

于是他们被锁在我的房里了。他们像小鼠一样，远远地避开了我，蹲在一边的墙角下探望着我。我看见他们很爱护他们已经裂了缝的西装上衣，珍贵地从身上脱下来，舒展着叠起来，身上只留着一件衬衣和短裤，上面已经积满了日久的灰尘。裤扣散着，用手提着没有裤带的裤子，我知道他们也经过看守的搜查；不过我不知道他们究竟犯的是什么案件。

他们没有一点睡前的疲倦，总是在翻动着他们带来的两个黑面包和几块糖果。

在他们听见穆果夫宁歌唱的时候，他们向我问了他的姓名。于是他们感觉到他们与他是同一民族，激动了他们的同情心，他们中间的一个说："给穆果夫宁送一块吧？"

"你看怎么送？"

他们撞着铁门，那比墙壁更结实些。

"多么结实的啊！多么结实的啊！"

他们从门孔打着口哨，向穆果夫宁的门孔叫着。突然穿着皮靴的白俄侦探的脚步一声声地响近来，口哨便喑哑了。他们偷偷地互相触动了一下，仿佛他们在隐藏什么秘密，从门孔退远了身体。

皮靴声留在门外，有语声送进来。

"孩子们，来！"

孩子们从他的脸面上，话声中，不但没感受到同一民族的同情心，反而加多了恶感，所以静听着他的问话。

"叫什么名字？"

"果里。"

他的话声有一些颤抖，眼睛死呆地注视着问他的人。

"岁数？"

"十五。"

"从哪里来？"

"上海。"

"到青岛来做什么？"

"是不想到青岛的。"

"那么哪里是你想到的地方？"

"祖国。"

"祖国？"

分明是极大的疑问，又觉得是意外奇特，皮靴在门外踱起小步子在想着，自语着："祖国？"——"你没有家吗？"

果里的眼睛向上滚动了两下，尽量地展开自己的聪明。

"是的，没有。"

再问另一个孩子的时候，也是同样的回答，只是比果里小两岁，名字是力士。

我却分辨不出他们哪一个是果里，哪一个是力士，身量一样高，面貌又极像，都有尖尖的鼻子，伸出很高，很长，眼睛深入在眼眶里。

在早晨，他们看出我们住的不是房间，而只是小小的洞穴，那么小的窗子，又隔上铁柱与铁网。天是澈清的，在云的缝隙里流着阳光。同时我也看出他们哪个是果里，哪个是力士。果里的脸上落满了雀斑，力士除去下颏上的一个黑疤，全是白净的皮肤。

　　白云下，
　　有我的祖国——

"王八的儿！睡觉还唱，该打你了。"

有木棒向铁门上冲击了两下，很清脆的。

　　有我的家。

　　风雨中
　　有我的一颗心——

木棒落在皮肉上，也很清脆地响了一声。

"你怎么打人？"

"混蛋，你怎么总在夜间闹？"

然后，便没有一句话了。只听见像大树干零落地倒下，交织着粗重的喘息。

一声警笛换来些零碎的步子，其中有一个穿着皮靴的把地板蹭得最响。

咳嗽代替了鼾声，在每一个房间里响起。

我和两个孩子没有一刻合拢过眼睛，更兴奋地拥在门旁，小小的门孔挤着我们三个人的眼睛。

"躲开!"

是愤怒激动了他们吗？不然怎么把我的头从门旁推开，那样无情地厌恶着我。可是刚才我对他们像是几年前的老友一样，哪里会惹起他们的愤怒呢？

"这在我们自己的国家里多好!"

"为什么我们在世界上好像没有国家的人呢？"

"妈妈还不想回国呢，那耻辱在我们的身上会一天一天地加多啊!"

皮靴声响近了，他们起了一阵快感，匆忙地让我向他们手所指的地方望去。是一个警官，身体与胡须都是粗壮的，眸子和他们的眸子是一样的颜色——那个询问过他们的白俄侦探。

"穆果夫宁!"

他的脸色在灯光下看来是一副很残酷的木刻像，使他们看见他以后也感到极大的惧怕。

穆果夫宁的影子从门缝间显露出来，向着那个白俄侦探默然地站着。那个白俄侦探踏着脚，好像故意让他的皮靴在灯下吸取光亮。他很严厉地说："穆果夫宁!你要守规矩!"

"我很守规矩。"

"这里有报告。"

"那不是真的。"

"你撕掉了值班看守的记章，你不承认吗？"

稍稍地冷静了一刻，他们不动地倾听着。

"他自己撕掉的。"

"混蛋!"

坚硬的靴底突然在地板上震动了一下，那响声里仿佛表示着人间所有的尊严与残酷。

穆果夫宁没有回答，那个白俄侦探命令另外几个看守说："给他戴上。"

于是铁与铁绞成的链锁缠绊着穆果夫宁，限制了他步子的距离。

恐怖威胁着他们，使他们不能随着我睡去。

没有月亮，星也藏在云层里。一块黑色桌布般的天空堵塞着窗子。一切的骚音都在这死静的夜中沉默了。

不知某一房间突然响起鼾声来，一声一声地破碎着夜的安静。值班的看守巡视着，骂着，制止着犯人的鼾声。许多犯人被惊醒来，鼾声停止了，可是又起了咳嗽声。等到咳嗽声停止的时候，穆果夫宁的女人还在哭泣——虽然值班的看守也在守着她。

不仅犯人的行动受着束缚，而且犯人的声响失了自由。值班的看守好像永远要保持拘留所的安静，同时拘留所也好像永远没有安静的一刻。

这两个孩子和我做了很好的朋友，他们很诚意地把面包分给我吃。我常想两个孩子孤零零的，没有一个亲近的人，并且被他们不曾看见过的铁锁锁了起来；在几万里的旅途上，他们困在中途，他们的衣袋里全空着，如果他们以前有了十元钱的话，买了船票当然不会把他们锁起来，那不是很自由地可以从这海上驶过了吗？然而现在属于他们的是什么呢？在世界上所有的之中也只是那面包，只是那几片黑面包。

"孩子们，把面包留起来吧，我不吃啊！"

我是饿着肚子，不是不吃，只是不忍吃。而力士却纠缠着我："不吃？不行！"

果里还好，他听我说，我不吃他会立刻允许我，离开我，自己倚近墙壁，用指甲刻记下他所喜欢的歌谱，嘴里哼着不完整的调子。

可是力士还滚在我的身边。

"为什么我们吃了你不吃呢？"

旁人把手伸向力士的时候，力士摇摇手，那些手便只好自动地收回去。

我吃过一片面包，力士才放开我。在墙壁上他也画着，画了一个平行四边形，有一边画弯曲了些，像一条弧线，他还在修改着。我想力士是要作一幅画，但是他的指甲几次地贴在墙壁上，又几次离开。

"祖国的旗是什么样的呢，果里？"

力士推动着果里，还在脑子里寻找他所记忆的印象。果里已经把一只锤子和一只镰刀交叉地放在四边形的一角上。

"我记得不是还有一个小星星吗？"

"小星星？"

果里也记不清应当把小星星安排在何处。

"你忘了吗？在上海有一天下雨的时候不是经过一个很高的、白色的楼房，房顶挂着一面旗吗?"

"啊,对,对!"

果里在另一角画下一个星子。

"不对,不对!"

力士只知道不对,也不知道应当把星子安排在哪个位置上。他把四边形向下垂的一边引长两倍,做了旗杆,又画了一个人形肩着旗杆。

"那个人是年轻的,是年老的?"果里指着墙上的人形问。

"自然是年轻的。"

"那腰怎么却弯曲了呢?"

力士匆匆把那人的腰给伸直了。

果里赞扬着说:"好健壮的年轻小伙子!"

"不,我画的是好看的姑娘啊,你没有看见头发那么长吗?那不是还穿着裙子吗?"

力士好像自己也看出那不像长的头发,不像长的裙子,便另画了一面新旗,肩旗的姑娘把长裙子脱下来了,露着两个肥大的乳头,头发弯弯曲曲的已长过肩,好像他要以她的长发和大乳证实她是一个姑娘。

"好看的姑娘,好看的姑娘!"

他们在这样默语着。

肩旗的姑娘结了队,肥大的乳房也结了队。面包仿佛被姑娘偷吃了那样快地减少下来,减少得只余两片。一夜刚刚过去,窗洞上刚刚溜进一缕阳光,印在墙上。力士与果里常常夺取着那墙上的阳光,温暖着自己的脸,张开贪婪的嘴,深深地呼吸,换几口气息。屋里的空气真是太坏,每一口的呼吸里都会使人感到多少细菌爬进喉咙,头昏昏沉沉的要呕吐。

其余的人却像无知无觉地生着,在果里与力士的身上寻找着许多故事讲着,在故事中间有人常提出疑问来。

"他们是外国人,怎么让中国人押起来呢?"

那里也有聪明的人,给解答着。

"白毛子还不如中国人呢;走到哪里都有人管他们。第八号那个女妖怪,第三号那个疯子,和他们是一样人!"

有一个白胡子的老头，似乎有什么感慨似的说："我年轻的时候，记得白毛子打辽阳多凶！"

果里听懂些，力士只顾着吃那两片面包。

一直等到放茅的时候，果里觉得是机会来了，想法子怎样把面包转到穆果夫宁的手里。

铁门一个一个地展开，一个一个地锁起。

哗啦哗啦；铁与铁绞着皮肉的声响有节奏地，波流一样地流过来，果里匆匆地把头探到门孔旁，手里准备好了两块面包。不是穆果夫宁，那是一个戴脚镣的中国人。

我们门上的锁刚抽出去，两个孩子合力地突然把门挤开，疯狂地向外跑，看守竟被门撞倒在地上。

"王八蛋们！快给我滚回来。"看守喊。

看孩子们的意思还不想回来，再一伸手便可以把面包传进穆果夫宁的门孔里。他们望一望穆果夫宁的颧骨，快突破皮肤而外露了。眼睛呢，只是一直线，分成两段，还没有眉毛粗，让长长的头发与黑胡遮成一个不完整的脸孔，偷偷地从门孔旁躲开去。

虽然看守像放进油锅里的活鱼一样地蹦跳着，他们仍是有些不在意地走回来。当看守的木棒在他们的肩上和背上断了一根的时候，他们的脸上全没表情，全是惨白。只见他们的眼睛渐渐地张大，张大；气息渐渐地随着粗重起来，仿佛是两个饥饿的小怪兽，要贪食着食物，要寻觅着食物。

看守又找来了另一根木棒，在他们的头上比量着说："认识吗？"

他们的眉间向上抽动了一下："啊！"

这声音潜伏在他们的喉咙里。

突然，看守冷笑了："王八蛋们，谁让你们跑？"

"不是你开的门吗？"果里喊着。

他会说很好的中国话，然而力士像是一句不懂地停留在他的身旁。

"穷毛子，你们要造反了吗！"

看守这句话果里不懂，他骂一句："你娘的——"

看守为了看管别的犯人，他没听见。

这时候已经轮到我们放茅了。

看守故意为难他们，用木棒威胁着他们："让这两个王八蛋去倒马桶。"

我们屋里的马桶已经有人提起来，看守却抢下来，摆在他们的身前。

那么大的马桶，装满着二十多人的粪尿，孩子们怎么提起，走过狭窄的楼梯呢？同时，谁也不敢替孩子们提，更不敢替孩子向看守说什么好话。

孩子望了马桶，望了看守的脸，转回屋里，放下面包坐下了。

我们这屋里的犯人早走出过半数，看守紧逼着孩子们去提马桶，我看看守的神气，就是孩子们不要到厕所去，也要叫孩子们去倒马桶。

"去！"

力士看见果里举着拳头站起，他的拳头已经落在看守的腰部，扯着看守的衣袖说："去，去见戈比旦（俄语长官的意思），去！"

看守终于容许了他们拒提马桶到厕所去，但是他们回来的时候，两片面包却被犯人偷食了。

有一夜，我与他们因为太疲倦的缘故已经睡去，谁知在半夜被惊醒了。

"穆果夫宁，穆果夫宁！"

看守增多起来，在过道上来去着。渐渐地又听见穆果夫宁的女人忙迫地问："穆果夫宁怎样了？"

似乎没有一个看守告诉她所要知道的，所以很难使她的两唇闭住，停止她的问话。

皮靴声一声一声地爬上楼梯——那个白俄侦探又来了，询问所发生的事情。

"穆果夫宁上吊了。"看守回答了。

那个白俄侦探听了的时候，他不由自主地译为俄语自语了一句。这使穆果夫宁的女人听了哭了。

"发现得很早，穆果夫宁还安全。"

她的哭声变作不可制住的呜咽。

那个白俄的警官命令看守把我、果里、力士改押在穆果夫宁的监房里来。

他向穆果夫宁说："这次宽恕你。你要知道这是法律所在的地方，我负有责任，是不允许你有轨外行动的。"

"果里，力士！"他转向他们又说，"你们同穆果夫宁谈谈，玩玩，不是很好吗?"

最后他以更严厉的态度向我高声说:"把你也押在这地方的原因是要你随时都监视他们。如果发现有一点轨外的行动,你立刻报告值班的看守,不然,你就负责任了!"

他临走时,自动地把穆果夫宁用衣服布条结成的绳子拿去。

穆果夫宁上身是哥萨克式的衣服,衣边每处绣着花纹,紫色的,围着绿线条,在线缝间藏满着尘屑,像他赤着的脚,在皱纹间夹着的泥渍一样。他倚墙倒着,静默着,仿佛这房间里仍是像只有他一个人一样的孤独。

"小朋友们!"他开始说话了,"你们为什么被押在这里的呢?"

"我们坐船没买船票!"

果里反过来问:"你呢?"

穆果夫宁摆头不语,把话转了方向。

"你读过书吗?"

果里默认着,力士摆着手。于是穆里夫宁靠近果里,亲切地问:"你读过谁的书?"

"普希金——"

"他是我们最伟大的文学家。他以外呢?"

"高尔基!"

穆果夫宁以很正确的态度教训地说:"高尔基,以前也是我们很好的作家,可是以后他做了叛徒。"

"高尔基是叛徒?"

"真是混蛋!"

"斯大林呢?"

"强盗!"他又嘱咐果里说,"你应当记住斯大林是强盗。"

在夜里,果里还在自语着"强盗"两字,但他终没有将"?""!"择取其一确定地加在"强盗"两字以后。

果里与力士除去向我探询被释放的消息外,便在墙上涂着他们所喜欢的形象。

穆果夫宁每天在墙上用手指刻画着一些字迹,然后自己读着,读到高兴的时候，便唱起来，不然也给果里与力士讲述着故事，或是校正他们的思想，阻止他们往祖国去。

不过他最后病了，便不常说话了。

穆果夫宁病着，眼睛都迟钝了。在放茅的时候已经不往厕所里去，每天都使用着马桶。不过这次他却移近门边，等候他的女人经过他的身前往厕所去。在他的女人还没走近他的时候，他已经说了一声："晚安！"

"我的小鸽子，你瘦了！"

"不，我很好。"他勉强着自己说的话，仿佛仍是强壮而有力。

"我看你病了！"

他的女人说了。然后要让自己的嘴唇去接近他的嘴唇，突然却被看守分隔了他们。

果里很奇怪着他们的动作，不自主地问着穆果夫宁："那个女人是谁呢？"

"我的女人。"

"她为什么被押呢？"

穆果夫宁脸红了，好像他怕说出他的女人是暗娼而耻辱了自己，不得不骗了果里："因为她做舞女——"

"哼，做舞女都不如做'强盗'！"

这房间里，又是我一个人了，他们离开我是在同一天，穆果夫宁被掮到墓地里去，孩子们被释放又走上了他们自己的旅程，留给我的只是穆果夫宁的女人的哭声。

收入小说集《战地》，北新书局，1938年4月出版